**Carly Anders** ist das Pseudonym der deutschen Autorin Grete Bauer. Sie arbeitete viele Jahre als Dramaturgin am Theater, bevor sie ihre Liebe zum Schreiben wiederentdeckte und entschied, den Brettern, die die Welt bedeuten, den Rücken zu kehren. Seitdem leiht sie als Ghostwriterin anderen die Stimme, verfasst Cosy Crime und erotische Kurzgeschichten in Writers Rooms und bringt manchmal auch eigene Ideen zu Papier. Sie ist noch nie in einem Boxring auf die Bretter gegangen, kennt aber alle Kämpfe von Muhammad Ali auswendig.

# KNOCKOUT Heart

EINE SPICY
M/M RIVALS TO LOVERS
SPORTS ROMANCE

## CARLY ANDERS

Erstausgabe September 2024

Copyright © 2024 dp Verlag, ein Imprint der
dp DIGITAL PUBLISHERS GmbH
Made in Stuttgart with ♥
Alle Rechte vorbehalten

# Knockout Heart

ISBN 978-3-98998-434-9
E-Book-ISBN 978-3-98998-425-7

Covergestaltung: Jasmin Kreilmann
Umschlaggestaltung: ARTC.ore Design

Unter Verwendung von Abbildungen von
depositphotos.com: © Quitword, © alessandroguerr, © pio3,
© MAXSHOT
Shutterstock.com: © masisyan

Lektorat: Liam Erpenbach
Satz: dp DIGITAL PUBLISHERS GmbH
Druck und Bindung: Books on Demand GmbH, Norderstedt

„Ich will meinen Gegner nicht k.o. schlagen,
ich will sein Herz."
Joe Frazier

# EINS

Zaid ist am Arsch. Aber gleich muss er in diese Augen schauen, so lange wie möglich. Diese beschissene Tradition, dieser Starrwettbewerb, der zum ganzen Brimborium um den Boxkampf gehört. Er braucht das nicht. Wenn es nach ihm ginge, würde er einfach in den Ring steigen und das tun, was er am besten kann. Keine Pressekonferenz, kein öffentliches Wiegen, kein Face-off, bei dem sich beide Boxer in nichts als – haha – Boxershorts gegenüberstehen, so dicht, dass man den Atem des anderen riechen kann. Kein Starren, bis einer aufgibt und wegschaut. Das gilt als schlechtes Omen für den Kampf. Zaid hält das für Schwachsinn. Nur weil ein Gegner im Face-off den Blick senkt, soll er seine Angst nicht im Griff haben? Holyfield konnte Mike Tyson 1996 während der Pressekonferenz keine Sekunde lang in die Augen schauen und schlug ihn später trotzdem. Außer dass es die emotionale Anspannung mancher Kämpfer, die einfach nur in den Ring steigen und es hinter sich bringen wollen, vergrößert, hat dieses Anstarren keinen Mehrwert. Nur für die Presse. Gibt gute Bilder.

Aber Boxen ist ein abergläubischer Sport. Tradition geht über alles.

Zaid steigt von der Waage, als sein Kampfgewicht aufs Gramm genau durch den Raum gerufen wird, und tritt ein paar Schritte zurück. Eine leichte Gänsehaut zieht sich über seinen Körper, obwohl es in der Lobby des Sternehotels nicht kalt ist. Und seine Wangen glühen. Scheiße. Er senkt den Blick und trippelt von Fuß zu Fuß, als der Ansager seinen Gegner einruft, die Vokale seines Namens lang und laut dehnt, wie es üblich ist. Zu lang für seinen Geschmack.

Und da kommt er. Sascha Weiss.

Zaid sieht den roten Boxermantel aus dem Augenwinkel und sein Blick zuckt unwillkürlich in die Richtung, scannt ihn, während er auf das Podium zu joggt, umringt von seinem Team. Er sieht Zaid einen Moment lang an und ein kleines Lächeln huscht ihm über die Lippen. Die braunen Augen verengen sich zu Schlitzen und diese dämlichen Lachfältchen kräuseln sich um seine Augenwinkel ...

Zaid merkt erst, dass er wie ein Vollidiot grinst, als er den Ellenbogen seines Trainers in die Rippen bekommt.

„Was ist los mit dir? Du bist rot wie eine Tomate", zischt Manni ihm zu.

Zaid räuspert sich, heftet den Blick wieder auf den Boden und versucht, seine Gesichtsmuskeln unter Kontrolle zu bringen. Und sein Herz. Es hämmert gegen die Rippen, als brächte es eine nicht enden wollende Salve aus linken Haken und rechten Geraden durch die Deckung. Wie Muhammad Ali in seinen irren Momenten.

Zaid ist am Arsch, weil er seit Tagen an nichts anderes denken kann als an Saschas Augen mit den Lachfältchen drumherum und seine volle, zartpinke Unterlippe, in die er am liebsten reinbeißen möchte. Dabei steht er überhaupt nicht auf Männer.

Er erinnert sich an den Moment vor einer Woche, als er ihm das erste Mal persönlich begegnete. Den Moment, der ein dümmlich grinsendes Wrack aus dem schweigsamen Bad Boy Zaid El Sabah gemacht hat. Das ist sein Image. Und es passt zu ihm. Zaid zeigt keine Gefühle, er gilt als unlesbar, im Ring und außerhalb. Er plaudert nicht, scherzt nicht und schon gar nicht mit Kontrahenten. Sascha Weiss interessierte das allerdings überhaupt nicht, als er im Park hinter ihm herlief, mitten in Zaids Joggingrunde hineinstolperte und ihn anhielt. So hatte dieser ganze verdammte Crush begonnen. Zaid erinnert die Situation minutiös.

„Hey, du bist Zaid, oder? Krass ... ähm, was ein Zufall ... Ich ... ähm, ich bin Sascha. Sascha Weiss. Wir kämpfen nächste Woche gegeneinander ... Mist, das weißt du ... Ich bin ein Idiot, sorry. Ich bin ein bisschen aufgeregt, ... also davor, dich kennenzulernen", sagte Sascha, streckte die Hand aus und strahlte Zaid so einnehmend an, dass dessen Mundwinkel unkontrolliert nach oben zuckten. Zaid senkte schnell den Blick und schaute irritiert auf die ausgestreckte Hand, bis Sascha sie peinlich berührt zurückzog und sich unbeholfen durch die kurzen Haare strich. Er malträtierte seine Unterlippe mit den Zähnen. Diese übertrieben volle, zartpinke, beschissene Unterlippe. Fuck! Zaid konnte seine Augen nicht von ihr losreißen.

„Redest du immer so einen Stuss?", grummelte er unwirsch und bereute es im nächsten Moment.

Sascha wurde knallrot und brabbelte einfach weiter. „Ja, und leider noch mehr, wenn ich nervös bin. Das ist wie ein Dämon, der von mir Besitz ergreift und mich unkontrolliert plappern lässt. Ich kann das gar nicht stoppen –"

„Was du nicht sagst", unterbrach Zaid und Sascha begann zu lachen, laut und herzlich, als hätte er einen guten Witz gehört. Er kriegte sich gar nicht mehr ein, vergrub sein Gesicht in den Händen und prustete laut los. Als wäre sein ganzer Körper gezwungen, dieses Gefühl zu erleben, dachte Zaid und war hingerissen von dem Anblick. Da war etwas völlig Entwaffnendes an diesem Typen und seinem enthusiastischen Lachen, das vermutlich ganze Städte mit Strom versorgen könnte. Zaid hatte das plötzliche Bedürfnis, ihn zu küssen, dieses Lachen buchstäblich mit seinen Lippen berühren zu wollen.

Er stöhnt innerlich, als Saschas Mantel jetzt auf den Boden vor ihm fällt. Er will nicht hinschauen, als er auf die Waage tritt, seine Augen nicht über den nackten Rücken gleiten lassen, über die breiten Schulterblätter. Zaid weiß genau, wie Sascha halb nackt aussieht; er hat ihn stundenlang boxend in den Videos von seinen Kämpfen gesehen, als er sich auf ihn als Gegner vorbereitete, als er nichts mehr als *das* für ihn war. Aber jetzt hat sich alles verändert. Jetzt hat er das Gefühl, seine Haut mit den Fingerspitzen berühren zu *müssen*. Wer hat sich diesen dämlichen Scheiß ausgedacht? Dass man fast nackt hier rumstehen muss. Zaid verschränkt die Hände vor seiner Boxershorts, die ihm plötzlich viel zu eng vorkommt. Nicht auch das noch.

Ein verzweifeltes Lachen überfällt ihn und schüttelt seine Schultern. Es lässt sich nicht aufhalten. Zaid muss lachen und kommt sich vor wie eine Witzfigur. Seine Wangen glühen, ach was, sie fangen Feuer, sein ganzes

Gesicht steht in Flammen und er fragt sich, ob spontane Selbstentzündung tatsächlich möglich ist.

„Junge, was ist los mit dir? Du kicherst wie'n Mädchen", zischt Manni und stößt ihm erneut in die Rippen.

Sascha steigt von der Waage und dreht sich zu ihnen um.

„Bist du bekifft, Junge?", raunt sein Trainer. „Ich schwöre dir, wenn du ..."

„Nein", murmelt Zaid und sein Lachen erstirbt sofort, als er Saschas verletzten Gesichtsausdruck bemerkt. Nein! Zaid will auf ihn zugehen und sagen: Nein, du verstehst das falsch. Ich lache nicht über dich. Ich lache wegen dir. Aber eigentlich gibt es hier gar nichts zu lachen. Ich bin völlig neben der Spur. Ich hab deinen Namen auf der Zunge, wenn ich abends einschlafe und wenn ich morgens aufwache auch. Ich will mit dir ins Tierheim gehen und einen Welpen adoptieren.

Stattdessen blickt Zaid auf den Boden und wischt sich mit dem Handrücken die Schweißperlen aus dem Haaransatz.

Sein Trainer grunzt entnervt und rüttelt an seiner Schulter. „Bist du taub, Junge? Face-off. Jetzt."

Zaid hat den Ansager nicht gehört, denn das Blut rauscht in seinen Ohren. Er stolpert an die Kante des Podiums, neben Sascha. Sein Körper spult einen Automatismus ab und nimmt die übliche Pose ein. Der rechte Arm schnellt nach oben, der Bizeps ist angespannt und die Faust leicht erhoben. Zaids Arm streift Saschas nackte Schulter und er fühlt, wie die kleine Fläche, an der sich ihre Körper berühren, vibriert. Was für ein Klischee, denkt er, während die Kameras vor ihm klicken. Dann dreht er sich unwillig zur Seite. Sascha steht ihm direkt gegenüber, tritt zögerlich näher, bis nur noch eine Handbreit Platz zwischen ihren Körpern ist. Einfach nur geradeaus schauen, sagt er sich, einfach nur geradeaus. Saschas Augen sind so nah, dass er die Wimpern darum zählen könnte. Sie haben die Farbe von Whiskey und sind mindestens genauso berauschend. Zaid fühlt sich schlagartig betrunken, kann nicht wegschauen. Immerhin das trifft sich gerade gut. Darum geht's ja schließlich im Face-off.

Aber trotzdem scheint es ihm, als würde er gerade einen Kampf verlieren. Als hätte sich dieser Typ vor ihm schon längst durch die dicke Mauer geboxt, die Zaid seine verschlossene Persönlichkeit nennt. Er kann sie fast bröckeln fühlen. Zaid kann den Blick nicht mehr halten. Er fällt auf den Mund, der nur Zentimeter von seinem entfernt ist. Er sieht Saschas Zungenspitze, die plötzlich herausschießt und einen Wimpernschlag lang über die zarte Haut leckt. Er bemerkt, dass sich die Lippen vor ihm bewegen und hört ein geflüstertes „Gefällt dir, was du siehst?". Er hat das Gefühl, die Worte trinken zu können wie ein Verdurstender, und sein Adamsapfel zuckt beim Anblick von Saschas Mund. Scheiß drauf, denkt er und schließt die Lücke zwischen ihren Lippen.

# ZWEI

„Was war das? Junge, hast du Fieber? Schnappst du jetzt über?" Manni läuft Kreise um den Stuhl, auf dem Zaid im Backstage sitzt. Sein Kopf dreht sich, aber nicht wegen der Kreise, sondern wegen des Geschmacks, der noch an seinen Lippen hängt, wenn er mit der Zungenspitze darübergleitet. Zumindest glaubt er, ihn zu schmecken.

„Schwör mir, dass du vorher nicht gekifft hast." Manni bleibt vor ihm stehen, beugt sich runter und inspiziert seine Pupillen.

Zaid fühlt sich ein bisschen wie nach einem K.o., wenn der Kopf noch zu langsam ist und hinter der Realität vor den Augen her stolpert. „Nein, Coach, nicht in der Vorbereitung, das weißt du", antwortet er knapp und streicht sich mit den Händen über das Gesicht, um die Bilder vor seinen Augen zu verjagen. Saschas Blick, als Zaid die Lippen von seinen löste und erschrocken zurücktaumelte, direkt in Mannis Arme, die ihn von den Kameras wegzerrten und in den Backstagebereich brachten. Zaid schaffte es, seinen Kopf ganz kurz nach Sascha umzudrehen. Er stand wie angewurzelt auf dem Podium und berührte seine Lippen mit den Fingerspitzen. Lächelte er?

Die Tür fliegt auf und jemand stampft in den Raum. Es ist Rajko, Zaids Manager, und er ist ziemlich aufgeregt. „Da draußen ist die Hölle los! Was sollte das? Was soll ich denen jetzt sagen?" Rajko wirft sie von innen ins Schloss, lehnt sich dagegen und verschränkt die Arme erwartungsvoll vor der Brust.

Zaid kann nur mit den Schultern zucken. Sein Kopf schwirrt und er hat keine Antworten parat. Keine, die er aussprechen möchte. Rajkos Augen bohren sich in seine.

„Es war ein Versehen", ist alles, was er herausbringt.

„Ein Versehen?" Rajko lacht kehlig auf. „Ja, klar, Mann, passiert mir auch ständig: Entweder ich vergesse meine Schlüssel oder ich küsse aus Versehen wildfremde Kerle."

„Er ist kein Wildfremder", flüstert Zaid und versucht, langsam zu atmen, um seinen rasenden Puls unter Kontrolle zu bringen und einen klaren Gedanken fassen zu können.

„Was soll das bedeuten, Zaid?", fragt Manni noch einmal. „Bist du jetzt ein Homo?"

„Das sagt man nicht mehr, Manfred", korrigiert Rajko trocken.

„Das spielt doch jetzt keine Rolle, Mann!", schreit Manni.

Es klopft an der Tür. Rajko dreht sich um und öffnet sie ein Stück, redet ein paar Worte, die Zaid von seinem Platz aus nicht verstehen kann. Er will nach Hause. Einfach nur nach Hause. Das Chaos um ihn bereitet ihm Atemnot. Das Chaos, das er selbst angerichtet hat.

„Es ist Sascha Weiss", sagt Rajko über die Schulter in den Raum. „Er will mit dir reden."

Zaid schnappt nach Luft, sein Herz beginnt noch schneller zu rasen und sein Magen macht genau das, was er mal in einem miesen Liebesroman gelesen hat: Er rutscht in die Kniekehlen.

„Schick ihn weg", flüstert er panisch. Er kann Sascha jetzt unmöglich gegenübertreten. Er wird eine Erklärung für den Kuss wollen und was soll er ihm sagen? Dass er plötzlich, wie aus dem Nichts Gefühle für ihn hat, so heftig, dass sie seinen Verstand blockieren und die Impulse freilassen? Zaid hat das Gefühl, sein Kopf ist ein Flipperautomat, an dem gerade ein zugedröhnter Maniker spielt. Er wird gleich explodieren. „Ich … ich kann nicht. Ich will nach Hause. Sofort. Rajko, bitte bring mich hier raus."

***

„Unter uns, du bist nicht wirklich plötzlich schwul?" Vor Zaids Wohnung kommt das Auto zum Stillstand. Rajko dreht den Schlüssel im Zündschloss und lehnt sich im Fahrersitz zurück. „Wir kennen uns seit acht Jahren. Du bist mein Freund, das hätte ich doch gemerkt."

„Ach, wirklich? Woran denn?", entgegnet Zaid erschöpft und löst seinen Gurt. „Und nein, bin ich nicht." Er öffnet die Beifahrertür und steigt aus. „Danke, dass du mich da rausgebracht hast, Rajko. Wir sehen uns."

„Oh ja, wir sehen uns auf jeden Fall, Kumpel. Dank deiner kleinen Knutscherei, für die du mir immer noch eine Erklärung schuldest, stecke ich jetzt bis zum Hals in Arbeit. Bis morgen. Ich komme beim Training vorbei."

Zaid nickt schuldbewusst und hebt seine Hand zum Abschied.

Rajko zieht eine gespielt empörte Schnute. „Was? Krieg ich keinen Abschiedskuss?"

„Blöder Arsch. Versprich mir, dass du niemals Komiker wirst", grummelt Zaid und schlägt die Autotür zu.

Er fummelt den Schlüssel ins Haustürschloss, lässt sie krachend hinter sich zufallen, den Fahrstuhl links liegen und rennt stattdessen die Stufen nach oben ins Dachgeschoss.

In seiner Wohnung angekommen, lässt er sich auf die große Couch fallen und flucht laut in den stillen Raum.

Fuck. F-U-C-K. Fuckfuckfuck. Er hat Sascha Weiss geküsst. Und zwar richtig. Kein verklemmter Schmatzer mit gespitzten Lippen, der noch als provokante Geste beim Face-off durchgehen könnte, nein, er hat Saschas Unterlippe, diese verdammte Unterlippe zwischen *seine* gesaugt und mit der Zungenspitze daran geleckt. Wenn auch nur kurz, er hat trotzdem daran geleckt. Nachdem er sich vorher wie ein Teenager benahm und in folgender Reihenfolge: Grinste wie ein Vollidiot, rot anlief, auf den Boden starrte, als gäbe es dort irgendetwas Interessantes zu beobachten, kicherte, als hätte er den Verstand verloren und, nicht zu vergessen, beinah eine Erektion bekam. Vor den Augen der Presse. Wenigstens waren keine Kinder anwesend.

Zaid starrt an die Decke und beschließt in diesem Moment, seinen Namen nie wieder zu googeln. Wenn er niemals die Fotos oder Videos von heute sieht, kann er vielleicht irgendwann so tun, als wäre es nie geschehen. Kann seine coole Maske aufsetzen und warten, bis sie wieder mit seinem Gesicht verschmilzt. Bis er wieder *er* ist. Wer auch immer das ist.

Wie auf Stichwort summt das Handy auf dem Polster neben ihm. Drei verpasste Anrufe seiner Mutter und unzählige Instagram-Benachrichtigungen. Er fegt sie mit dem Daumen beiseite – Rajko wird sich wie immer darum kümmern – und öffnet stattdessen die App eines Lieferdienstes. Sein Magen hängt immer noch in den Kniekehlen, aber jetzt knurrt er zusätzlich vor Hunger. Zaid hat seit heute Morgen nichts mehr gegessen. Und eigentlich folgt er in der Vorbereitungsphase einem strengen Ernährungsplan ohne Fast Food. Aber dafür müsste er jetzt aufstehen und kochen. Und er weiß nicht, ob er das heute hinbekommt, ohne sich mit dem erstbesten Messer zu erdolchen oder sein Gesicht in eine brutzelnde Pfanne zu legen. Beide Optionen kommen ihm gerade verführerisch vor.

Zaids Mutter ruft ihn zweimal an, während er versucht, über die App Pizza zu bestellen. Beim dritten Mal, als er gerade bezahlen will, geht er schließlich ran.

„Endlich, Roohy.“ Sie klingt vorwurfsvoll, aber der Klang des gewohnten Kosenamens lässt Zaid lächeln. Solange sie ihn *meine Seele* nennt, ist sie nicht wirklich sauer. „Du weißt, ich mag es nicht, wenn du mich ignorierst. Ich bin deine Mutter.“

„Entschuldige, ich war etwas ... beschäftigt.“ Seine Mutter scheint auf mehr zu warten. Die Stille am anderen Ende des Telefons kommt Zaid unnatürlich laut vor.

„Dein Vater und ich haben den Livestream vom Wiegen gesehen ...", sagt sie schließlich und schweigt wieder. Er sollte jetzt sicher etwas sagen, aber er weiß nicht, was. „Dein Baba ist ... na ja, etwas aufgebracht."

„Tut mir leid", sagt Zaid und steht von der Couch auf. Er schleicht zur Wohnungstür, öffnet sie und drückt von außen auf die Klingel. Er hält jetzt wirklich keine Fragen mehr aus. Schon gar nicht die seines Vaters.

„Mama, es hat geklingelt", sagt er gespielt überrascht und schämt sich etwas. „Bestimmt ist das Rajko. Ich muss aufhören, tut mir leid. Ich melde mich später."

„Bitte", sagt sie und dann, als Zaid schon im Begriff ist aufzulegen: „Müssen wir uns Sorgen um dich machen, Roohy?"

Keine Ahnung, denkt Zaid und antwortet: „Nein, versprochen."

Er legt auf und schließt die Wohnungstür. Ein Druck breitet sich plötzlich in seiner Brust aus, als würde jemand einen Luftballon darin aufblasen. Zaid rutscht an der Wand runter und lehnt seinen Kopf dagegen. Muss man sich Sorgen um ihn machen? Ja, verdammt. Irgendwas stimmt nicht mit ihm. Seit einer Woche versteht er sich selbst nicht mehr. Oder doch, vielleicht versteht er sich, aber er hat sich nicht mehr im Griff. Sein Herz ist in irgendeinen dämlichen Streik getreten und blockiert seinen Weg. Und heute ist er so richtig darüber gestolpert und auf die Fresse gefallen.

Zaid hat eigentlich jede Faser seines Körpers unter Kontrolle. Seit dreizehn Jahren, seit er elf ist, trainiert er ihn für eine der härtesten Sportarten, die sich die Menschheit ausgedacht hat. Und seinen Kopf noch härter, denn selbst der wendigste, stärkste Körper hat im

Zweikampf keine Chance, wenn der Kopf dem natürlichen Impuls zu fliehen nachgibt. Das ist das Schwierigste am Boxen: Dass der Kopf nicht macht, was er will, wenn man gerade buchstäblich die Fresse poliert bekommt. Denn sobald man die Kontrolle über die Gedanken verliert, kommen die Gefühle. Und sobald die einen im Griff haben, ist man unaufmerksam und auf dem besten Weg zu verlieren. Kontrolle ist im Ring alles.

Dass der Kopf mal ausbricht und revoltiert, kennt Zaid. Dass der Körper keinen Bock mehr auf Schmerzen hat und nicht aufrecht stehen bleiben will, kennt er zur Genüge. Aber dass das Herz so aus der Reihe tanzt und macht, was es will, ist neu für ihn. Er fühlt sich ausgeliefert und will in den Arm genommen werden.

Von Sascha.

Fuck.

Sascha Weiss ist an allem schuld. Er hätte alles tun können in diesem Moment vorhin: Seine Lippen zusammenkneifen, ihn wegstoßen, ihm eine verpassen, aber nichts davon passierte. Nach der ersten Sekunde, in der sein ganzer Körper erstarrte, öffnete Sascha plötzlich seine Lippen und ließ alles geschehen. Zaid konnte fühlen, wie er weich wurde und sich millimeterweit in den Kuss lehnte. Die Haut seiner Lippen war zart, aber es fühlte sich trotzdem wie ein kleiner Stromschlag an, ein winziger Stromschlag, der einen ganzen Kurzschluss auslöste. Sascha Fucking Weiss hat ihn im Griff. Und nicht nur das. Er hat ihn mit dieser geflüsterten Herausforderung gereizt. Hätte er diese Worte nicht gesagt, hätte Zaid niemals … Er weiß selbst, dass das Schwachsinn ist. Aber er *will* jetzt wütend sein, auf diesen dämlichen Typen, dem die Sonne anscheinend aus dem Arsch scheint, diesen Gegensatz auf zwei Beinen: Die wandelnde Definition von Härte, mit seinen breiten Schultern, den pulsierenden Muskeln und einem Waschbrettbauch, auf dem man wahrscheinlich Möhren raspeln kann. Zaid hat schon viele Boxer gesehen, aber noch nie *so* ein Sixpack. Saschas Körper ist exakt das, was man Furcht einflößend nennt, aber seine großen, leuchtenden Augen und die etwas zu rundlichen Wangen unter den definierten Jochbeinen wirken so sanft und weich, als könnte er keiner Fliege was zuleide tun. Er kommt Zaid vor wie ein Dobermann, der ein rohes Ei zwischen seinen Zähnen halten könnte, ohne es zu zerbrechen, und das ist wahrscheinlich der schrägste Vergleich, den er jemals gedacht hat.

Das Telefon, das vergessen neben ihm auf dem Boden liegt, vibriert erneut und Zaids Blick fällt auf das Display.

*@saschaweissofficial hat Ihnen eine Nachricht geschickt*

steht da. Zaid öffnet die App.

*Zaid, ich bin's, Sascha. Okay, das weißt du schon.*

Er rollt mit den Augen. Ernsthaft? Wie kann man gleichzeitig so doof und entwaffnend sein?

*Können wir bitte reden?????*

Na klar, mit Fragezeichen geht Sascha ähnlich verschwenderisch um wie mit seinem Strahlen. Zaid spürt das Lächeln auf seinem Gesicht und flucht laut in die Stille der Wohnung. Er löscht die Nachricht. Rajko, der seinen Account in der Regel betreut, braucht das nicht zu sehen. Zaid legt den Kopf in die Hände und flüstert: „Ich werde mich nicht verlieben. Nein. Auf keinen Fall. Und schon gar nicht in einen Mann. Erst recht nicht in meinen Gegner." Er murmelt die Worte wie ein Mantra vor sich hin. Er hat knapp drei Tage Zeit bis zum Kampf. Drei Tage, um alles wieder in den Griff zu kriegen. Drei Tage, um Sascha Weiss aus seinem System zu spülen wie eine toxische Substanz.

# DREI

„Scheiße, Zaid. Ich hab meinen Mundschutz nicht drin. Du sollst nur deine Deckung üben, nicht zurückschlagen!“, bellt Sergej und reibt sich über den Mund, auf dem Zaids rechter Boxhandschuh soeben gelandet ist.

„’tschuldige“, murmelt er, aber meint es nicht so.

Sein langjähriger Sparringspartner grinst ihn schon den ganzen Morgen abschätzig an. Er hat Sergej noch nie wirklich gemocht und seit heute früh weiß er auch ganz genau, warum. Als Zaid in die Halle kam, begrüßte er ihn mit gespitzten Lippen und wackelte vor den Augen aller mit seinem Hintern. Homophober Penner.

„Okay, Junge!“, ruft Manfred, der neben dem Ring steht und Zaid erstaunlicherweise nicht für den Schlag rügt. „Wir machen ’ne Pause und später am Boxsack weiter. Sergej, du kannst für heute gehen.“

Zaid schält sich aus seinen Boxhandschuhen und Manfred reicht ihm eine Flasche Wasser durch die Seile.

„Du weißt, dass Sergej nicht die hellste Kerze auf der Torte ist, Zaid. Nimm es nicht persönlich“, sagt er eindringlich.

„Es fühlt sich aber verdammt persönlich an.“

„Er hat nichts gegen dich. Er mag nur keine Homos.“

„Ich bin kein –“

„Das sagen wir nicht mehr, Manni", unterbricht Rajko, der neben dem Ring aufgetaucht ist und auffordernd zwischen Manfred und Zaid hin- und herblickt. „Ich muss Zaid kurz entführen. Wir müssen die Kommunikationsstrategie besprechen, die wir fahren. Es wird höchste Zeit. Mein AB explodiert gleich, wenn ich nicht bald mit der Presse rede."

Zaid schraubt die Wasserflasche auf und trinkt gegen seinen Trainingsdurst und die Trockenheit an, die sich plötzlich in seiner Kehle ausbreitet.

„Hast du Hunger? Ich hab deinen üblichen Berg Kohlenhydrate dabei." Rajko hält eine Tüte in die Höhe und grinst.

„Wow, du hast gekocht?", fragt Zaid, obwohl er ahnt, dass sich darin nur trockene Nudeln befinden. „Womit hab ich das verdient?"

„Mit dem, was ich als die *gute* Nachricht des Tages bezeichnen würde", antwortet Rajko theatralisch und breitet die Arme aus. Irgendwie klebt immer eine Spur südamerikanische Telenovela an ihm. Selbst an einem gewöhnlichen Mittwoch in einer Boxhalle in Berlin Moabit. Aber heute ist anscheinend kein gewöhnlicher Tag für Rajko. Sein gestriger Missmut über die zusätzliche Arbeit, die Zaid ihm eingebrockt hat, hat sich wohl über Nacht in Enthusiasmus verwandelt.

Er steigt aus dem Ring, greift nach seinem Handtuch und frottiert sich im Gehen die schwarzen Haare.

Rajko läuft mit federnden Schritten neben ihm in Richtung Kaffeeküche.

Zaid spürt die Anspannung in ihm wachsen. „Spuck es schon aus", fordert er, als sie vor der Tür stehen, weil er genau weiß, wie gerne Telenovela-Rajko alles künstlich in die Länge zieht. „Was ist die *gute* Nachricht?"

„Nett, dass du fragst."

„Rajko, soll ich noch etwas dramatische Musik abspielen? Ist es das, was du brauchst?" Zaid tritt durch die Tür, die Rajko ihm aufhält.

„Setz dich."

Zaid lässt sich auf den nächsten Stuhl fallen, aus Erschöpfung, nicht weil Rajko es so wollte. „Ich dachte, es wäre eine gute Nachricht."

„Ja." Rajko holt eine Tupperdose aus der Tüte und stellt sie vor Zaid auf den Tisch. „Aber wir beide wissen, was direkt danach kommt. Die gute Nachricht ist: Dein kleines Tête-à-Tête beim Face-off –"

„Können wir es bitte anders nennen?"

„Wie sollen wir es denn sonst nennen, mein Freund? Das Versehen? Den Vorfall? Warte mal, der *Vorfall* gefällt mir eigentlich ganz gut." Rajko kramt sinnierend eine Gabel aus der Schublade und reicht sie ihm. Dann schaut er zu, wie sich Zaid die trockenen Nudeln in den Mund stopft. „Schmeckt es dir?"

„Selten so gute Nudeln gegessen", grummelt Zaid mit vollem Mund. „Al dente ist so was von überschätzt."

Rajko setzt sich ihm gegenüber. „Das gegarte Hühnchen dazu hab ich leider versaut."

„Was kann man daran versauen?", fragt Zaid und merkt, dass er völlig den Faden verloren hat. „Rajko, du wolltest mir was erzählen. Konzentrier dich bitte!"

„Sorry, ich versuche gerade, vom Ritalin runterzukommen. Ist nicht so einfach. Also, die gute Nachricht ist: Seit dem *Vorfall* …" Rajko lässt das Wort dramatisch im Raum stehen und Zaid stößt die Gabel augenrollend in die verkochten Nudeln. „... will jeder den Kampf sehen. Der Sender rechnet mit verdammt guten Quoten. Sascha und du seid wie ein Wirbelsturm durch die sozialen Medien gefegt. Der Hashtag *#loveisabattlefield* –“

Zaid lässt erschrocken die Gabel fallen. „Was?“

„Love Is a Battlefield“, wiederholt Rajko. „Wie der Song.“ Er holt sein Handy aus der Jackentasche und wischt darauf herum. „Hier.“

Auf dem Display läuft ein Video ab. Zaid sieht sich selbst auf dem Podium stehen, wie ein Vollidiot grinsend, als Sascha in den Raum kommt. Und zwar in Zeitlupe. Super-Zeitlupe genau genommen. Dazu läuft der Song. Zaid blickt auf den Boden des Podiums, die Wangen rot. Schnitt. Sascha und Zaid stellen sich zum Faceoff auf. Schnitt. Sie blicken sich in die Augen. Schnitt. Zaid beugt sich vor und ... Pat Benatar singt *Love Is a Battlefield*.

Zaid starrt auf das Display. Er hat mit vielem gerechnet, aber nicht damit. Sofort fühlt er sich in den Moment zurückversetzt, in dem es schien, als würde die Temperatur im Raum steigen, und er nicht anders konnte, als dem Sog nachzugeben, der von Sascha ausging. Der verdammte Song passt wie die Faust aufs Auge. Zaid fühlt sich wirklich wie auf ein Schlachtfeld der Gefühle geschubst, über das er orientierungslos stolpert, auf der Suche nach Halt. Und er schämt sich, dass es vor aller Augen geschah.

„Schon romantisch, oder? Selbst ich muss zugeben, dass ihr verboten heiß zusammen ausseht“, bemerkt Rajko wenig hilfreich.

„Scheiße", flüstert Zaid. Er schiebt die Tupperdose von sich, weil er plötzlich keinen Hunger mehr verspürt.

„Wir müssen das positiv sehen", sagt Rajko aufmunternd und Zaid schaut ihn fragend an. „Positiv ist ja erst mal, dass sich ungewöhnlich viele für den Kampf interessieren. Selbst Hipster und junge Frauen, die statistisch betrachtet kaum was für Boxen übrig haben." Er klopft Zaid auf die Schulter. „Aber das ist gleichzeitig auch das Problem. Die schauen exakt einmal einen Kampf, weil sie euch süß und queer finden, und stellen dann fest, dass ihnen Boxen doch zu brutal ist. Die guten Quoten werden also vermutlich ein One-Hit-Wonder."

„Die schlechte Nachricht ist also?" Zaid will einfach nur, dass Rajko zum Punkt kommt.

„Dass das eigentliche Boxpublikum eher zum konservativen Lager gehört und den Vorfall gar nicht lustig findet", beendet Rajko seinen ursprünglichen Gedanken.

„Du meinst, sie sind homophob."

„Jep. Die Resonanz unter deinen Stammfans ist eher ... schwierig. Gut, dass du dich nicht für dein Instagram interessierst. In den Kommentarspalten brodelt ... na ja, lassen wir das. Schau einfach nicht rein."

„Warum hab ich überhaupt solche Fans? Können wir die nicht löschen?"

„So einfach ist das nicht, Zaid. Man kann sich seine Fans nicht aussuchen. Kaffee?"

„Doch, so einfach ist das." Er spürt Wut in sich aufsteigen. „In welchem Jahrhundert leben wir denn? Selbst *wenn* ich schwul wäre, ist das doch kein Grund, durchzudrehen."

„Okay, zugegeben ..." Rajko holt zwei Kaffeetassen aus dem Hängeschrank. „Ich hab vorher nie darüber nachgedacht, aber gestern schon." Er pumpt Kaffee aus der großen Druckkanne in die Becher. Dann dreht er sich um und reicht Zaid eine der beiden Tassen. „Nenn mir einen Boxer, und ich weiß, du kennst sie alle, der in der Vergangenheit oder Gegenwart offen homosexuell war."

Zaid trinkt einen Schluck abgestandenen Kaffee und lässt sämtliche Namen vor seinem inneren Auge ablaufen.

„Exakt. Es gibt keinen", antwortet Rajko nach einer Weile. „Und wie wahrscheinlich ist das statistisch gesehen?" Er wartet einen Moment und beantwortet seine Frage erneut selbst. „Genau! Absolut unwahrscheinlich. Man verschweigt es einfach. Nicht mal im Fußball ist es mehr so ein No-Go, nicht hetero zu sein." Sie schweigen für eine Weile, bis Rajko zaghaft hinzufügt: „Wir können das beide zum Kotzen finden, aber es ändert nichts daran, dass wir unbedingt Schadensbegrenzung betreiben müssen. Deine Sponsoren sind nämlich ziemlich nervös geworden."

Zaid steht abrupt auf und kippt die Kaffeeplörre in die Spüle.

„Wenn sie uns abspringen, stehen wir beide –"

„Das weiß ich, Rajko", sagt er aggressiver als gewollt. Er hat sich seit gestern über alles Mögliche den Kopf zerbrochen, aber keinen Gedanken daran verschwendet, dass er ein Problem mit den Sponsoren kriegen könnte. Und das ist *wirklich* eines. „Was ist das nur für eine Scheiße? Es ist so absurd. Ich hab ja keine Oma im Park überfallen." Zaid streicht sich mit den Handflächen über das Gesicht. „Okay, Rajko. Was also schlägst du vor?"

„Zuerst einmal besseren Kaffee." Rajko blickt auf die protzige, goldene Uhr an seinem Handgelenk und grinst selbstzufrieden. „Und der müsste auch gleich hier sein."

„Rajko, du sprichst wieder in Rätseln", sagt Zaid scharf.

„Und du machst mir immer meine mühevollen Inszenierungen kaputt", blafft der zurück.

„Tut mir leid, Rajko. Ich weiß, dass *dir* die reinen Fakten oft zu öde sind, aber *mir* reißt hier gleich der Geduldsfaden. Das ist alles gerade ein bisschen aufreibend für mich." Und das ist nur die halbe Wahrheit, denkt er.

„Gut, dann kriegst du eben die reinen Fakten", erwidert Rajko. „Schritt eins: Wir geben öffentlich zu, dass du auf der Pressekonferenz bekifft und deswegen etwas *albern* warst." Er blickt Zaid aufmerksam an.

„Das ist dein Plan?" Zaid glaubt, sich verhört zu haben.

„Ja, und bevor du jetzt meckerst: Er ist perfekt. Du kriegst keine Probleme mit dem Boxverband, weil Cannabis nur am Wettkampftag unter Doping fällt. Warum auch immer eine Substanz, die einen in der Regel träge macht, überhaupt als Doping gilt. Vielleicht im Schach, ja –"

„Du schweifst wieder ab, Rajko!"

„Ähm, ja, der Punkt ist: Jeder, der sich nur ein bisschen für Boxen interessiert, kauft uns das sofort ab, seit dein kleiner Zwischenfall mit der Polizei durch die Presse ging."

„Das ist über zwei Jahre her", entgegnet Zaid empört.

„Egal. Die Leute vergessen nicht, dass du high as fuck mit der Polizei Fangen gespielt hast, nachdem du unbedingt an ihr Revier pinkeln musstest. Das ist dein Label. Zaid El Sabah, Deutscher Meister im Mittelgewicht und der inoffiziell bestaussehendste Boxer der Republik, ist ein kleiner Bad Boy. Selbst der ultrakonservative Teil der muslimischen Gemeinde hat kein Problem *damit*."

„Bad Boy?" Zaid zieht die Augenbraue hoch.

„Das ist nun mal dein Image. Hättest du dir vor deinen unzähligen Tattoos überlegen sollen. Also einverstanden?"

Ein zynisches Lachen bricht aus Zaid hervor und sein Ton wird bitter: „Lustig, wie alles eine Frage der Perspektive ist, findest du nicht? Vor ein paar Jahren war das Kiffen der Skandal und jetzt ist es plötzlich die Lösung für einen anderen. Besser bekifft, als willentlich einen Mann zu küssen."

Rajkos Augen weiten sich vor Überraschung. „Hast du ihn denn *willentlich* geküsst?"

Zaid schnappt angesichts der Frage nach Luft wie ein Fisch auf dem Trockenen und die Tür zur Kaffeeküche fliegt auf.

„Hallo, Jungs. Ich hab Kaffee dabei", zwitschert Jessica, Rajkos Ex-Freundin, und präsentiert einen Pappträger mit Starbucks-Bechern. „Wow, was ist denn hier für eine Stimmung?"

# VIER

„Das kann nicht dein Ernst sein?" Zaid blickt ungläubig von Jessica zu Rajko. Wenn er nicht einer seiner besten Freunde wäre, würde Zaid ihn auf der Stelle feuern. Aber Telenovela-Rajko würde ihn monatelang ignorieren und das hält Zaid nicht aus. Rajko nickt euphorisch. „Und du, Jessy?" Zaid blickt Hilfe suchend zu ihr. „Das kann doch nicht *dein* Ernst sein?"

Sie pflückt mit großer Geste einen Kaffee aus dem Pappträger und reicht ihn Zaid. „Ist mit Karamell."

Zaid nimmt den Becher entgegen. Bei Karamell kann er nicht Nein sagen. Aber das hier geht eindeutig zu weit.

„Zaiiid", beginnt Jessy und verzieht ihre knallroten Lippen zu einem süßlichen Lächeln. „Ich hab genauso reagiert wie du. Zumindest erst mal. Aber du weißt, wie hartnäckig Rajko sein kann. Ich meine, er hat mich zweimal überredet, zu ihm zurückzukommen, bevor ich ihn endgültig verlassen habe. Ich weiß, sein Plan klingt irre, aber *diesmal* ist sein Gedanke gar nicht so verkehrt."

„Ich bin anwesend", entgegnet Rajko schnippisch, aber Jessy redet ungerührt weiter.

„Wir hätten beide was davon, wenn ich nach außen deine *Freundin* spielen würde." Jessy malt Gänsefüßchen in die Luft. „*Du* läufst keine Gefahr, deine Sponsoren zu verlieren, und *ich* könnte meine Reichweite als Fitfluencerin durch dich enorm vergrößern.“

Schlagen sie ihm gerade wirklich eine Fake-Beziehung vor? Zaid würde am liebsten die Rewind-Taste drücken, bis das ganze Problem verschwindet. Aber das kann er nicht, deswegen bleibt ihm nur die Stopptaste.

„Tut mir leid, Leute, ich finde das total unmoralisch.“ Er steht auf, um das Gespräch an dieser Stelle zu beenden, aber Jessy schiebt ihn wieder auf seinen Stuhl zurück und setzt sich auf die Tischkante vor ihm, wie bei einem Verhör.

„Moral ist ein gutes Stichwort“, sagt sie. „Hast du eigentlich eine Ahnung, wie schwer es ist, sich als Fitfluencerin durchzusetzen, wenn man eine Plus-Size-Figur hat? Mit dir als meinem offiziellen *Boyfriend*“, sie malt schon wieder Gänsefüßchen in die Luft, „könnte ich meine Reichweite entscheidend vergrößern. So läuft das leider“, beendet sie ihren Monolog.

Zaid starrt sie fassungslos an. „Man macht doch nicht alles für Follower, Jessy, ernsthaft. Das wäre eine glatte Lüge. So kenn ich dich gar nicht.“

Eigentlich mag er Jessy. Sie ist eine der aufrichtigsten Personen, die ihm begegnet sind. Ihre Ehrlichkeit geht bis zur Schmerzgrenze und manchmal darüber hinaus.

„Jetzt pass mal gut auf, Zaid.“ Jessy lehnt sich noch weiter vor. „Du kannst dir als Mann mit dem, was man Traumfigur nennt, vielleicht nicht vorstellen, wie es ist, in einer Gesellschaft zu leben, die nur ganz wenige Quotenfrauen mit einem echten Hintern und wirklichen Oberschenkeln in die Öffentlichkeit lässt. Da draußen laufen mehrere Generationen von Mädchen

und Frauen rum, denen die Heidi Klums dieser Welt
krasse Komplexe eingetrichtert haben. Ich ertrage keinen einzigen Kommentar von Followerinnen mehr, denen die Essstörung beinah das Leben ruiniert hat. Das
bricht mir irgendwann das Herz. Ich hab eine Mission,
Mann. Ich will die alle erreichen und wieder umpro-
grammieren! Dafür ein paar Wochen deine Fake-
Freundin zu spielen, finde ich okay, ja." Jessy schlägt
mit der Handfläche auf den Tisch und schaut ihm be-
drohlich in die Augen. „Du hast gerade so eine mediale
Sichtbarkeit kurz vor dem Kampf und durch deine
kleine Knutscherei –"

„Wir nennen das lieber den *Vorfall*", wirft Rajko ein.

„Ihr spinnt doch", antwortet sie kopfschüttelnd. „Wie
prüde kann man sein? Na ja, eure Sache, wofür ihr
diese irre Reichweite nutzen wollt. Ich biete mich gerne
an, sie für meine wirklich relevanten Ziele mitzunut-
zen."

„Jessy", beginnt Zaid etwas versöhnlicher. „Ich bin total auf deiner Seite, aber ich kann sicher auch ohne
Fake-Beziehung Werbung für dich machen. Dazu
musst du nicht meine Freundin spielen."

„Das löst aber nicht *unser* Problem, Zaid", schaltet sich
Rajko streng ein. „Ich sag es noch einmal klar und deutlich: Zwei von drei deiner Sponsoren wackeln gerade."

Zaid schluckt. „Welche?"

„Die Proteinshake-Firma und der Autotuner."

„Den konnte ich eh nie leiden", murmelt er abfällig.
„Total sexistische Werbung. Und ich hab nicht mal ein
Auto."

„Zaid, wie willst du dein ganzes Team bezahlen?
Manni, Sergej, deinen Physiotherapeuten, die Halle,

mich? Nur von Preisgeldern? Du weißt selbst, dass das nicht funktioniert."

Wenn sie deswegen wirklich abspringen, suchen wir neue, will Zaid sagen, aber er weiß ganz genau, wie schwer das ist. Er hat gerade erst den Sprung in die Liga der größeren Sponsoren geschafft und der Weg dahin war lang. Wenn er jetzt wieder von vorn anfangen muss, wäre das ein herber Knick in seiner Karriere, ganz zu schweigen von seiner Kasse. Dabei hat er seiner Schwester gerade versprochen, ihr nach dem Abitur finanziell mit dem Studium zu helfen.

Wenn dieses ganze Schlamassel vorbei ist, schwört sich Zaid, muss er versuchen, neue Sponsoren zu finden. Dieses ganze verdammte Durcheinander steigt ihm wirklich zu Kopf. Er muss sich eigentlich dringend auf den Kampf konzentrieren, wenn er nicht versagen will. Er hat überhaupt keinen Fokus mehr. Er kann nicht ständig über alles andere nachdenken. Er muss seinen Kopf unter Kontrolle bringen und sein Herz.

„Warum können wir die Gerüchte nicht einfach dementieren?", fragt er in der Hoffnung, doch noch irgendwie um diesen Plan herumzukommen.

„Weil Dementieren nie glaubhaft wirkt. Nur Beweise sind es." Zaid kann sehen, wie unangenehm Rajko die Botschaft dieses Satzes ist.

„Wow." Er legt den Kopf in den Nacken und blickt frustriert an die Decke. Alles entgleitet gerade seinem Zugriff. Einfach alles. „Okay", sagt er schließlich matt und schaut die beiden an. „Wie habt ihr euch das vorgestellt?"

„Also bist du an Bord?" Rajko streckt ihm den Kaffeebecher entgegen, als wolle er damit anstoßen und einen Deal besiegeln.

„Unter bestimmten Bedingungen, ja."

„Und die wären?", fragt Jessy.

„Fürs Erste: Bitte keine Küsse und kein Händchenhalten zwischen uns."

Jessy lacht laut auf. „Du bist zwar kriminell hot, Zaid, aber das würde ich sowieso niemals in Erwägung ziehen. Du bist wie ein Bruder für mich. Und du arbeitest hier mit einem *Profi* zusammen." Sie zeigt auf sich und sendet Rajko einen fiesen Seitenblick zu. Der quittiert die Spitze mit einem übertriebenen Lächeln. „Also, Zaid, es wird alles ganz zahm. Ich mache nachher, wenn du trainierst, ein paar Fotos von dir aus der Halle und ein hübsches Selfie von uns beiden. Das Ganze poste ich heute Abend und morgen, um mein Baby (Gänsefüßchen) vor dem Kampf zu supporten. Am Freitag komme ich dann zum Kampf, sitze öffentlichkeitswirksam in der ersten Reihe und gehe vorher auf Instagram live. Rajko hier muss meine Storys nur auf deinen Social-Media-Accounts teilen und deinen Beziehungsstatus ändern."

„Und dann? Wie lange soll das gehen?", will Zaid wissen.

Jessy steht vom Tisch auf und dreht die Handflächen nach oben. „Je nachdem, wie der Kampf ausgeht, posten wir danach entweder Bilder von einem Candle-Light-Dinner im Restaurant oder wie ich dir Suppe koche, weil du nur noch schlürfen kannst. Weiter planen wir erst mal nicht, okay?"

„Danke, das war äußerst bildhaft, Jessy", antwortet
Zaid.

***

„Konzentrier dich, Junge. Gerade Rechte, linker Haken zum Körper, rechter Haken zum Kopf", keucht Manni hinter dem Boxsack hervor, auf den Zaid seit einer Weile einschlägt.

Er bringt seine Kombinationen ständig durcheinander, obwohl er sie eigentlich im Schlaf beherrscht. Man kann ihn aus den tiefsten Träumen reißen, 1-6-3-2 rufen und *Jab, rechter Aufwärtshaken, Haken links, Gerade mit der Schlaghand* – die entsprechende Folge sitzt. Deswegen sollte man Zahlen unbedingt meiden, wenn man ihn weckt.

Aber Zaids Gedanken schweifen immer wieder ab, seit Jessy und Rajko die Halle vor zwei Stunden verlassen haben. Sie mit den gewünschten Bildern und Videos, und Rajko, um die Geschichte mit dem Marihuana an die Presse zu verfüttern. Mittlerweile wird sie schon publik sein. Zaid hat keine Ahnung, ob diese *Schadensbegrenzung* eine gute Idee ist, das mit dem Gras vielleicht, das wird nur seine Eltern wieder enttäuschen, aber sie werden es fraglos akzeptieren. Er hat schon genügend Scheiß gebaut, wenn er bekifft war.

Aber je länger er über die Sache mit Jessy nachdenkt, desto unwohler wird ihm dabei. Er versetzt dem Boxsack einen derartigen Aufwärtshaken, dass Manni dahinter ins Straucheln gerät.

„Gut, dass Sergej den sonst halten muss. Ich werd auch nicht jünger", ächzt Manni und lässt den Sack los. „Schluss für heute."

Zaid streckt ihm dankbar die bandagierten Hände entgegen.

„Was habt ihr vorhin besprochen?", fragt Manfred, während er beginnt, die Bandage von Zaids linker Hand zu wickeln.

„Rajkos Plan ist –"

„Lass gut sein, ich kenn den Plan", winkt Manni ab und rollt die Bandage routiniert auf.

„Warum fragst du mich dann?" Zaid schüttelt die Finger aus.

„Weil ich nicht so gut darin bin, Gespräche anzufangen, das weißte doch, Junge. Die Männer meiner Generation können besser 'nen Keilriemen wechseln, als Probleme ansprechen."

Zaid schaut Manni zu, wie er die rechte Hand auswickelt und lächelt. „Wenigstens kannst du das zugeben, Manni. Im Gegensatz zu anderen."

„Die Geschichte wird schon funktionieren, Junge. Rajko will nur dein Bestes. Es wird die Leute beruhigen und die Gerüchte beenden. Dann kannst du dich wieder voll und ganz auf den Kampf konzentrieren. Der Gürtel gehört uns und bleibt auch bei uns." Er befreit den letzten von Zaids Fingern aus der Bandage und massiert ihm die schmerzenden Hände. „Dein Vater wartet übrigens auf deinen Anruf."

„Du hast mit ihm gesprochen?" Zaid zieht seine Hände weg. „Du weißt, ich mag das nicht."

„Er macht sich nur Sorgen um dich wegen dieser Sache und du gehst nicht ans Telefon." Manni schnappt sich Zaids Hände und macht weiter.

„Er macht sich keine Sorgen um mich. Er weiß nur nicht, was er den anderen in der Moschee erzählen soll."

„Er liebt dich trotzdem, Junge. Und ich weiß auch nicht wirklich, was ich sagen soll, wenn mich die anderen Boxer danach fragen."

Zaid hat plötzlich Mitleid mit Manni. Er hat nicht nur sich durcheinandergebracht, sondern auch die Menschen, an denen ihm wirklich etwas liegt, in Erklärungsnöte gebracht. Vielleicht ist diese *Beziehung* mit Jessy doch keine so schlechte Idee. Vielleicht bringt sie Ruhe in alles, und das ist, was er dringend braucht. Und er schätzt Jessy. Zaid fand es immer schade, wenn Rajko und sie sich wieder getrennt haben. Sie war ihm auf ihre Art gewachsen und das tat Rajko gut. Er wirkte glücklicher mit ihr. Nicht so Telenovela glücklich wie sonst, sondern tief drinnen.

„Was hast du meinem Vater erzählt?", fragt Zaid und ein kleines Grinsen zieht sich über Mannis dünne Lippen.

„Dasselbe, was an die Presse geht: Dass du breit warst." Er schaut ihn an und zuckt mit den Schultern. „Na ja, und dann hab ich noch gesagt, dass dir deine Bewunderung für Muhammad Ali ein bisschen zu Kopf steigt und du jetzt auch Lust hast, so frech zu sein wie er. Das zieht bei deinem Vater."

Zaid grinst schmallippig. Muhammad Ali war der Entertainer des Boxens. Seine zahlreichen kleinen Provokationen bei den Face-offs sind legendär.

„Was hat er noch mal vor dem Kampf über Sonny Liston gesagt? Du merkst dir das doch immer alles“, meint Manni und wechselt das Thema auf weniger emotionales Terrain.

Zaid kramt in seiner Erinnerung. „Er sieht nicht gut genug aus, um Weltmeister zu werden. Der Champion der Welt sollte so hübsch sein wie ich.“

Manni lacht sich wie immer kaputt. „Der Junge war so rotzfrech und wie schamlos er immer gegrinst hat“, presst er zwischen seinem kehligen Raucherlachen hervor, während er Zaids Fingergelenke massiert.

„Einmal so frech auf alles scheißen wie Ali“, gluckst Manni.

Zaid ist glücklich, ihn wieder fröhlich zu sehen. „Danke, Manni“, sagt er. „Für alles.“

„Kein Grund, sentimental zu werden, Junge. Geh duschen und dann nach Hause. Entspann dich ein bisschen. Morgen ist nur Kondition und Physio. Und wir können uns gerne noch mal das Video zusammen anschauen.“ Manni legt ihm väterlich die Hand auf die Schulter und drückt ein bisschen daran herum.

Zaid winkt ab. „Danke, aber ich schau es mir einfach zu Hause an.“ Er will im Moment lieber nicht mit Manfred in einem Raum sein, wenn er sich den Zusammenschnitt von Saschas letzten Kämpfen anschaut. Anderthalb Stunden Großaufnahme von ihm sind gerade eine ziemliche Herausforderung für Zaid. „Ich hab es drauf, Manni, keine Sorge.“

„Das weiß ich doch, Junge. Du bist der cleverste Boxer, den ich je trainiert hab. Sascha ist ’ne harte Nuss, aber er ist ein bisschen zu weich hier drin.“ Er klopft Zaid mit der Faust auf die Brust und zieht ihn in eine kurze

Umarmung. „Du, Junge, du hast normalerweise ein Herz aus Eis, wenn's drauf ankommt. Erinnere dich daran."

Ein Herz aus Vanilleeis hab ich gerade, denkt Zaid, das unter Sascha Weiss' Whiskeyaugen schmilzt.

***

Als Zaid am Ende des Tages zu Hause ankommt, ist er sauer. Auf alles. Die Sponsoren, seinen Vater, sich selbst, den nächsten Nudelberg, den er gleich verschlingen muss und vor allem auf Sascha.

Er setzt sich auf die Kücheninsel und beleidigt jede einzelne trockene Nudel, die er mit der Gabel aufspießt. Nach einem Dutzend kippt er den Proteinshake, der neben ihm steht und darauf wartet, getrunken zu werden, einfach darüber und rührt um. Noch zwei Tage, dann kann er wieder normal essen und muss nicht mehr dem strengen Ernährungsplan folgen. Und dann ist auch Sascha wieder weg. Zurück in Frankfurt, wo er hingehört. Und Zaid verliert nicht mehr die Kontrolle über sich.

Er ist eigentlich ein Meister darin, sich Gefühle auszureden. Aber diesmal schafft er es nicht. In den unmöglichsten Momenten springt sein Kopfkino an und er sieht Sascha vor sich, fühlt die Lippen auf seinen. Wie Dias, die sich für Augenblicke vor die Realität schieben und ihn voller Sehnsucht zurücklassen. Er will ihn noch mal küssen, nur noch einmal. Zaid trinkt einen Schluck von der Proteinpampe, als könnte er den Wunsch dadurch verschlucken.

Es kann doch nicht sein, dass er sich aus dem Nichts in einen Mann verknallt. Er denkt an seine beiden Ex-Freundinnen und an die stattliche Anzahl One-Night-Stands, die er aus seiner Erinnerung hervorgräbt. Es waren ausschließlich Frauen und er hat den Sex immer genossen, abgesehen von den üblichen Reinfällen, klar, aber er ist nie auf die Idee gekommen, dass er etwas anderes begehrt als die Weichheit eines weiblichen Körpers. Das war doch nicht alles eine Lüge, etwas, das er sich vorgemacht hat. Klar, es gibt Männer, die er ziemlich attraktiv findet, Brad Pitt oder der junge Johnny Depp oder dieser Typ aus einer dieser Boybands, der so verboten heiß aussieht, dass er wirklich jeden Menschen umdrehen könnte. Aber wem geht das nicht so? Und Zaid hat beruflich ständig halb nackte männliche Körper um sich. Aber er hatte vor Sascha nie das Gefühl, einen Typen küssen oder anfassen zu *müssen*.

Wenn der Kampf vorbei ist, denkt er, muss ich dringend mit jemandem über diese Gefühle sprechen. Jemandem, der mich versteht und nicht bewertet. Niemandem aus dieser Machoblase.

Er wählt die Nummer seines besten und ältesten Freunds Tom und macht den Lautsprecher an. Beim sechsten Klingeln geht er ran.

„Zaid!", ruft Tom. Die Musik im Hintergrund ist ohrenbetäubend. „Warte, ich geh kurz in den Backstage."

Zaid hört, wie die Musik immer leiser wird.

„Jetzt." Tom atmet hörbar aus. „Ich muss gleich auf die Bühne, aber schön, dass du anrufst. Ich wollte mich eigentlich seit Tagen melden, aber du gehst ja immer so früh schlafen kurz vor 'nem Kampf." Die arglose Fröhlichkeit, die wie so oft in Toms Stimme liegt, beruhigt

Zaid ein bisschen. Wahrscheinlich hat er bisher nichts von dem Medienhype mitgekriegt. „Wie geht's dir, Zaid?"

„So la la", grummelt er mit vollem Mund.

„Soll ich nachhaken?", fragt Tom, weil er Zaid ganz genau kennt.

„Nein, nicht am Telefon. Wann ist deine Tour vorbei? Wann bist du wieder in der Stadt?", fragt Zaid hoffnungsvoll.

„Erst am Samstag nach dem Kampf. Aber dann bin ich erst mal für 'ne Weile in Berlin, nur ein paar Konzerte zwischendrin. Hey, aber ich schau deinen Kampf auf jeden Fall", antwortet Tom aufmunternd.

„Musst du nicht spielen an dem Abend?"

„Doch, aber ich hab so ein Dings, mit dem ich mein Handy ans Schlagzeug klippen kann. Ich schau heimlich zu, während ich spiele. Hab ich schon zur Fußball-WM ausprobiert. Funktioniert super."

Zaid lacht über die Vorstellung von Tom, der beim Trommeln auf sein Handy schaut, während der Rest der Band mit viel Gefühl performt. „Bist du unterfordert?"

„Klar. Ich toure mit einer Deutschpop-Band. Das heißt, den ganzen Abend mäßig schneller Viervierteltakt. Das kann ich im Schlaf. Ich darf nur die Sticks nicht fallen lassen, falls du k.o. gehst. Du weißt, dass ich das nicht aushalte. Also knock ihn aus, bevor er 'ne Chance dazu hat, okay?"

„Okay."

„Ich muss jetzt auf die Bühne. Wir sehen uns, sobald ich zurück bin. Und dann darfst du dir nicht aussuchen, ob ich nachhake oder nicht."

„Das war der Plan", flüstert Zaid.

„Ich weiß, Mausi, ich weiß."

Zaid legt auf. Dann rutscht er von der Kücheninsel und beschließt, auf der Stelle ins Bett zu gehen und sich die Decke über den Kopf zu ziehen, als es an der Tür klingelt. Er denkt kurz darüber nach, es einfach zu ignorieren, aber wahrscheinlich ist es Rajko, der heute Nachmittag wieder mal festgestellt hat, dass er Jessy zurückwill. Zaid würde seinen gesamten Besitz darauf wetten.

Er drückt auf den Sprechknopf. „Jup?"

# FÜNF

„Ich bin's, Sascha."

Zaid lässt vor Schreck den Knopf der Gegensprechanlage los ... oder vor Freude. Wer kann das schon auseinanderhalten, wenn plötzlich alle Neuronen im Kopf durcheinanderfeuern und der Magen diese Sache mit den Kniekehlen macht?

Es klingelt erneut. Zaid drückt wieder auf den Knopf. Es knackt.

„Dein Ernst?", tönt ihm Saschas Stimme entgegen.

„Ich bin vom Knopf abgerutscht, sorry", antwortet Zaid mit zittriger Stimme.

„Was?"

„Ich bin vom Knopf abgerutscht!", schreit er in das Plastikding und kommt sich ziemlich albern vor.

Sascha lacht. Nicht schon wieder dieses Lachen. Zaid sieht im Geiste, wie sich die Fältchen neben seinen Augenwinkeln bilden. Fuck. Schon die Vorstellung davon genügt, um ihn in ein emotionales Durcheinander zu verwandeln. „Woher weißt du, wo ich wohne?", fragt er deswegen ungehalten.

„Lässt du mich rein, wenn ich es dir verrate?"

„Nein." Zaid will nicht unfreundlich sein, aber das kann er nicht zulassen. Es ist zu früh. Er ist noch nicht so weit. Übermorgen muss er erst wieder im selben

Raum mit ihm sein. Ihm sehr nah kommen. Erst übermorgen.

„Dann hab ich nichts davon“, hört er Sascha sagen.
„Ich denke, es ist besser, meine Informanten zu schützen. Es heißt, du kannst ziemlich nachtragend sein.“

Zaid muss gegen seinen Willen schmunzeln. Arschloch.

„Wenn du mir einfach bei Instagram geantwortet hättest, wie jeder andere Mensch, müsste ich nicht –“

„Was willst du?“, unterbricht ihn Zaid und versucht
es, so gelassen wie möglich klingen zu lassen.

„Mit dir reden.“

„Dann rede.“

„Ernsthaft, Zaid? Durch die Gegensprechanlage?“

Er weiß selbst, wie albern das ist, aber was soll er tun?
Er will ihm jetzt nicht gegenüberstehen und er wird Sascha auch nicht seine Telefonnummer geben. Er traut
sich selbst nicht über den Weg und will lieber keine
Möglichkeit haben, ihn zu kontaktieren. Aber er kann
ihn auch nicht für immer ignorieren.

„Gut. Dann eben so“, sagt Sascha nach einer Weile
und seine Enttäuschung ist selbst durch den scheppernden Lautsprecher wahrnehmbar. „Aber ich hätte
dich nicht für einen solchen Feigling gehalten.“

Zaid nagt an seiner Lippe und sucht nach einer Ausrede. „Wir kämpfen übermorgen gegeneinander,
Mann. Zeig mir den Boxer, der kurz vorher gemütlich
mit seinem Gegner auf der Couch plaudert.“

„Zeig mir den Boxer, der seinen Gegner im Face-off
küsst.“

Okay, die Runde geht an Sascha. Er hat recht. Zaid *ist* feige. Er bekommt lieber einen Krampf im Finger, während er den Sprechknopf gedrückt hält, als die Tür zu öffnen.

„Sieh mal, Zaid …", sagt Sascha ruhig und Zaid bezweifelt, dass sein Name jemals so bestechend geklungen hat wie in diesem Moment. Er hätte gerne gesehen, wie diese Lippen ihn formen. Fuck. Und das Kopfkino springt wieder an. „Ich bin irgendwie durcheinander und ich weiß nicht, wie ich in diesen Kampf gehen soll, wenn ich mich ständig frage, warum du mich …" Saschas Stimme wird plötzlich unsicher. „… geküsst hast. Ich meine, ich weiß, dass du nicht *high* warst, wie ihr behauptet. Ich hab deine Augen aus der Nähe gesehen. Und ich kann irgendwie auch nicht glauben, dass das ein mieser Trick war, um mich durcheinanderzubringen, wie die anderen sagen. Oder um mich zu verhöhnen –"

„Stopp. Wer sagt das?" Zaid gefällt überhaupt nicht, was er gerade hört.

„Mein Manager glaubt, du wolltest dich über mich lustig machen oder mich demütigen, weil du vielleicht irgendwie rausgefunden hast, dass …" Sascha stockt. Irgendwas scheint ihm unangenehm zu sein.

„Was? Was hab ich vielleicht rausgefunden?" Zaid ist irritiert. Das Gespräch läuft in eine ganz andere Richtung als vermutet.

Sascha atmet am anderen Ende des Lautsprechers hörbar aus. „Dass ich auf Männer stehe. Das darf aber niemand wissen."

„Was?" Zaids Stimme rutscht höher, als ihm lieb ist. Er hat das Gefühl, der Boden gibt unter ihm nach.

„Ich steh auf Männer!", brüllt Sascha durch den scheppernden Lautsprecher. „Das darf aber –"

„Das hatte ich schon verstanden!", schreit Zaid vor Schreck zurück.

„Warum lässt du es mich dann in die Gegensprechanlage brüllen? Mann, hier draußen laufen Leute rum."

„Sorry, ich war ... überrascht." Überrascht drückt nicht im Mindesten aus, was er gerade empfindet. Gibt es überhaupt ein Wort dafür?, fragt sich sein schwirrender Kopf.

„Hat sich aber irgendwie gut angefühlt", hört er Sascha gedankenverloren sagen.

„Was?" Zaid wünschte, er würde mal was anderes herausbringen als dieses ständige Was.

„Ich ... weiß nicht." Saschas Stimme klingt erstaunt. „Es hat irgendwie gutgetan, es laut auf der Straße zu brüllen. Puh. Ich könnte gleich noch mal."

„Sascha!"

„War nur ein Scherz." Er lacht.

Zaid lehnt seine Stirn gegen die Tür und grinst in das Holz. Dann fällt ihm wieder ein, was Sascha vorher noch gesagt hat. „Die glauben nicht wirklich, dass ich so ein mieses Arschloch bin?"

Es bleibt eine Weile still am anderen Ende, bis Sascha ernst antwortet: „Na ja, Zaid, es ist denkbar ... Du weißt, wie unsere Branche ist. Wenn jemand Wind davon kriegt, dass ich schwul bin, bin ich die Zielscheibe für –"

„Ich würde mich nie darüber lustig machen. Selbst wenn ich gewusst hätte, dass du ..." Er kann es irgendwie nicht aussprechen und fühlt Wut in seinen Magen schießen. „Wofür halten die mich? Ja, ich rede nicht gerne und ich bin auch nicht der sozialste Mensch, aber ... oder ist es, weil ich Muslim bin? Das heißt nicht, dass ich homophob bin ... Warte mal, denkst du das etwa auch? Hältst du mich für so ein Arschloch?" Er fühlt einen Stich in der Brust.

„Ich bin hier, um es rauszufinden", sagt Sascha ruhig und Zaid hält den Atem an. Zwischen die Wut auf das, was ihm unterstellt wird, mischt sich plötzlich Bewunderung für Sascha, dafür, dass er gerade hier vor seiner Tür steht und die Dinge sagt, die er sagt. Ruhig und fest, während Zaid sich wie ein Kind verhält.

„Ich meine, was soll ich denn denken?", redet Sascha weiter. „Erst küsst du mich und dann verschwindest du in der Versenkung, nur um nicht mit mir sprechen zu müssen. Und dein Management lässt zu allem Übel verkünden, dass du high und *albern* warst. Wie klingt das für dich?"

Zaid will auf der Stelle im Boden versinken. Seine Bewältigungsmechanismen sind wirklich erbärmlich. Und Rajkos Ideen auch.

„Und nein", hört er Sascha mit seiner tiefen, warmen Stimme sagen. „Ich denke eigentlich nicht, dass das dein Ziel war. Ich kann mir nicht vorstellen, dass du so jemand bist. Keine Ahnung. Du machst es einem jedenfalls nicht leicht."

Zaid lacht ein müdes Lachen. Wenn Sascha wüsste, wie recht er damit hat. Zaid macht es niemandem leicht, nicht mal sich selbst.

„Niemals. Ich –", beginnt er.

„Wollen Sie mit rein, junger Mann?"

Zaid braucht einen Moment, um zu verstehen, was gerade passiert.

„Nein, danke. Ich stehe hier nur so rum“, hört er Sascha antworten. „Aber ich kann Ihnen gerne mit den Einkaufstaschen helfen. Die sehen schwer aus.“

„Das geht schon, Herzchen. Ich nehm den Fahrstuhl.“

Zaid erkennt die Stimme. Es ist die von Frau Fuchs aus dem zweiten Stock. Er hört, wie Sascha lacht und die Tür wieder ins Schloss fällt.

„Du hättest die Chance nutzen und reinkommen können“, sagt er verwundert.

„Und dann was, Zaid? Durch die nächste Tür mit dir reden?“

Sascha klingt zynisch und enttäuscht. Und in Zaid tobt ein stiller Kampf. Ein paar Stockwerke unter ihm steht Sascha, zum Greifen nah. Der Sascha, von dem er plötzlich weiß, dass er auf Männer steht. Vielleicht sogar auf ihn? Will er das überhaupt wissen?

Und der Sascha, der auf keinen Fall glauben darf, was sein Manager sagt. Der nicht von der Welt enttäuscht werden soll, weil er dieses ansteckende Lachen unbedingt weiterlachen muss, sonst geht hier überall das Licht aus.

„Dachgeschoss. Nimm den Fahrstuhl“, sagt Zaid und drückt auf den Summer. Er atmet ein paarmal tief durch. Dann macht er die Tür auf und geht durch den Flur zurück in die Wohnung. Er holt zwei Flaschen Bier aus dem Kühlschrank und öffnet sie mit nervösen Fingern. Erst als er hört, wie die Wohnungstür ins Schloss fällt, dreht er sich um. Sascha steht ein paar Meter von ihm weg, in Hoodie und Jogginghose, und lässt seinen Blick durch den großen, offenen Raum des Appartements wandern. Zaids Blick wandert hinterher und es kommt ihm vor, als sähe er seine Wohnung zum ersten Mal.

„Dekorieren ist nicht so deine Stärke, was?", fragt Sascha schließlich mit einem verlegenen Grinsen und massiert sich den Nacken. Er wirkt nervös.

„Deine etwa?", fragt Zaid, während er um die Kücheninsel herumläuft und sich dagegen lehnt. Die eisigen Bierflaschen lassen seine Finger fast gefrieren, aber wenigstens sieht es jetzt so aus, als würden sie vor Kälte zittern.

„Sagen wir so …" Sascha räuspert sich. „Ich werde besser. Ich hab mittlerweile ein paar Pflanzen und das ein oder andere Bild an der Wand. Kann ich empfehlen."

„Hat meine Ex-Freundin alles mitgenommen." Zaid beobachtet ihn, während er den Raum von seinem Platz aus weiter scannt.

„Tut mir leid. Warum habt ihr euch getrennt?", fragt Sascha beiläufig und scheint den Ausblick durch die Fensterfront zu studieren.

Zaid antwortet, bevor er es sich anders überlegen kann. „Weil ich nicht über meine Gefühle rede und nicht konfliktfähig bin."

Sascha dreht sich in seine Richtung und lacht laut auf. Er sieht unverschämt anziehend aus in dieser Jogginghose, die tief auf seinen Hüften sitzt, denkt Zaid, zu tief. Er streckt den Arm aus und hält ihm eine Flasche entgegen. Er weiß, er sollte hingehen und sie ihm reichen. Das wäre freundlich, aber er hat plötzlich Angst, sich von der Kücheninsel loszueisen, unterwegs auf die Knie zu sinken und seine Finger unter den Bund dieser verdammten Jogginghose zu schieben. Fuck.

„Dürfen wir das so kurz vor dem Kampf?", fragt Sascha mit einem Blick auf das Bier.

Zaid taucht aus seinen Gedanken auf und schnaubt. „Wenn du es keinem verrätst, tue ich es auch nicht." Er schüttelt den Kopf über Saschas Musterschüler-Attitüde.

Der schlendert auf Zaid zu und greift nach der Flasche. Ihre Finger berühren sich für einen Moment und Sascha bleibt dicht vor ihm stehen. Zu dicht für Zaids Geschmack und gleichzeitig nicht dicht genug. Er atmet Saschas Geruch ein, blumiger Weichspüler und herbes Deo, und zwingt sich, ihm möglichst ungerührt in die Augen zu schauen.

„Gut", sagt Sascha und lässt die Flaschen zusammenstoßen. „Ich schätze, wenn wir beide trinken, hat keiner von uns einen Nachteil. Prost." Dann führt er sie zum Mund und trinkt.

Zaid starrt auf seine entblößte Kehle und sieht, wie der Adamsapfel zuckt, wie sich seine Lippen um die Flaschenöffnung schließen. Das Bild vor seinen Augen sieht aus wie so eine beschissene sexy Cola-Werbung. Der Puls pocht in seinen Schläfen, als Sascha die Flasche absetzt und sich mit der Zungenspitze über die feuchten Lippen leckt. Zaid blickt schnell auf seine Hände.

„Um das ein für alle Mal klarzustellen: Ich hab ... *das* nicht gemacht, um dich bloßzustellen. Ich brauche keine faulen Psychotricks, um zu gewinnen. Das schaff ich auch so."

„Ist das so?", fragt Sascha amüsiert.

Zaid leert seine halbe Bierflasche in einem Zug, bevor er antwortet. Er spürt Saschas Blick auf sich und leckt sich ebenfalls über die Lippen, als er die Flasche absetzt. Cola-Werbung kann er auch.

„Klar“, sagt er schließlich. „Du hast zwar den härteren Schlag, aber ich bin wendiger als du.“

„Ausweichen kannst du gut, ja.“ Saschas whiskeyfarbene Augen funkeln herausfordernd. „Warum hast du es dann getan?“

Obwohl sie wie ein Elefant im Raum steht, erwischt Zaid die Frage eiskalt. „Was?“ Er weiß genau, dass Sascha den Kuss meint, aber er muss etwas Zeit gewinnen, um sich eine Antwort zu überlegen.

„Siehst du.“ Sascha zeigt auf ihn, wie um seine These zu unterstreichen.

„Ich weiß es nicht“, lügt Zaid. „Keine Ahnung, Mann. Ich war nicht ganz bei mir an dem Tag.“

Sascha mustert ihn quälende Sekunden lang, als würde er etwas begreifen, und stellt dann sein Bier auf der Kücheninsel neben ihm ab. Er nickt. „Okay, Zaid, alles klar.“ Es klingt, als hätte er tatsächlich etwas begriffen. „Danke dir für das Bier … und das Gespräch.“ Sascha tippt sich zur Verabschiedung mit zwei Fingern an die Stirn. „Ich muss dann mal wieder.“ Er wendet sich Richtung Wohnungstür und macht einen Schritt vorwärts.

Zaid kann das nicht zulassen, will das nicht zulassen. Er hat noch eine Frage, die ihm auf der Seele brennt.

„Warte!“, bittet er und Sascha bleibt stehen, dreht sich zu ihm um. „Warum hast du mitgemacht? Du hättest mir einfach ausweichen oder eine feuern können.“

Sascha lacht, es klingt irgendwie *besiegt*.

„Und die Chance verpassen, einmal von Zaid El Sabah geküsst zu werden? Nee, du“, sagt er schulterzuckend und setzt sich wieder in Bewegung. Mit großen Schritten läuft er zur Wohnungstür.

„Was soll das bedeuten?" Zaid folgt ihm und hält seine Schulter fest, bis sich Sascha erneut zu ihm umdreht.

„Okay, Zaid, wenn du es unbedingt wissen willst, bleibe *ich* dir keine Antwort schuldig." Er atmet tief ein und blickt dann auf seine Füße. „Ich hab 'ne kleine Schwäche für dich ... seit ich dich zum ersten Mal gesehen habe. Das war der Kampf gegen diesen Franzosen vor drei, vier Jahren."

„René Chival", ergänzt Zaid, als wäre das gerade wichtig. „Warst du da?"

„Nein, ich hab's im Fernsehen gesehen. Und dann noch mal auf YouTube. Vermutlich ein Dutzend Mal. Und zwar nicht, um deine Taktik zu studieren. Da war ich erst achtzehn und es stand noch nicht im Raum, dass wir mal gegeneinander boxen. Puh, Mann, ist das peinlich." Sascha schließt die Augen und massiert seine Nasenwurzel mit den Fingern.

Zaid verliert sich in dem Anblick. Den kleinen Fältchen, die sich neben seinen geschlossenen Lidern kräuseln, und der zarten Schamröte auf seinen Wangen. Sein Blick fällt auf Saschas Unterlippe, eingeklemmt zwischen den Zähnen.

Küss mich bitte, denkt Zaid.

„Was?" Sascha öffnet erschrocken die Augen. Verdammt, offensichtlich hat er es nicht nur gedacht, sondern ausgesprochen. „Küss du mich doch." Sascha schüttelt den Kopf und greift nach der Türklinke.

„Das hab ich schon." Zaid schafft es nicht mehr, über das nachzudenken, was er sagt. Sein Mund ist einfach schneller. „Aber diesmal ... brauche ich dein Einverständnis."

Ein kleines Lachen entfährt Sascha, aber er reißt sich sofort wieder zusammen. Sein Blick fällt über Zaids Schulter hinweg ins Leere. Er kann fast hören, wie er mit sich debattiert und streckt die Hand aus, greift in seinen Hoodie und wartet mit ausgestrecktem Arm. Er will nicht, dass Sascha geht, aber er kann ihn nicht zuerst küssen, nicht dieses Mal. Sascha blickt weiter schweigend ins Leere und Zaid wartet so lange, bis seine Knöchel weiß werden vom festen Griff um den Stoff und er das Gefühl hat, dass jede Zelle seines Körpers zu kochen beginnt. Niemals zuvor hat er jemanden so gewollt wie in diesem Moment. Etwas so gewollt. Er schließt die Augen und dann spürt er endlich Saschas Atem auf seinem Gesicht, die Lippen, vorsichtig und zart. Wie kleine Farbtupfer auf seinem rechten Mundwinkel, seinem Kinn, seinem linken Mundwinkel. Er schlägt die Augen auf, als Saschas Zungenspitze sacht über seine Lippen leckt und um Erlaubnis bittet. Dann öffnet er den Mund und lehnt sich nach vorn. Ihre Zungen berühren sich und Zaid hat das Gefühl, zu fallen. Er gräbt seine Faust noch fester in den Hoodie, schiebt Sascha vor sich her, bis er ihn gegen die Wand pressen und seine Zunge tief in seinem Mund versinken lassen kann. Saschas gleitet um seine, sanft und quälend langsam. Er schmeckt nach herbem Bier, Minzkaugummis und etwas sehr, sehr Süßem, das *er* sein muss.

Ein überraschtes Stöhnen entfährt ihm, als Zaid leicht in seine Unterlippe beißt. Es klingt so schön, dass er es noch einmal hören will. Er knabbert daran herum und Sascha legt eine Hand in seinen Nacken, lässt die andere in sein halblanges Haar gleiten und zieht leicht daran, wie um sich zu halten. Der winzige Schmerz sendet Schockwellen durch Zaids Wirbelsäule und er drückt sich fest gegen ihn, lässt die Hände unkontrolliert über Saschas Seiten wandern. Er weiß gar nicht, wo er zuerst hinfassen will. Da ist viel zu viel Stoff zwischen ihnen. Gierig schiebt Zaid seine Hände unter den Saum des Hoodies und trifft endlich auf Haut. Warm und glatt spannt sie sich über die Hüftknochen. Er gräbt seine Finger hinein und Sascha löst den Kuss, zieht die Luft scharf durch die Zähne und lehnt seinen Kopf an der Wand zurück.

„Oh Gott", hört Zaid ihn murmeln und er nutzt den Moment, um sein Gesicht in Saschas Halsbeuge zu vergraben, denn er braucht mehr von seiner Haut unter den Lippen, den Fingern. Er küsst sich über die Linie des markanten Kiefers den Hals hinunter, während sich Saschas Finger fester in seine Haare graben. Es ist ungewohnt, die feinen Bartstoppeln zu spüren, die Saschas Haut überziehen, und doch so gut. Rau und zart zugleich. An der zartesten Stelle, kurz über dem Schlüsselbein bleibt Zaid hängen und atmet ein, was er von seinem Duft kriegen kann. Dann saugt und knabbert er an der Haut dort, bis er sich sicher ist, dass er ein bläulich rotes Mal hinterlässt, das tagelang nicht weggehen wird.

„Zaid ... *Zaid* ..." Er hört Saschas raues Flüstern erst, als dieser sein Kinn umfasst und seinen Kopf anhebt.

„Was hast du?", fragt Zaid mit geschlossenen Augen. Er will jetzt nicht reden. Worte haben hier gerade gar nichts verloren.

„Zaid, schau mich an.“

Er kommt seiner Bitte nach und öffnet die Augen, denn es gibt nichts, was er dem Mann vor ihm gerade abschlagen könnte. Rein gar nichts. Saschas Augen strahlen wie ein Glas Whiskey im Kerzenlicht und Zaid fragt sich, wie lange er wohl dazu verdammt ist, hilflose poetische Bilder zu denken, für die er sich fremdschämen würde, wenn er sie irgendwo zu hören bekäme.

„Zaid, glaub mir … ich will das hier wirklich, aber das ist gerade der denkbar ungünstigste Zeitpunkt. Wir haben einen Kampf vor uns. Und du wirkst ziemlich … durcheinander. Das ist alles ein bisschen viel gerade. Zu viel Nähe ist das Letzte, was uns gerade hilft. Aber …“ Sascha küsst ihn noch einmal und beginnt währenddessen zu lächeln – ein Augenblick, der sich tief in Zaids Gedächtnis einbrennt.„Nach dem Kampf haben wir alle Zeit der Welt … *hierfür*.“

Zaid nickt, obwohl er fürchtet, dass sie überhaupt keine Zeit haben, dass es nur hier und jetzt gibt. Weil er, spätestens wenn Sascha geht, wieder anfangen wird zu straucheln und tausend Gründe findet, dagegen anzukämpfen.

Er räuspert sich, bevor er antwortet. „Fuck, tut mir leid. Du hast recht. Ich weiß nicht, was in mich gefahren ist.“ Er tritt einen Schritt zurück und fühlt, wie sich seine Gesichtszüge verhärten.

„Stopp! Zaid, hörst du mir zu? Das meinte ich nicht. Ich mag, was in dich gefahren ist. Gib mir dein Telefon“, verlangt Sascha und greift in Zaids Gesäßtasche, um es rauszuziehen. „Code?“, fragt er und hält es ihm hin.

Zaid legt seinen Finger auf das Display und schaut zu, wie Sascha seine Nummer einspeichert.

„Schreib mir", sagt er grinsend, als er fertig ist und das Telefon genauso langsam wieder zurückschiebt. „Wir sehen uns übermorgen im Ring. Ich freu mich schon." Sascha lächelt, bevor er die Tür öffnet und dahinter verschwindet.

# SECHS

Zaid hat das Gefühl, als wolle ihn seine Bettdecke ersticken. Es ist eine von diesen schweren Therapiedecken, die er eigentlich liebt, weil sie seine oft brennenden Muskeln beruhigt, aber jetzt macht sie ihn verrückt. Der Druck auf seiner Haut erinnert ihn an den Körper, an den er sich gerade noch gepresst hat, als ginge es um sein Leben.

Eine fast schmerzlich harte Erektion pulsiert in seinen Shorts, aber er wagt nicht, sich einen runterzuholen, weil er Sascha vor sich sieht, sobald er die Augen schließt, und das macht er automatisch, wenn er sich selbst anfasst. Sascha auf den Knien vor ihm, die Lippen einen Spaltbreit geöffnet, während sie sich ... verdammt.

Zaid wirft die Decke von sich und steht fluchend auf. Es ist schon nach Mitternacht und er braucht dringend Schlaf. Für die nächsten Tage sollte er ausgeruht sein, aber an Ruhe ist nicht mehr zu denken, seit Sascha da war. Und seit diese Nummer in seinem Telefon steht. Es liegt auf dem Nachttisch und hat ein elektromagnetisches Feld um sich errichtet, das droht, ihn einzusaugen, wenn er zu nah kommt. Er weiß nicht einmal, was er schreiben will. Er ist so durcheinander, aber er kann mit an Sicherheit grenzender Wahrscheinlichkeit sagen, dass sich seine Finger verselbstständigen werden, sobald er den Kontakt öffnet.

Zaid hat kein Ritual für den Fall, dass er nicht einschlafen kann, denn normalerweise kann er das immer. Tee, denkt er. In Filmen trinken die in so einer Situation doch immer einen Tee und beruhigen sich. Kiffen will er jetzt nicht mehr, so kurz vor dem Kampf.

Der Kampf. Sascha. Fuck. Seine Gedanken scheren immer wieder aus und kehren zu ihm zurück. Er ist in einer Schleife gefangen, in der er sich nicht einmal ablenken kann. Schließlich hat er auch keine andere Wahl; er *muss* sich auf ihn konzentrieren, um gegen ihn zu boxen. Übermorgen. Nein, genau genommen schon morgen. Saschas gefährlichste Kombinationen kennt er auswendig, seine Reaktionen hat er stundenlang mit Manni studiert – aber da hatte er auch noch keinen Geruch und keinen Geschmack. Da war er nur ein weiterer Boxer auf einem Bildschirm, dessen Kampfstil er studierte.

Zaid durchsucht seine Küchenschränke nach Tee, bis er schließlich eine einsame rote Packung findet, an der ein Schleifchen klebt. *Heiße Liebe* steht darauf. Na klar. Was auch sonst? Er kann sich nicht erinnern, wer ihm das Zeug geschenkt hat und der Ansicht war, dass Himbeer-Vanille-Aroma in Tee gehört. Er füllt den Wasserkocher und drückt auf den Knopf des Radios, das seit Ewigkeiten vergessen danebensteht. Zaid ist fast erleichtert, als er die Stimme der Moderatorin hört, die überambitioniert die Verkehrsmeldungen verkündet. Er brüht eine Tasse *Heiße Liebe* auf und schaut zu, wie sich das Wasser augenblicklich rot färbt. Gleich wird er sich die Zunge daran verbrennen, denkt er, und dass das der eigentliche Grund ist, warum er Tee nicht leiden kann. Weil er sich in seiner Erinnerung einfach jedes Mal die Zunge daran verbrannt hat, wie den Gaumen an Tiefkühlpizza.

„Und für alle wunden Herzen da draußen kommt jetzt Natalie Imbruglia …", sagt die Stimme aus dem Radio. „Mit *Torn.*"

„Oh nein", flucht Zaid, als er die bekannten Akkorde des Intros hört. Er schließt die Augen, als seine Füße beginnen, im Takt zu zucken. „Nicht mitsingen, jetzt bloß nicht mitsingen", flüstert er vor sich hin, aber schon im ersten Refrain gibt er sich geschlagen. Er ist verwirrt und aufgekratzt und eigentlich niemand, der traurige Lieder mitgrölt oder sich von diffusen Gefühlen regieren lässt. Aber dieses Lied hat seinen Willen in Windeseile gebrochen. Er singt zaghaft mit und lässt seinen Füßen freien Lauf. Scheiß drauf, sagt er sich. Tänzeln ist schließlich Training im weitesten Sinne. Seine Schnelligkeit ist sein Geheimnis im Ring. Er bewegt sich so schnell, dass schon der ein oder andere Gegner erst die Geduld und anschließend den Kampf verloren hat.

Zaid tanzt aus der Küche in den Wohnzimmerbereich und singt aus voller Kehle mit.

*Nothing's fine, I'm torn.*

***

Zaids Laune ist auf dem Tiefpunkt. Er joggt durch den morgendlichen Nieselregen und die Feuchtigkeit kriecht durch seine Klamotten. Berlin ist eine einzige

Beleidigung bei Regen. Der Himmel hat ein so festes Grau, dass man das Gefühl hat, mit einer Spitzhacke dagegen schlagen zu müssen, damit jemals wieder ein Sonnenstrahl auf die Erde fallen kann.

Er ist hundemüde aus verschwitzten Träumen aufgewacht, und zwar mit einer verbrannten Zungenspitze, die jetzt beim Laufen unangenehm gegen seine Zähne reibt. Scheiß *Heiße Liebe*. Er biegt in eine Seitenstraße ab und hält vor dem Laden, in dem seine Mutter Dessous verkauft.

„Roohy!", ruft sie und kommt freudig auf ihn zu, als er die Ladentür hinter sich schließt. „Wie schön, dass du vorbeikommst." Sie streckt sich auf die Zehenspitzen und zieht ihn fest in die Arme. Der vertraute Geruch steigt in Zaids Nase, als er sein Gesicht in ihre Schulter gräbt. Wenn der Kampf durch ist, wird er ihr wieder das Parfum kaufen, von dem sie behauptet, es sei viel zu teuer, um es zu benutzen, und dann tut sie es doch.

Es ist noch nicht so lange her, seitdem er größere Sponsoren hat und nicht mehr jeden Euro umdrehen muss. Und er liebt es, seine Mutter mit Dingen zu beschenken, die sie sich nie leisten konnte und auch nicht würde.

„Wie geht es dir?", fragt sie, während sie sich aus der Umarmung löst und sein Gesicht mit den Händen umschließt. „Bist du nervös?"

„Nur ein bisschen", erwidert Zaid und bemüht sich um ein glaubhaftes Lächeln.

Sie kneift ihm zärtlich in beide Wangen und setzt anschließend einen strengen Blick auf. „Warum muss ich von deiner kleinen Schwester erfahren, dass du eine

Freundin hast? Sie hat es auf Instagram gesehen. Und dann Jessy! War das nicht mal die Freundin von –"

„Rajko. Ja." Fuck. Zaid hat Jessy völlig vergessen. Sie muss gestern Abend irgendwann die Story und die Fotos gepostet haben … als er sich gerade an Sascha gepresst hat.

„Und hatten wir über die Sache mit dem Marihuana nicht schon mehrfach gesprochen? Du hattest mir versprochen, es zu reduzieren. Und dann bist du wieder vor aller Augen so bekifft, dass du Unfug machst." Seine Mutter schaut ihn mahnend an.

Ein entnervtes Seufzen verlässt Zaids Mund. Er hat Rajkos *Kommunikationsstrategie* nicht wirklich bis zum Ende durchdacht. Einige Augenblicke lang denkt er darüber nach, seine Mutter einzuweihen, aber die Erklärung, die er ihr dann für den Kuss liefern müsste, hält ihn davon ab.

„Sorry. Das mit Jessy ging irgendwie sehr plötzlich. Ich wollte es euch sagen, aber ich war so abgelenkt. Ich dachte, ich stelle sie euch nach dem Kampf vor. Ihr kommt doch, oder?"

Sie schaut ihn prüfend an und löst ihre Hände von seinen Wangen. Zaid kann ihren Blick nicht deuten, weiß nicht, ob sie ihm glaubt oder nicht.

„Deine Schwester ist schon auf Abifahrt, aber dein Vater und ich kommen natürlich. Ich werde wahrscheinlich wieder nicht hinschauen können, wie beim letzten Mal, als deine Augen so zugeschwollen waren."

„Ich hab gewonnen, Mama."

„Ja, aber du weißt, wie stolz ich darauf bin, dass ich dich mit diesem Engelsgesicht aus meinem Mutterleib gepresst habe. Es ist absolute Verschwendung, dass du das riskierst. Du hättest mit so einem Gesicht Schlagersänger werden können.“

Zaid lacht über die Vorstellung. „Kann ich immer noch, wenn ich mit dem Boxen aufhöre. Tom wird mir sicher ein paar ordentliche Schnulzen komponieren.“

Seine Mutter lächelt endlich. Sie greift nach seiner Hand und zieht ihn tiefer in den Laden. „Wenn das mit dieser Jessy und dir was Ernstes ist, solltest du ihr was Nettes aussuchen“, sagt sie mit einer ausladenden Armbewegung in Richtung der Dessous. „Weißt du ungefähr, welche Größe –“

„Mama, ich werde nicht mit dir zusammen Unterwäsche aussuchen“, sagt Zaid, aber sie hat offensichtlich beschlossen, ihn zu ignorieren.

„Warte, bis du das hier gesehen hast.“ Sie angelt einen Hauch aus nichts und Spitze von einem Ständer.

Er nimmt das Teil, was auch immer es sein soll, und hängt es zurück. Ganz schön viel Geld für so wenig Stoff, denkt er, als seine Augen das Preisschild registrieren. „Ich muss wirklich weiter in die Halle, Mama. Die warten sicher schon auf mich.“ Um den Laden schnellstmöglich verlassen zu können, küsst er sie hastig auf die Stirn und tritt zur Tür.

Seine Mutter folgt ihm und schaut ihn nachdenklich an, als er nach der Klinke greift. „Dein Vater ist erleichtert, Roohy. Obwohl er sich auch fragt, warum wir als Letzte von deiner neuen Freundin erfahren.“

„Ihr seid nicht die Letzten. Es wissen bisher eigentlich nur Rajko und Manni.“ Zumindest was das betrifft, muss er nicht lügen.

Sie stutzt. „Auch Tom nicht?“

„Er war wochenlang mit dieser Popband auf Tour.“

„Trotzdem. Das ist seltsam. Er kriegt doch sonst alles aus dir raus", sagt sie und umarmt ihn zum Abschied. „Pass auf dich auf, Roohy, und geh doch bitte öfter an dein Telefon, okay?", flüstert sie.

Zaid drückt sie fest an sich und verlässt dann den Laden. Draußen bleibt er stehen, öffnet Instagram und schaut sich Jessys Post an, den Rajko für ihn geteilt hat. Ein Foto von ihm beim Sparring in der Halle und eines, auf dem er hinter ihr steht und die Arme um ihre Taille legt, die Köpfe aneinandergeschmiegt. Darunter steht:

*My boy @zelsabah_official trainiert hart für die Titelverteidigung gegen @saschaweissofficial. So exited! Make it, baby! Freu mich schon darauf, dich im Anschluss zu pflegen. ;)*

Okay, dezent sein ist nicht Jessys Stärke, denkt Zaid. Und warum kommt eigentlich keiner auf die Idee, ihm die Sachen wenigstens vorher zu zeigen? Er steckt sich die Kopfhörer in die Ohren, wählt Rajkos Nummer und joggt weiter Richtung Halle.

*****

Als Zaid am frühen Abend nach Hause kommt, findet er einen gefalteten Zettel im Briefkasten. Er ahnt sofort, von wem er ist und klappt ihn mit zittrigen Fingern auf.

*Ich dachte, du hättest wenigstens die Größe, mir persönlich zu sagen, dass du eine Freundin hast. War ein ziemlicher Schlag in die Fresse, als ich gestern von dir kam und mein Instagram gecheckt habe. Go fuck yourself, Zaid.*

Kein Schlag, den *er* je kassiert hat, kommt auch nur ansatzweise an die Wucht heran, mit der ihn diese drei Sätze treffen. Er hatte doch selbst völlig vergessen, dass er jetzt eine Freundin hat. Augenblick. Sie ist ja nicht wirklich seine Freundin. Wie hätte er Sascha denn von seiner Fake-Freundin erzählen können, an die er sich selbst nicht erinnert und die es nur gibt, weil –

Zaid stützt sich an der Hauswand ab. Sein Herz hämmert gegen die Rippen, pumpt sämtliche Luft aus seinen Lungen, und er hat das Gefühl, es gleich auskotzen zu müssen. Sascha war hier, schießt es ihm durch den Kopf. Vielleicht gerade eben erst. Zaid schaut sich auf der Straße um, als könnte er da noch irgendwo stehen. Er rennt bis zur nächsten Ecke und wieder zurück. Dann holt er sein Handy aus der Hosentasche und wählt die Nummer, beißt sich auf die verbrannte Zungenspitze, damit er sein Herz nicht tatsächlich gleich auf den Asphalt kotzt. Eine gefühlte Ewigkeit lauscht er dem Wählton.

„Wer ist dran?", hört er Sascha irgendwann fragen. Klar, er hat *seine* Nummer ja gar nicht.

„Zaid."

Sascha legt sofort auf.

Hilflos starrt er auf das Display, bis eine Nachricht darauf erscheint.


*Lass es einfach.*


Zaid blickt auf die Buchstaben und hat das Gefühl, die Bitterkeit schmecken zu können, mit der sie getippt wurden. Er würgt sie runter und muss sich wieder an der Hauswand abstützen. Er weiß nicht, wie lange er da so steht. Vielleicht ist das das Beste, denkt er irgendwann. Was soll er ihm denn sagen? Dass alles anders ist, als es aussieht? Das hat er doch gestern schon. Fuck. Sascha hat recht.

Er sollte es *einfach lassen*, ihn in dem Glauben lassen, dass Zaid nichts weiter als ein blöder Idiot ist. Weil er genau das ist. Er reibt sich die Augen und flüstert sein Mantra: „Nur noch morgen." Dann ist der Kampf vorbei und Sascha wird wieder aus der Stadt verschwinden, und das Leben macht das, was es mit Sicherheit tut. Es geht weiter.

„Du siehst aus wie sieben Tage Regenwetter", hört er jemanden sagen.

Zaid sieht auf und bemerkt Frau Fuchs neben sich, die wie aus dem Nichts aufgetaucht zu sein scheint und mit zittrigen Fingern den Schlüssel in das Haustürschloss steckt.

„Ich hab noch Kuchen oben. Gedeckter Apfel. Du siehst aus, als könntest du ein Stückchen gebrauchen. Mit Eierlikör drauf?"

Zaid schaut sie an und will nicken, mit ihr in ihre altmodische Küche gehen und die Fotoalben durchblättern, die sie auf den Tisch legt, während sie Filterkaffee kocht und Geschichten aus ihrem Leben erzählt, die alle mit „Das waren Zeiten. Einmal sind wir ..." beginnen. Obwohl sie schon lange Witwe ist, fangen die meisten ihrer Sätze mit *wir* an. Er würde so gerne mitgehen, aber er muss dringend hoch in seine Wohnung für den Fall, dass ihm das Herz doch noch zum Hals rauskommt. Er ruiniert lieber sein eigenes Badezimmer mit der Sauerei, die das anrichtet.

„Ich hab morgen einen Kampf“, sagt er entschuldigend. „Wir müssen das verschieben, Frau Fuchs.“

„Ach, stimmt.“ Sie greift seinen Ellenbogen und zwinkert ihm aus ihren blauen Augen zu. „Mach ihn fertig, Junge. Ich programmiere gleich den Videorekorder. Dann schauen wir uns das später wieder gemeinsam an.“

Zaid muss lächeln. Sie hat tatsächlich noch einen alten Videorekorder und er liebt diese gemeinsame Tradition. Sie begann, bald nachdem er ihr zum ersten Mal die Einkaufstüten in die Wohnung geschleppt hatte und erst Stunden später wieder rauskam.

Er trottet hinter ihr in den Hausflur. „Unbedingt. Ich brauche wieder eine Aufzeichnung und Ihre Kampfanalysen sind die besten“, antwortet er, obwohl er weiß, dass er sich *diese* Videokassette mit Sicherheit nicht ansehen will.

Sie drückt den Fahrstuhlknopf und die Türen öffnen sich.

„Aber eigentlich, Frau Fuchs, wünsche ich mir, dass Sie morgen endlich mal persönlich zu einem Kampf kommen. Nur dieses eine Mal.“ Zaid tritt hinter ihr in den Fahrstuhl. „Ich setze Sie auf die Gästeliste und lasse Sie von meinen Eltern abholen. Die bringen Sie auch anschließend wieder nach Hause.“ Und bevor sie wieder sagen kann, dass sie für so was *zu alt* sei, schiebt Zaid ein entschiedenes „Bitte, Frau Fuchs“ hinterher. Er hat das Gefühl, ihre Anwesenheit morgen zu brauchen, wie manchmal das Stück Kuchen in ihrer Küche.

„Gegen wen kämpfst du denn?“, fragt sie.

„Gegen den Typen, den Sie gestern Abend unten vor der Tür getroffen haben“, antwortet Zaid. „Sascha

Weiss." Sein Herz krampft sich erneut schmerzhaft zusammen. Selbst den Namen auszusprechen, tut weh.

„Hm." Sie schaut ihn prüfend an. „Einverstanden."

Zaid fällt ihr um den Hals. „Wirklich?"

„Ja. Wann muss ich bereit sein?"

„Das sag ich Ihnen morgen früh, nachdem ich mit meiner Mutter gesprochen habe."

# SIEBEN

„Zaid, wie lange willst du noch pinkeln?"

Rajko klingt angespannt, als er von außen gegen die Toilettentür klopft. Seine anfängliche Euphorie – *„Das werden Traumeinschaltquoten heute!"* – ist in der letzten Stunde in Nervosität umgeschlagen.

In der Toilette des Umkleideraums stützt sich Zaid auf das Waschbecken und versucht, seine zitternden Finger ruhig zu bekommen. Er will nicht, dass Manni sie sieht, wenn er die Hände gleich zum Bandagieren ausstrecken muss. Zaid hat sich heute eigentlich ganz gut fokussiert bekommen, aber seine Hände machen einfach, was sie wollen. Als hätten sie einen eigenen Willen und Angst davor, gleich Sascha zu schlagen.

Nur noch heute, wiederholt er das Mantra, das ihn schon den ganzen Tag begleitet, und er versucht, es fest in seinen Gedanken zu halten, als er die Tür öffnet und in den Raum tritt, in dem Manni mit den Bandagen bereitsteht. In spätestens acht Runden ist es vorbei, denkt er, wenn ich es nicht vorzeitig beenden kann.

Zaid setzt sich auf die Liege an der Wand und streckt die Hände aus. Das Zittern kann er nicht unterdrücken, aber Manni macht sich schweigend an die Arbeit und beginnt, seine Finger fest zu umwickeln, damit sie in den Boxhandschuhen nicht brechen. Es ist ein stilles Ritual, das Zaid immer Halt gibt. Selbst Rajko schafft es, währenddessen zu schweigen.

Nur noch heute. Ein Morgen gibt es in Zaids Kopf gerade nicht, seit er gestern Saschas Zettel fand und danach heulte. So lange, bis er nichts mehr fühlte und erschöpft eingeschlafen war. Erschöpft von sich, von der Sehnsucht, die er spürt und die ihm eine Scheißangst macht, von der Wut auf sich selbst und seine Feigheit. Erschöpft von der Bitterkeit, die ihm auf der Zunge liegt, seit die drei Worte *Lass es einfach* tief in sein Herz sanken. Zaid hat den Respekt vor sich selbst verloren und das ist ein überraschend undramatisches Gefühl. Wie der graue Himmel über Berlin.

*Nothing's right, I'm –*

„Summst du gerade *Torn*?", fragt Rajko irritiert und Manni klopft ihm mit den Fingern auf die fertig bandagierten Hände.

„Jup." Zaid sieht zu, wie Manni nach einem Boxhandschuh greift, ihn über seine linke Faust schiebt und verschnürt.

„Das ist …" Rajko schüttelt ungläubig den Kopf und macht dann etwas, was so sehr *Rajko* ist, dass Zaid ihn dafür liebt: Er singt *Torn.*

***

„Der amtierende Deutsche Meister im Mittelgewicht …"

Die Stimme des Ansagers schallt aus den Lautsprechern in der Arena.

Zaid steht hinter dem Vorhang und blickt an sich hinunter auf den breiten goldverzierten Gürtel um seinen Bauch.

„Vierundzwanzig Jahre, mit einem Kampfgewicht von 72,353 Kilogramm ...“

Er klopft mit den Handschuhen auf die Metallplakette um seine Mitte. Eigentlich ist das Ding potthässlich, völlig übertrieben, aber alles, was Zaid gerade will, ist diesen Gürtel zu behalten. Wenigstens den Titel will er behalten, wenn er sonst schon das Gefühl hat, dass sich alles auflöst. In irgendetwas will er Meister sein und bleiben.

„Und einer Kampfbilanz von einunddreißig Kämpfen, achtundzwanzig Siegen, davon zwanzig durch K.o. ...“

Nur noch heute, nur noch gewinnen und dann kann er sich tagelang ins Bett verkriechen und alles um sich herum ignorieren.

„Der Gürtel gehört uns“, flüstert er Manni zu, der hinter ihm steht und eine Hand auf seine Schulter gelegt hat.

„Und er bleibt auch bei uns“, antwortet Manni. Rajko zu seiner Rechten, klopft ihm einfach nur auf den Hintern.

„The fastest feet of Germany!“, schallt es noch lauter durch den Vorhang.

Zaid mag diesen Titel, weil er sich sein charakteristisches, blitzschnelles Tänzeln von Ali abgeschaut hat. Muhammad Ali, der immer, selbst wenn er verlor, überlegen war. Das wird er heute auch sein. Der Vorhang vor ihm öffnet sich und Zaid hebt den Blick.

„Zaaaid …“ Die Menge in der Arena johlt und pfeift. „El …“ Das ist ein Heimspiel für ihn, er ist in seiner Stadt. „Saaabaaah!“

Zaid trabt durch den Gang zwischen dem Publikum, hebt seine Fäuste in die Höhe und lässt seinen Blick durch die Reihen links und rechts neben sich gleiten. Er kann die Spannung im Raum spüren, als wäre die Luft elektrisch geladen. Oder es ist sein Boxermantel.

Der Jubel brandet immer weiter auf und erreicht seinen Höhepunkt, als Zaid den Ring erreicht und durch die Seile steigt, den Mantel abstreift und sich danach langsam um sich selbst dreht, um der Menge den Gürtel zu präsentieren. Er sieht seine Eltern in der ersten Reihe, zwischen ihnen Frau Fuchs mit einem komischen kleinen Hütchen auf dem Kopf, und Jessy, ein paar Sitze weiter. Sie ist aufgesprungen und gibt den Blick auf ihr goldenes Minikleid mit einem aufgedruckten Porträt von ihm frei. *Wow.* Deutlicher kann man es kaum machen. Zaid würde ihr am liebsten seinen Mantel zuwerfen.

„Und der Herausforderer!“ Die Stimme des Ansagers ist das Zeichen, in seine Ringecke zu gehen, in der Manni und Rajko hinter den Seilen bereitstehen. Er setzt sich und Manni knetet seine Schultern.

„Zweiundzwanzig Jahre, mit einem Kampfgewicht von 73,874 Kilogramm und einer Kampfbilanz von fünfundzwanzig Kämpfen und fünfundzwanzig Siegen, davon siebzehn durch K.o.“

Zaid blickt zum Vorhang, der von zwei leicht bekleideten Damen geöffnet wird. Er sieht den roten Satinmantel dahinter aufblitzen.

„Das Sensationstalent aus Frankfurt am Main. Saschaaa ..." Saschas Fanblock springt von den Sitzen und johlt. „Weeeiss!"

Zaid heftet seine Augen auf die sich nähernde Gestalt, die durch den Gang auf ihn zukommt, gefolgt von seinem Team. Sascha bleibt kurz vor dem Ring stehen und lässt sich den Mantel ausziehen. Er steigt auf der gegenüberliegenden Ecke durch die Seile und dreht sich einmal langsam um die eigene Achse, die Handschuhe in Richtung der Scheinwerfer gestreckt, die den Ring in ein gleißendes Licht tauchen.

Zaid bemerkt, wie er auf einer Seite des Publikums kurz innehält. Er folgt Saschas Blick und sieht Jessy, die immer noch steht und ihr Handy in die Höhe hält, vermutlich live auf Instagram ist. Dieses Scheißkleid mit seinem Gesicht darauf. Jessy hat offenbar keine Ahnung von Boxkämpfen und weiß nicht, dass man sich hinsetzt, wenn der Gegner einläuft. Sascha muss ihr ganzes Verhalten als Affront empfinden. Und das tut er sichtlich, denn jetzt landet sein Blick auf Zaid und sein Show-Lächeln zerfällt augenblicklich.

Er ist wütend, denkt Zaid. Das ist gut, gut für mich. Und gleichzeitig versetzt es ihm einen Stich.

„Berlin!" Die Stimme des Ansagers bricht in Zaids Gedanken und Manni schiebt ihm von der Seite den Zahnschutz in den Mund. „Let's get ready for fight night!"

Der Ringrichter tritt in die Mitte der sechs mal sechs Meter und gestikuliert in die gegenüberliegenden Ecken. Zaid erhebt sich und geht auf ihn zu, Sascha ebenfalls. Sie stehen sich gegenüber und der Ringrichter sagt den üblichen Satz: „Keine Tiefschläge, keine Kopfstöße, keine Schläge mit der Innenhand." Mehr gibt es nicht zu sagen. Boxen ist vermutlich der Sport mit den wenigsten Regeln überhaupt.

Zaid hört nicht zu, denn Saschas Blick bohrt sich in seine Augen und ihm fällt kein Wort ein, mit dem er ihn beschreiben könnte. Zaid weicht ihm aus und sieht das violette Mal am Hals, das er mit seinen Lippen und seinen Zähnen gemacht hat.

„Auf einen fairen Kampf", sagt der Ringrichter. „Schlagt ein!"

Zaid hebt seine Fäuste für den Handschlag. Sascha erwidert ihn, wie es sich gehört, aber seine Nasenflügel zucken. Er ist stinksauer.

Zaid dreht sich um und geht in seine Ecke zurück, aus der Manni und Rajko mittlerweile verschwunden und nach unten neben den Ring getreten sind. Der Ringrichter läuft die fünf Punktrichter, den Ringarzt und den Protokollführer ab und überzeugt sich, dass alle bereit sind. Sascha steht kerzengerade in seiner Ecke und wartet, die Lippen um den Zahnschutz gedehnt. Mit diesem Plastikding zwischen den Zähnen sehen Boxer immer gruselig aus. Als würden sie völlig übergeschnappt grinsen und gleich zubeißen. Wie der Durchschnittspsychopath in Filmen. Sascha schafft es trotzdem, wunderschön auszusehen. Zaid lässt seinen Blick über ihn gleiten und saugt ein letztes Mal seine ganze Erscheinung auf, während das Nummerngirl durch den Ring stolziert und das Schild mit der Eins in die Menge zeigt.

„Boxt!", ruft der Ringrichter, als sie weg ist und die Glocke ertönt.

Wie auf Kommando schießt sich das Adrenalin seinen Weg durch Zaids Körper frei. Er liebt diesen Moment. Die millisekundenlange, fast überwältigende Explosion, an deren Ende er so wach ist, dass er jede einzelne seiner Haarwurzeln spüren kann. Er nimmt das Kinn zurück, hebt die Handschuhe vors Gesicht und tänzelt nach vorn. Es geht los.

Sascha erscheint sofort dicht vor ihm und sie umkreisen sich mit erhobener Deckung. Zaid fällt automatisch in seinen Rhythmus, seine Füße stehen nie still. Links, rechts, links, rechts. Wie ein Flummi, der nah am Boden springt. Sie umkreisen sich eine Weile und Zaid versucht, in Saschas Gesicht zu lesen, wie schnell er eröffnen wird. So geladen, wie er wirkt, kann es jede Sekunde passieren. Und da ist er, der erste Schlag. Sascha holt weit aus und probiert, mit einem Schwinger über Zaids Deckung zu kommen. Aber Zaid ist schneller, lässt sich zurückfallen und hält ihn mit seiner ausgestreckten Geraden auf Distanz. Damit gibt er zwar einen Teil seiner Deckung auf, aber er kann sich noch nicht dazu durchringen, selbst zuzuschlagen. *Verdammt.* Sascha versucht einen weiteren Schwinger, aber Zaid ist erneut schnell genug, kann rechtzeitig aus seiner Reichweite tänzeln. Er hat allerdings nicht mehr unendlich Platz nach hinten, bis die Seile seinen Rücken berühren und er in der Falle sitzt. Sascha legt sofort einen weiteren Schwinger nach, und Zaid ist von der Geschwindigkeit überrascht. Er weicht im letzten Augenblick zurück und fühlt den Luftzug dicht neben seiner Schläfe.

Müsste noch Platz nach hinten sein, kalkuliert er in Gedanken, aber Sascha ist sofort wieder an ihm dran und treibt ihn weiter Richtung Seile.

„Nach vorn, Junge!", hört er Manfred rufen und dann „Eins." Zwei von drei Minuten sind schon rum.

Schlag zu, verdammt!, schreit die Stimme in seinem Kopf. Finde eine Lücke. Er muss dringend aus der Deckung raus. Zaid findet den Gedanken plötzlich lustig. Aus der Deckung rausmüssen. Wie bezeichnend. Er tut seit dem Kuss beim Face-off nichts anderes, als sich hinter irgendwas zu verstecken.

Und da passiert es. Ein paar Sekunden Unaufmerksamkeit und er spürt die Seile im Rücken, als er dem nächsten langen Schwinger ausweichen will. Fuck.

Sascha hat ihn in den Seilen und platziert sofort einen Schlag auf seine Körpermitte. Zaid bleibt die Luft weg und im selben Moment ertönt die Glocke. *Inshallah.* Die ersten drei Minuten sind geschafft.

***

„Er ist wütend", zischt Manni in der Ringecke in sein Ohr, während Zaid gierig an dem Strohhalm der Wasserflasche zieht, die ihm Rajko hinhält. „Das musst du für dich nutzen, Junge. Denk an deine Beine. Mach ihn müde und dann ran."

Gleich beginnt die vierte Runde und Zaid muss seine Taktik ändern. Er ist in den vergangenen drei Runden zu oft in den Seilen gelandet. Sascha hat ihn mit einem Furor vor sich hergetrieben, auf den er nur noch reagieren konnte. Von seiner eigenen Schlaghemmung mal abgesehen. Seine Oberschenkel brennen von der

Geschwindigkeit, mit der er immer wieder ausweichen musste. Offenbar will Sascha ein schnelles K.o. erzwingen und er ist kräftiger als Zaid. Seine Schläge sind wirklich hart. Das Beste ist, noch ein bisschen auf eigene Treffer zu verzichten und weiter auszuweichen, bis er sich müde geschlagen hat. Das wird ihn unaufmerksam machen. Aber dann *muss* Zaid zurückschlagen. Fürs Ausweichen gibt es keine Punkte. Rajko trocknet ihm notdürftig den Schweiß vom Gesicht und aus dem Haaransatz.

Die Glocke ertönt. Runde vier.

***

Mitten in Runde fünf, nachdem Zaid gerade eine perfekte Kombination aus Jab, rechtem Aufwärtshaken, Haken links und Gerader durchgekriegt hat, erwischt Sascha ihn mit einem seitlichen Punch am Jochbein und Zaids rechte Augenbraue platzt auf. Er spürt keinen Schmerz, dafür pumpt zu viel Adrenalin durch seine Zellen, aber er nimmt wahr, wie Sascha kurz erschrickt und eine Möglichkeit auslässt, zuzuschlagen. Dann bemerkt er die Flüssigkeit in seinen Wimpern und etwas Rotes färbt sein halbes Sichtfeld.

Fuck. Aber halb so schlimm, denkt Zaid und versucht, sich das Auge mit dem Unterarm trocken zu wischen. Der Schweiß auf seiner Haut brennt in der Wunde und er sieht den Ringrichter plötzlich vor sich stehen. Er unterbricht die Runde.

„Lass mich das anschauen.“

Er legt die Finger an Zaids Stirn und prüft die Wunde, dann dreht er sich um und ruft nach dem Ringarzt.

„Ich bin okay!“, brüllt Zaid durch den Mundschutz und stützt sich mit den Unterarmen auf den Seilen ab, probiert, tief und ruhig zu atmen, damit möglichst viel Sauerstoff in seine brennenden Lungen gelangt. Blut läuft weiter in sein Auge und er betet, dass die Blutung nicht zu stark ist und der Ringarzt den Kampf nicht abbricht. Bitte nicht *das*. Dann muss der Kampf wiederholt werden und Zaids ganzer Plan ist im Eimer. Der Plan, dass Sascha nach dem Kampf aus seinem Leben verschwindet. Der Ringarzt taucht vor Zaid auf, um die Platzwunde in Augenschein zu nehmen.

„Es ist nichts. Ich bin okay“, presst Zaid durch die Zahnschiene. „Nicht abbrechen.“

„Es ist mein Job, das zu entscheiden. Das hört von alleine nicht auf“, sagt der Arzt.

„Bitte“, murmelt Zaid durch das Stück Hartplastik.

„Okay.“ Der Mann wendet sich dem Ringrichter zu. „Kein Abbruch. Sie sollen probieren, es zu kleben.“

Zaid atmet erleichtert aus und geht in seine Ecke, in der Manni das Blut wegwischt und Rajko ein durchsichtiges Silikonpflaster über die Augenbraue klebt.

***

In der Minute Pause zwischen Runde sieben und acht hat Zaid die Hoffnung auf ein vorzeitiges K.o. seinerseits aufgegeben. Er fühlt seine Kräfte schwinden und ein Gemisch aus Blut und Schweiß nimmt ihm immer wieder die Sicht. Aber er hat es geschafft, Sascha müde zu machen. Er braucht immer längere Pausen zwischen seinen Angriffen. Seit Runde sechs kommt Zaid besser durch seine Deckung und landet weniger in den

Seilen. Er kann noch nach Punkten gewinnen, wenn er in den letzten drei Minuten nicht schlappmacht. Aber drei Minuten können verdammt lang sein und Sascha verweigert trotz seiner Erschöpfung vehement das Klammern. Jeder andere Boxer lehnt sich in den letzten Runden immer wieder in einer Art Umarmung gegen den Gegner, um für ein paar Sekunden verschnaufen zu können, bis der Ringrichter *Break* ruft und die Umklammerung löst. Es ist ein Regelverstoß, klar, aber er ist normal, er wird geduldet. Und diese Sekunden, in denen man die Arme kurz ausruhen und um den anderen Körper legen kann, bis der Ringrichter auftaucht, fehlen ihnen beiden jetzt für die Kondition. So ein Regeljunkie kann Sascha nicht sein, denkt Zaid in seiner Ecke. Und dann versteht er es plötzlich: Er weigert sich, ihn zu berühren, wenn kein Handschuh dazwischen ist. Er verweigert den Hautkontakt. Lieber fällt er vor Erschöpfung um, als sich kurz gegen seine Brust zu lehnen und den Kopf auf seine Schulter zu legen.

Die Erkenntnis verletzt Zaid so sehr, dass er es Sascha jetzt heimzahlen will. Sie fegt jeden Gedanken an Müdigkeit aus seinem Körper. Er ist plötzlich so fokussiert, dass die Farben um ihn schärfer werden, die Rufe der Menge lauter.

Ding! Letzte Runde.

Wie ein Pfeil schießt Zaid aus der Ecke auf ihn zu. Er wird nicht mehr ausweichen, er wird diesen Kampf jetzt beenden.

Sascha wirkt so überrascht, dass er die Deckung nicht rechtzeitig nach oben kriegt, bevor Zaids rechter Haken seinen Kopf erwischt. Er taumelt rückwärts, hebt die Hände reflexartig vors Gesicht und Zaid nutzt den

Moment, um seine ungeschützte Körpermitte mit einem gezielten Schlag zwischen die angewinkelten Ellenbogen zu treffen. Und noch einem, mitten auf den Solar Plexus. Sascha schnappt nach Luft und fällt in die Seile, seine Fäuste sinken nach unten.

Die Zeit scheint sich zu dehnen. Zaid blickt in Saschas weit aufgerissene Augen und kann kleine goldene Punkte in der Iris erkennen. Für den Bruchteil einer Sekunde zögert er. Dann lässt er sich auf die Fersen fallen, spannt die Muskeln seines rechten Arms und holt aus. Die Gerade trifft ihn frontal am Kinn. Ein Schlag wie aus dem Lehrbuch. Sascha sackt in die Seile, versucht, sich mit ausgestreckten Armen noch daran festzuhalten, bis er schließlich auf den Boden fällt und dort sitzen bleibt. Sein Kinn sinkt auf die Brust.

Zaid merkt erst, dass er selbst dabei ist, in die Knie zu gehen, als ihn der Ringrichter beiseiteschiebt, um näher an Sascha zu kommen.

Er kniet sich neben ihn und beginnt zu zählen. „Eins ... zwei ...“

Zaid beugt den Oberkörper nach vorn und saugt Luft in seine Lungen, aber seine Augen haften auf Sascha.

Der hebt das Kinn, als er die Zahlen hört, die jeder Boxer fürchtet. Er öffnet die Augen, hat aber Mühe, seinen Blick zu zentrieren.

„Drei.“

Seine Schultern straffen sich und er versucht, mit aller Gewalt die Augen offenzuhalten. Geradeaus zu schauen.

„Vier.“

Die Disziplin, die man braucht, um einen Knock-out zu verhindern und nicht bewusstlos zu werden, ist fast übermenschlich. Körper und Geist wollen aufgeben und die Schwärze, die sich verführerisch um sie legt, einfach willkommen heißen.

„Fünf."

Zaid sieht zu, wie Sascha den Kopf schüttelt und sich mit reiner Willenskraft auf den Boden stützt, auf die Knie schiebt und bei „Sieben" wieder steht. Er ist wirklich beeindruckt. Er war sich sicher, dass er ihn ausgeknockt hat.

Sascha springt kurz auf und ab, testet die Reaktion seiner Beine und dann ist er wieder da. Als sei nichts geschehen.

Zaid zieht seine Deckung vors Gesicht und hat keine Ahnung, woher die Kraft in den Fäusten kommt, die jetzt gegen seine Handschuhe hämmern. Er schiebt Sascha mit dem letzten Quäntchen Energie, das in ihm ist, von sich und dann ertönt plötzlich die Glocke.

Es ist vorbei.

Saschas Trainer klettern sofort in den Ring und ziehen ihn in seine Ecke. Sie sehen ihm prüfend in die Augen, um zu checken, ob der Schlag eine Gehirnerschütterung verursacht hat.

Zaid bleibt einfach stehen, als hätte er den Bus verpasst oder etwas in der Art. Er lässt die Fäuste erst sinken, als er Mannis Hände auf seinen Schultern spürt, die ihn in seine eigene Ecke schieben. Rajko hält die Trinkflasche über seinen Kopf und lässt Wasser über Zaids Gesicht laufen.

Es ist vorbei, stellt er fest, als seine Muskeln merken, dass jetzt Ruhe ist und augenblicklich steinhart werden.

„Hab ich gewonnen?“, fragt er Manni atemlos, als der ihn endlich vom Mundschutz befreit.

„Ich weiß es nicht, Junge, es wird knapp. Dein letzter Treffer hat das Blatt aber noch mal entscheidend gewendet.“

***

Minuten später, als sich Sascha und er links und rechts vom Ringrichter aufstellen und der Ansager den Zettel der fünf Punktrichter entgegennimmt, den Blick darauf geheftet, während seine Hand das Mikro zum Mund führt, könnte man in der proppenvollen Halle eine Stecknadel fallen hören. Aber in Zaids Kopf pfeift es so laut, dass er sich anstrengen muss, um zu verstehen, was aus den Boxen kommt:

„Unentschieden nach Punkten.“

Der Ringrichter löst seinen Griff um Zaids Handgelenk; er muss keinen der beiden Arme, die er hält, heben.

„Fuck“, stößt Zaid hervor.

„Kannst du laut sagen“, hört er Saschas Stimme von rechts.

„Bis zu einer möglichen Wiederholung des Kampfes“, brüllt der Ansager durch die abrupt einsetzenden Protestrufe aus dem Publikum, „verbleibt der Titel beim amtierenden Deutschen Meister Zaid El Sabah!“

# ACHT

„Aufwachen, Schlafmütze!"

Die Worte bohren sich ihren Weg in Zaids widerspenstiges Bewusstsein. Nein, nicht aufwachen, er will für immer weiterschlafen, verdammt.

„Ich hab dir Frühstück gemacht, Schatz! Brötchen, Rührei und Kaffee."

Zaid schlägt die Augen auf.

„Herzlich willkommen unter den Lebenden." Rajko lässt sich neben ihm auf die Matratze fallen und schüttet dabei versehentlich Kaffee aus der Tasse über Zaids Arm. „Mist. Na ja, ich weiß, du liebst Kaffee so sehr, dass du zur Not auch darin baden würdest."

„Wenn ich mich bewegen könnte, würde ich dich jetzt auf der Stelle in der Badewanne ertränken", grummelt er entnervt, denn er weiß: Rajko wird nicht aufgeben. Er wird so lange weiterreden, bis Zaid es nicht mehr schafft, zurück in den Schlaf zu fliehen. Vielleicht auch besser so. Er erinnert sich an Traumfetzen, in denen Saschas nackter Körper vor ihm ausgebreitet –

Zaid tastet erschrocken mit der Hand über die Decke. Fuck. Er hat eine Erektion.

„Ich hab mich auch schon gewundert, dass noch irgendwas an dir stehen kann", flötet Rajko, dem Zaids Geste offenbar nicht entgangen ist. Er löst den Blick von seiner Körpermitte und nimmt ein Tablett vom

Nachttisch. „Ich meine, du bist grün und blau." Er stellt es zwischen ihnen ab und Zaid rückt seinen schmerzenden Körper mühsam in eine halb sitzende, halb liegende Position. Rajko stopft ein Kissen hinter seinen Rücken, sodass er sich gegen die Wand lehnen kann. Zaid stöhnt fluchend auf. Seine Rippen sind ziemlich geprellt.

„Sobald du das hier aufgegessen hast, kannst du neue Schmerzmittel haben. Wie fühlst du dich?"

„Als hätte mich jemand in ein riesiges Waffeleisen gestopft und es zugedrückt."

„Und der Waffelbäcker heißt Sascha Weiss." Rajko reicht ihm einen Becher Kaffee.

„Und ich hab nicht einmal gewonnen", flüstert Zaid und nippt daran. Der Geschmack des frischen Kaffees lässt ihn ein wenig aufatmen.

„Aber auch nicht verloren. Die Punktrichter hatten keine Augen im Kopf. Du hattest ihn beinah ausgeknockt", beginnt Rajko, aber Zaid schüttelt den Kopf. Mist, selbst das schmerzt.

„Lass gut sein, Rajko. Wir wissen beide, dass das Urteil in Ordnung ist. Er hatte mich die komplette erste Hälfte in der Hand. Ich bin viel zu spät in den Kampf reingekommen."

„Ja, hab ich gemerkt. Was war los mit dir?"
Zaid überlegt einen Moment, ob er sich ihm anvertrauen soll. Gestehen, dass er sich Hals über Kopf verliebt hat und das überhaupt nicht will. Und Sascha ihn zum Teufel geschickt hat. Zurecht. Er sehnt sich plötzlich danach, es auszusprechen, aber dann schüttelt er

schnell den Kopf, bringt die Worte nicht über die Lippen. Er hat Angst, sie laut zu sagen, weil dann alles viel realer ist. Und er fürchtet sich vor der Reaktion.

„Der ganze Presserummel nach dem Face-off hat mich doch mehr abgelenkt, als ich dachte", sagt er stattdessen, weil es wie eine mögliche Erklärung klingt.

Rajko nickt verständnisvoll und stellt seinen Kaffee beiseite. „Auf der anderen Seite hat uns die Aufmerksamkeit um den Kampf richtig in die Karten gespielt. Die Quoten waren noch höher als prognostiziert, wirklich mega. Und ihr habt den Leuten echt was geboten. Der Kampf war anders ... irgendwie emotional", fügt er langsam hinzu und Zaid kann die Vorsicht in seiner Stimme hören. „Sascha war ungewöhnlich unkontrolliert, meint Manni, und in der letzten Runde ist mir tatsächlich kurz die Spucke weggeblieben. Ihr seid aufeinander losgegangen wie ..." Rajko scheint ein Wort auf der Zunge zu liegen, doch er schluckt es runter. „Na ja, es war jedenfalls richtig großes Kino. Und die Leute lieben das, weil ihr nicht mehr irgendwelche Boxer für sie seid, sondern sie eine *Geschichte* mit euch verbinden. Also die Amateur-Zuschauer, meine ich."

Zaid winkt ab. „Das ist ein zweifelhaftes Kompliment. Ich mache kein Show-Wrestling."

„Warum eigentlich nicht? Ich meine, das nötige Aussehen dafür hast du!"

Zaid verschluckt sich an seinem Kaffee und wendet sich dann dem Rührei zu.

„Ernsthaft, Zaid. Die Aufmerksamkeit tut uns und deiner Marke gut."

Ein entnervtes Stöhnen verlässt seinen Mund, denn er weiß, was Rajko gleich sagen wird.

„Und deshalb sollten wir einer Wiederholung auf jeden Fall zustimmen. Du hast den Titel zwar streng genommen nicht verloren, aber ich bin mir sicher: *Alle* wollen ein Rematch. Ein Unentschieden ist im Boxen –"

„Alle?", fragt Zaid und ist plötzlich hellwach.

„Ja, gut, Manni nicht unbedingt. Aber die Sponsoren und Saschas Team sicher auch."

Scheiße, denkt Zaid und blickt ihn fragend an.

„Natürlich", fährt Rajko fort. „Die wollen den Titel und werden den Teufel tun und die Sache jetzt auf sich beruhen lassen. Würdest du das an seiner Stelle?"

Zaid lässt die Gabel mit dem Rührei sinken und lehnt sich in das Kissen zurück. Genau das war eigentlich sein Plan. Es auf sich beruhen zu lassen. Nur noch den Kampf hinter sich bringen und dann, das hat er sich versprochen, wird alles wieder gut. Sascha verschwindet aus seinem Leben und Zaid wird sich nach der langen Kampfvorbereitung ins Berliner Partyleben stürzen, vielleicht ein Mädchen abschleppen oder fünf, bis er alles vergessen hat. Bei einer Wiederholung müsste er sich weiter wochenlang auf Sascha konzentrieren und ihm dann erneut gegenüberstehen. Wie soll er das schaffen?

„Ich will kein Rematch", sagt er leise und blickt auf die Bettdecke vor sich.

Er hört Rajko nach Luft schnappen. Einmal, zweimal. „Seit wann bist du feige?", platzt es schließlich aus ihm heraus.

Zaid fühlt den Zorn wie eine Springflut in sich aufsteigen. „Ich hab keine Angst vor einem Kampf, wenn du das meinst", schnauzt er. Ich hab Angst vor … vor …

Fuck!" Meinen Gefühlen, will er schreien. Aber stattdessen gräbt er seine Nägel in die Handflächen, bis seine ohnehin geschwollenen Fingerknöchel höllisch schmerzen.

„Was ist los mit dir, Zaid?" Rajko schaut ihn überrascht an.

„Mist, entschuldige." Schuldbewusst gräbt er die Nägel noch tiefer in seine Haut. „Mir tut alles weh. Ich … ich brauche ein paar Painkiller."

„Okay. Kein Grund, mich anzublaffen", erwidert Rajko und macht sich kopfschüttelnd auf den Weg ins Badezimmer.

Zaid schiebt das Tablett zur Seite und kriecht unter die Decke. Er hat nicht die geringste Lust, an diesem Gespräch teilzunehmen. Er hat überhaupt keine Lust, an diesem ganzen Tag teilzunehmen. Er will in Ruhe gelassen werden.

„Hier, runter damit." Rajko streckt ihm die Handfläche mit vier Tabletten und ein Glas entgegen. Zaid nimmt sie und leert das Wasser in einem Zug. Die Matratze senkt sich ein Stück, als sich Raiko wieder darauf niederlässt. „Du kannst mit mir reden, das weißt du."

Zaid nickt ihm zu und würgt die Tabletten runter. Dann versucht er, ein möglichst überzeugendes Lächeln aufzusetzen.

„Ich weiß, Rajko. Ich brauch nur noch ein bisschen Schlaf. Du findest raus, wie du reingefunden hast?" Er greift nach dem Rand der Bettdecke und murmelt: „Danke für das Frühstück, Alter. Und die Gesellschaft."

Rajko wirft ihm einen besorgten Blick zu. „Gut. Ruh dich noch etwas aus. Aber denk dran, heute Abend um sieben feiern wir im *Tonelli's*."

„Ich weiß nicht, was es zu feiern gibt." Zaid zieht die
Decke über den Kopf, bis nur noch seine Haarspitzen
zu sehen sind.

„Deswegen hab ich den DJ auch abbestellt", hört er
Rajkos gedämpfte Stimme durch die Decke. „Es gibt nur
Essen. Deine Eltern kommen, das Team, die Jungs aus
dem Boxclub ... und die üblichen Verdächtigen. Du
musst dich wenigstens kurz blicken lassen, Zaid. Und
es gibt Alkohol. Für den Fall, dass du etwas ertränken
musst."

# NEUN

„Jetzt sag schon, Roohy. Wann genau hat es zwischen euch beiden gefunkt?"

Zaid hätte doch besser in seinem Bett bleiben sollen, das er vorhin nur widerwillig verlassen hat – aus Pflichtgefühl seinem Team gegenüber und wegen der Aussicht auf Alkohol. Hätte er daran gedacht, dass Jessy ebenfalls anwesend sein würde und er sie seinen Eltern vorstellen muss, hätte er sich eine Ausrede einfallen lassen. Aber er kann sich einfach nicht merken, dass er jetzt eine *Freundin* hat, und hat deswegen auch nicht die leiseste Ahnung, wann sie sich wohl verliebt haben.

„Roohy?", fragt seine Mutter ungeduldig und Zaid leert das Glas Sekt in seiner Hand in einem Zug.

„Wir kannten uns ja schon länger über Rajko", springt Jessy ein, die neben ihm steht. „Aber wirklich angefangen hat es ..." Mit hochgezogenen Augenbrauen schaut sie ihn an. Offenbar erwartet sie, dass er jetzt übernimmt.

„Ähm, in der Halle", fügt Zaid hinzu, weil ihm nichts anderes einfällt, und immerhin ist es die halbe Wahrheit. In der Halle wurde ihre *Beziehung* schließlich erfunden.

Jessy scheint zu ahnen, dass von Zaid wenig Romantik zu erwarten ist und reißt das Wort wieder an sich. „Genau, ich bin ja Fitfluencerin und –"

„Was?", fragt Zaids Vater verständnislos.

„Das erklär ich dir später, Nadim", raunt seine Mutter und lächelt Jessy auffordernd zu.

Sie will die Geschichte hören, denkt Zaid. Eine möglichst romantische. Er fragt sich, ob sie es verdient hat, wenigstens eine möglichst *gute* Lüge aufgetischt zu bekommen, und angelt sich schnell ein weiteres Glas Sekt vom Büfett.

„Ich habe Zaid jedenfalls gefragt", Jessy legt den Arm um seine Hüfte und er zuckt zusammen, „ob er mir ein paar Workouts zeigen kann, die Boxer so machen, um diese wahnsinnig definierten Brustmuskeln zu bekommen." Sie legt die flache Hand auf Zaids Brust und wirft ihm ein schiefes Lächeln zu. „Und ja", sagt sie dann, als würde sie Schwung für etwas holen. „Und dann haben wir trainiert. Zaid musste meine Haltung immer wieder korrigieren, weil ich so ein Schusselchen bin." Sie verdreht gespielt die Augen. „So kam das eine zum anderen. Der Schweiß floss in Strömen ..."

Was redet sie da? Denkt sie sich gerade einen Rocky-Porno aus? Zaid räuspert sich laut und alle Augen richten sich überrascht auf ihn. Fuck.

„Und dann hab ich ...", übernimmt er, ohne eine Ahnung zu haben, wie die Geschichte weitergehen soll. Hauptsache, nicht Jessys Variante. „Dann habe ich in ihre Augen geschaut und konnte nicht anders, als sie zu küssen. Sie hat die schönsten ..." Zaid denkt unwillkürlich an Sascha und weiß, dass ihm nicht *whiskeyfarben* rausrutschen sollte, aber welche Augenfarbe hat Jessy noch mal genau?

„... Pupillen der Welt", sagt er schließlich hilflos.

„Oh", seufzt seine Mutter nach einem Moment bedrückender Stille süßlich. „Was für ein ... ungewöhnliches Kompliment." Aber ihre leicht hochgezogene Augenbraue sendet ein klares *Bist du schwachsinnig geworden, mein Sohn?*

***

„Wir müssen reden!" Zaid schiebt Rajko aus seiner Gesprächsrunde in Richtung der Bar, die sich an den Restaurantbereich des *Tonelli's* anschließt.

„Ja, das müssen wir. Aber wir brauchen noch Manfred dazu."

„Manni? Wozu?" Irritiert lässt er Rajkos Arm los.

„Worüber wolltest du denn reden?"

„Zwei Whiskey, bitte!", ruft Zaid der Barfrau zu und schiebt Rajko zu einem der Barhocker. „Wir müssen diese Beziehung beenden."

„Welche?"

„Meine mit Jessy, welche sonst? Hör zu, ich kann das nicht länger. Ich muss bescheuert gewesen sein, als ich der Sache zugestimmt habe." Sie lassen sich nebeneinander auf die Barhocker fallen.

„Du warst bescheuert, als du den Grund dafür geliefert hast, dass wir sie überhaupt brauchen", zischt Rajko durch die Zähne. „Darf ich dich erinnern –"

„Ich hab meinen Eltern gerade ins Gesicht gelogen, Rajko", zischt er zurück, als die junge Frau die beiden

90

Drinks vor ihnen auf den Tresen stellt und Zaid interessiert mustert.

„Das war ja wohl nicht das erste Mal", flüstert Rajko genervt.

„Ja, aber der Unterschied ist: Wenn ich mich früher nachts rausgeschlichen habe, um irgendeinen Mist mit dir oder den Juns zu bauen, musste ich euch danach nicht zum Kaffeetrinken mit nach Hause bringen." Schon die Vorstellung von dem Kaffeekränzchen, zu dem seine Mutter Jessy und ihn vorhin eingeladen hat, löst Panik in ihm aus.

„Oh", sagt Rajko, als er das Problem anscheinend erkennt. „Mh, verstehe." Er nippt an seinem Whiskey und stellt das Glas dann krachend auf die Bar. „Schade, das ist wirklich verdammt schade. Die Sponsoren lieben Jessy. Der Typ im blauen Anzug von der Proteinshake-Firma", Rajko zeigt irgendwo in den Raum, „dem ich sie vorhin vorgestellt habe, war begeistert von euch als Paar. Er hat vorgeschlagen, dass ihr in Zukunft beide gemeinsam die Werbung macht, als *cute fit couple* quasi. Die wollen nämlich auch den weiblichen Fitness-Markt erschließen."

„Rajko, nein!"

„Okay, okay, ich hab's verstanden. Ich überleg mir, wann und wie eure Trennung passiert. Hab ein bisschen Geduld, Kumpel."

„Mach es so schnell und schmerzlos wie möglich." Zaid erhebt sein Glas, um mit Rajko anzustoßen. Er liebt ihn von ganzem Herzen, aber wirklich vertrauen kann er ihm erst, wenn die Sache irgendwie besiegelt wurde.

Rajko lässt seinen Whiskey dagegen klacken und als Zaid trinken will, fällt sein Blick in die hellbraune Flüssigkeit, die von dem Teelicht auf der Bar angestrahlt wird. Goldene Punkte tanzen darin und er lässt das Glas wieder sinken. „Ich hätte doch lieber einen Wodka!", ruft er über die Bar hinweg und die Frau dahinter strahlt ihn an.

***

„Zaid, mein Sohn, setz dich zu uns. Wir reden gerade über dich." Sein Vater streckt einen Arm nach ihm aus, als er mit Rajko von der Bar zurück und an dem Tisch vorbeikommt, an dem Nadim neben Manni sitzt. Er stellt sein Wodkaglas ab und lässt sich widerwillig auf einen Stuhl gegenüber sinken.

„Bleib du doch auch." Nadim weist auf den anderen freien Stuhl. Rajko hält im Gehen inne und folgt der Aufforderung unwillig.

Nadim El Sabah kann jeden Menschen im Handumdrehen in ein Schulkind verwandeln, selbst Rajko, denkt Zaid und trinkt vorsorglich einen Schluck von seinem Wodka. „Worüber habt ihr geredet?" Er blickt möglichst gelassen in die Runde.

„Die Wiederholung", antwortet sein Vater und rührt in dem Teeglas vor sich. Nicht ohne einen missbilligenden Blick auf den Wodka zu werfen.

„Wovon?", fragt Zaid betont beiläufig, obwohl er genau weiß, was gemeint ist. Aber der Alkohol kommt langsam in seinem Kopf an und macht ihn angriffslustig. Seit Monaten, während der gesamten Kampfvorbereitung, hat er kaum etwas Hochprozentiges getrunken, außer ab und an ein Bier. Er weiß, er sollte ein bisschen langsamer machen, aber dazu hat er gerade überhaupt keine Lust.

„Du gibst dich doch nicht mit einem Unentschieden zufrieden?", meint sein Vater und Rajko rutscht etwas tiefer in seinen Stuhl, als könnte er sich so unsichtbar machen.

„Warum nicht?", fragt Zaid in einem Ton, von dem er hofft, dass er souverän wirkt. „Der Titel gehört schließlich immer noch mir."

„Nicht wirklich." Nadim legt den kleinen Löffel neben seinem Teeglas ab.

„Laut Boxverband ist es nicht verpflichtend", schaltet sich Manni ihm gegenüber ein und Zaid schickt ihm ein kleines, dankbares Lächeln. „Bei olympischen Turnieren, ja. Ein Titelkampf *muss* nicht wiederholt werden. Sascha kann ein Rematch fordern, aber auch dann muss man streng genommen nicht –"

„Es ist eine Frage der Ehre, mein Sohn", unterbricht Nadim Manni, ohne ihn auch nur anzuschauen.

Zaid kann nicht sagen, was ihn gerade mehr anpisst: Dass er Manni nicht ausreden lässt oder dass er sich einmischt.

„Für mich nicht", sagt er und lehnt sich in seinem Stuhl zurück. „*Ich* kann es auf sich beruhen lassen, wenn Sascha kein Rematch fordert."

Nadim mustert ihn ungläubig. Seine dunklen Augen funkeln und Zaid weiß genau, was für eine Provokation die Worte für seinen Vater bedeuten.

Bei jedem anderen Gegner hätte er dasselbe gesagt: Nur ein Sieg ist ein Sieg; du gewinnst entweder oder du verlierst. Dazwischen gibt es nichts. Ein Unentschieden ist beim Titel-Boxen genauso selten wie schambehaftet.

Zaid blickt auf den Gürtel, der mitten im Raum auf einem Stehtisch drapiert ist. Er hat zwar selbst nicht mehr das Gefühl, ihn tragen zu können, aber ein zweiter Kampf gegen Sascha würde ihm ein Loch in die Seele brennen. Und außerdem muss er sich verdammt noch mal nicht vor seinem Vater rechtfertigen. Wenn er jetzt gleich mit „Früher im Irak …" und seiner eigenen verkorksten Boxkarriere anfängt …

„Aber Sascha wird ein Rematch fordern", wirft Rajko ein und legt seine Hand beschwichtigend auf Zaids Arm.

„Sicher?", fragt Manni.

„Ich habe vorhin mit seinem Management telefoniert. Morgen werden sie es öffentlich machen in den einschlägigen Sportmedien."

Zaid leert seinen Wodka in einem Zug. Damit war zu rechnen gewesen, aber irgendwas in ihm hat gehofft, dass Sascha die Sache auch auf sich beruhen lässt.

„Das kannst du nicht ablehnen, mein Sohn. Wie stehst du dann da?" Es klingt wie ein Befehl aus Nadims Mund.

Zaid erhebt sich und legt die flache Hand auf den Tisch. „Ich bespreche das mit Manni und Rajko, Baba." Er ist zu trotzig, jetzt und hier einem Rematch zuzustimmen, obwohl er weiß, dass er es müsste.

„Inshallah", sagt Nadim und legt seine Hand auf Zaids, bevor er sie nimmt und küsst.

***

Zaid ist völlig betrunken. Er hat die Schmerzmittel in seinem Körper mit einem Cocktail aus Sekt, Bier, haufenweise Wodka und tief sitzender Wut aufgekocht. Eigentlich macht er einen großen Bogen um Wodka, im Gegensatz zu Rajko, der ihn als bosnischer Kroate selbst aus großer Entfernung und gegen den Wind erschnuppern kann. Zaid hat das Gefühl, Wodka macht ihn stumpfsinnig, aber er kann keinen Whiskey mehr trinken, weil er untrennbar mit Saschas Augen verbunden ist. Fuck.

„Noch einen, bitte." Er schiebt sein Glas über den Tresen, an dem er wieder mit Rajko gelandet ist.

„Sicher?" Die Barfrau nutzt die Gelegenheit, ihm tief in die Augen zu schauen. Sie flirtet seit einer ganzen Weile mit ihm und Zaid beschließt, darauf einzugehen. Aus Trotz der Welt gegenüber oder aus Verzweiflung, er hat keine Ahnung. Es spielt aber auch keine Rolle. Er braucht irgendeine Befreiung, in die sich keine Bilder von Sascha mischen, einen One-Night-Stand.

„Irgendwas muss ich", hickst er, „ja trinken, bis du Feierabend machst." Er versucht, seine frisch genähte Augenbraue halbwegs charmant hochzuziehen. Es brennt ein bisschen.

„Ich hab erst Feierabend, wenn ihr aufhört zu trinken." Ihr Gesicht leuchtet auf angesichts seines Einstiegs in ihre bisher erfolglosen Flirtversuche. Sie schiebt den Drink langsam über den Tresen, bis Zaids Blick ungehindert in ihren Ausschnitt fallen kann.

„Dann nehm ich eine Flasche to go."

„Vielleicht ist es wirklich besser, wenn wir deine Beziehung mit Jessy beenden", lallt Rajko ebenso betrunken und legt den Arm um Zaids Schultern. „Sie kann sehr eifersüchtig werden."

Sie blicken beide in Richtung des Raumes, in dem Jessy gerade tanzt. Sie trägt Zaids Meistergürtel wie eine Schärpe und schafft es, parallel Sergej das Twerken beizubringen und Selfies von sich zu schießen. Zaid dreht sich schon beim bloßen Anblick der Kopf.

„Kann ich dir was anvertrauen?" Rajko legt den Kopf auf seine Schulter.

„Du willst sie zurück", sagt Zaid und streicht ihm ein bisschen durch die wirren Locken.

„Woher weißt du das?"

„Bitte, Rajko, jedes Mal, wenn du wieder mehr mit ihr zu tun hast, verliebst du dich aufs Neue in sie", erwidert Zaid mit schwerfälliger Zunge und lacht.

„Ich bin so verloren, Alter", jammert Rajko.

„Darauf ... soll-ten wir anstoßen!" Zaids Zunge ist langsam so tonnenschwer wie sein Herz. Völlig egal, wie viel er versucht, zu trinken, es wird nicht leichter. Und das Wort *Sascha* schwebt vor seinen betrunkenen Augen wie ein Schwarm Mücken. „Aufs Verlorensein!" Er kippt seinen Wodka runter.

„Hast du auch was zu beichten?", lallt Rajko durch seine Finger.

Zaid schüttelt den Kopf und ist froh, dass er ihm nicht in die Augen schauen muss. Ich kann sowieso nicht mehr geradeaus gucken, denkt er und wirft der Barfrau ein hoffentlich sexy wirkendes Grinsen zu. „Ich muss mal, Kumpel."

Zaid klopft Rajko auf die Schulter und schlingert durch den plötzlich sehr großen Raum in Richtung Toiletten. Er kämpft kurz mit der Tür, die irgendwie nach beiden Seiten aufzugehen scheint, und hält sich dann an dem langen Waschtisch fest. Er öffnet den Hahn und versucht, mit den Händen etwas Wasser aufzufangen, aber irgendwie weicht es ihm immer wieder aus. Als er es endlich geschafft hat, legt er sein Gesicht in die Hände und kühlt sich etwas ab. Die Wunde an seiner Augenbraue pocht und er betrachtet sie prüfend im Spiegel.

Sascha, denkt er, das hat Sascha gemacht. Er hat etwas an ihm hinterlassen. Vorsichtig berührt er die Naht, sie ist ein bisschen entzündet. Dann fällt sein Blick in seine Augen.

„Du gehst jetzt nach Hause, Zaid El Sabah, und nimmst die Barfrau mit", schnauzt er sein Spiegelbild an, bevor er aus der Toilette stolpert und auf dem Weg zur Bar ein Tischtuch samt Gläsern von einem Stehtisch reißt. Der Raum um ihn herum wabert unangenehm.

„Mach den Laden z-zu", sagt er mit schwerer Zunge, als er die Bar erreicht und sich daran festhält. „Verdammt, wie war noch mal dein Name?"

Die Barfrau lacht laut und Zaids Hände rutschen vom Tresen ab. Er kracht auf den Boden.

„Wir gehen besser nach Hause." Tom kniet plötzlich neben ihm.

Zaid blinzelt, als wäre er eine Erscheinung. „Wokommssstdudennjetzther?"

„Bin vorhin angekommen. Dachte, ich feier noch ein bisschen mit euch, aber du bist offenbar schon fertig", sagt er grinsend, während er Zaid wieder auf die Beine hilft.

„Fuck, meine Rippen, Tom, die sind noch im Arsch."

„Hilf mir mal kurz, Rajko!"

Zaid merkt, wie die beiden ihm links und rechts einen Arm unter die Achseln schieben.

***

„Ich bin sooo glücklich, dass du da bist." Zaid grient, als Tom mühsam versucht, ihn auf der Rückbank des Taxis anzuschnallen. Er ist wenig hilfreich dabei.

„Wenn der mir hier ins Taxi kotzt, kostet das sechshundert Euro Reinigung", schnauzt der Fahrer mit einem skeptischen Blick in den Rückspiegel.

„Du hast ihn gehört", wendet sich Tom an Zaid.

„Ich geb 'ne Runde aus, wenn du mitkotzen willst." Zaid giggelt und findet sich überaus komisch.

„Wo soll's denn hingehen?", fragt der Fahrer.

„Zu mir oder zu dir, Zaid?"

Zaid merkt, wie ihm die Augen zufallen. „Ich will zu Sascha", murmelt er.

Tom nennt Zaids Adresse und rüttelt parallel an seiner Schulter. „Nicht einschlafen, Alter. Ich schaffe es nicht, dich zu tragen."

„Sascha kann mich tragen. Er ist so stark." Zaid versucht, das Telefon aus seiner Hosentasche zu fummeln. Es kostet ihn mehrere Anläufe und noch mehr Schmerzen.

„Was hast du vor?" Tom greift nach seiner Hand, als er es endlich geschafft hat. Warum muss er denn so viele Fragen stellen?

„Ich ruf ihn jetzt an", erwidert Zaid, was sich allerdings als nicht so einfach herausstellt, denn seine Finger rutschen vom Display, als das Taxi um die Kurve biegt.

„Wen? Sascha Weiss? Damit er kommt und dich in die Wohnung trägt, oder was?"

„Ja, Mann." Zaid zieht eine Schnute und will seine Augen auf das Display richten, aber er kriegt seinen Blick nicht scharf gestellt.

„Gib mir das Telefon", verlangt Tom streng.

„Nein. Ich muss ihn anrufen und ihm sagen, was ich für ihn empfinde. Ich kann kein Rematch ... Ich bin soooo verknallt in ihn, Tom. Es ist schrecklich."

„Nein, das wirst du jetzt nicht tun." Tom schnappt nach seinem Handy und Zaid zieht daran, bis er es abrupt loslässt, weil ihm etwas einfällt.

„Stimmt, das darf ja niemand wissen. Schon gar nicht ...

schon gar nicht er." Zaid wirft sich über Toms Knie und legt seinen Kopf schniefend darauf ab.

„Warum nicht?"

„Ich bin doch nicht schwul, Tom."

Er lacht und streicht Zaid tröstend durchs Haar.

„Oh fuck, mir wird schlecht."

„Wir müssen hier mal kurz anhalten!", ruft Tom dem Fahrer zu.

„Ich hab's ja gewusst", zischt der zurück.

# ZEHN

„Wie hast du damals gemerkt, dass du auch auf Typen stehst?" Zaid liegt auf seiner Couch, als hätte man ihn dort ausgegossen und vergessen aufzuwischen.

„Mein Schlagzeuglehrer in der zehnten Klasse. Das weißt du doch!", ruft Tom vom Herd aus, auf dem er gerade etwas brutzelt.

Er erinnert sich genau an den Moment, als er mit sechzehn in Toms improvisiertem Probenraum im Keller ihres Wohnblocks saß und der ihm eröffnete, dass er bisexuell sei. Sie hatten gerade einen Spliff aus dem geöffneten Kellerfenster geraucht und Zaid konnte überhaupt nicht mit den Worten seines besten Freundes umgehen. Eine Welle der Peinlichkeit war über ihn hinweg gerollt und er hatte irgendwas gestammelt wie „Cool, Mann" und gehofft, dass sich das Thema damit erledigt hatte.

„Ja, aber ich hab nie genauer gefragt", sagt er jetzt von der Couch aus.

„Ich weiß." Tom lacht und hantiert weiter in der Küche. „Du bist jedes Mal stocksteif geworden, wenn ich irgendwas erzählen wollte. Ich dachte damals, es hat was mit deinem Glauben zu tun, aber den hast du da ja schon längst nicht mehr praktiziert. Was war das Gewürz, das deine Mutter da immer reinmacht?", fragt er über seine Schulter.

„Baharat. In der Schublade links unter dem Herd." Zaid massiert sich die Schläfen. „Tut mir leid, Tom. Ich war echt nicht hilfreich damals. Danke, dass du mich trotzdem nicht in den Wind geschossen hast."

„Ich hab dich nur behalten für den Fall, dass mir jemand blöd kommt", antwortet Tom fröhlich. „Ist praktisch, mit einem Boxer als Freund drohen zu können. Obwohl die Leute, mit denen du in der Halle abhingst, die homophobste Gang überhaupt war. Schlimmer noch als im Hip-Hop oder im Metal."

„Ist leider immer noch so", sagt Zaid mehr zu sich selbst.

„Wir essen auf der Couch, nehme ich an?" Tom balanciert zwei Teller aus der offenen Küche Richtung Zaid.

„Bitte. Ich hab's geschafft, dass mir nicht nur sämtliche Knochen, sondern sogar die Haarspitzen wehtun."

Tom reicht ihm einen Teller. „Hinsetzen solltest du dich aber schon. Ich hab dich heute Nacht schon in den Fahrstuhl und wieder raus gerollt, ich werde dich nicht auch noch füttern."

Zaid setzt sich auf und kann spüren, wie sein Hirn förmlich von innen gegen den Schädel stößt. „Danke, du warst meine Rettung. Du *bist* meine Rettung." Er blickt dankbar auf den Teller.

„Wie bei deiner Mutter schmeckt es aber sicher nicht."

„Erzählst du es mir jetzt?", fragt Zaid, nachdem sie eine Weile schweigend gegessen und der Musik zugehört haben, die aus den großen Boxen plätschert. „Wie genau du es gemerkt hast?"

Zwischen zwei Bissen grinst Tom ihn an. „Bist du endlich bereit dafür?"

„Immerhin hab ich dir gestern erzählt, dass ich mich in einen Mann verknallt habe." Zaid zuckt ein bisschen zusammen, als er merkt, wie der Satz nüchtern ausgesprochen klingt. Er schiebt ein genuscheltes „Irgendwie" hinterher.

„Gott sei Dank hattest du deinen Wahrheitsanfall nicht vor Manni oder Rajko."

„Oder Sergej", feixt Zaid. Er fühlt sich ein bisschen befreiter, seit er es ausgesprochen hat, obwohl er sich nur bruchstückhaft daran erinnert. Und schemenhaft daran, wie er ... verdammt, er muss bei Gelegenheit ins *Tonelli's* und sich bei dem Mädchen hinter der Bar entschuldigen. Oder sich einfach nie wieder dort blicken lassen.

„Ich hatte dieses Problem mit den Handgelenken beim Spielen", beginnt Tom zu erzählen und grinst in sich rein. „Die Handgelenke müssen am Schlagzeug immer locker sein, das meiste trommelst du aus den Gelenken raus, nicht aus den Armen. Zu Hause beim Üben hab ich das immer super hingekriegt, aber im Unterricht war ich ständig so angespannt. Ich dachte, es läge daran, dass ich Julius unbedingt beeindrucken will, weil ich ihn so bewundert habe ... dabei war ich einfach total verknallt. Ich hab's nur nicht gecheckt."

„Stimmt, Julius hieß er", erinnert sich Zaid. „Du hast den Namen ständig erwähnt ..." Damals war er ein bisschen eifersüchtig auf diesen Typen, von dem er glaubte, er werde ihm seinen besten Freund wegnehmen.

„Und ich hab dich zu jedem einzelnen Konzert seiner Band mitgeschleppt. Insofern warst du doch hilfreich als Freund."

„Kein Ding, ich hab dadurch 'nen Haufen Mädchen kennengelernt. Erzähl weiter", murmelt Zaid mit vollem Mund.

„Und dann kam der Tag, an dem ich wieder zu steif gespielt habe. Julius hat seinen Schlagzeughocker genommen und direkt hinter meinen geschoben. Und dann hat er sich sehr, sehr nah an mich gelehnt, die Arme um mich gelegt und meine Handgelenke mit seinen Fingern festgehalten. Ungefähr so ..." Tom stellt seinen Teller beiseite und schließt Daumen und Mittelfinger wie einen Ring um die Stelle und schüttelt das Handgelenk. „Sein Oberkörper war gegen meinen Rücken gepresst, sein Becken war direkt an meinem Hintern und seine Knie drückten von außen in meine Oberschenkel. Im Prinzip hat sich jede Stelle unserer Körper berührt."

Ein stummes Lachen schüttelt Zaids Brust, als er sich Toms sechzehnjähriges Ich so vorstellt.

„Warte, warte, das Beste kommt noch." Tom lehnt sich in der Couch zurück, als würde er sich in die Erinnerung fallen lassen. „Als wäre das nicht schon genug gewesen für meinen pubertären Hormonhaushalt, hat Julius seine Lippen an mein Ohr gelegt und geflüstert: ‚Entspann deine Hände einfach in meinen Griff rein. Ich halte sie und du lässt locker.'"

Zaid stellt rasch seinen Teller auf dem Couchtisch ab, bevor er losprustet.

„Ich hab an alles Schlimme gedacht, was mir einfiel", redet Tom weiter, „nur, um nicht hart zu werden. Hitler, Tierversuche, Wandertouren mit meinen Eltern durch die Uckermark. Zwecklos. Dann hab ich zu sämtlichen Göttern gebetet, dass sich der Boden unter mir auftun und mich verschlucken möge. Boah. War mir das peinlich." Er streicht sich mit den Händen übers Gesicht, als müsste er die Erinnerung wieder verscheuchen.

„Wenigstens standst du nicht in Boxershorts vor Kameras rum", presst Zaid zwischen seinen Lachsalven hervor.

„Oh ja. Es war aber wirklich nicht hilfreich, dass ich ganz alleine mit Julius in einem Raum war. Ich bin dann ja auch einfach abgehauen. Den Teil hab ich dir erzählt, oder?"

Zaid nickt unter Tränen.

„Interessanterweise war es mir danach überhaupt nicht mehr peinlich." Tom wird nachdenklicher. „Ich hab mich monatelang zu der Erinnerung befriedigt. Ich konnte machen, was ich wollte; ich konnte es einfach nicht vergessen. Und da wusste ich: Okay, ich bin scheinbar jemand, der an beiden Ufern fischt. Geht's deinem Kopf besser?"

Nicht wirklich, denkt Zaid, noch immer in Gedanken bei Toms Worten. „Ja", antwortet er stattdessen. „Essen hat geholfen. Und deine Anwesenheit auch. Bleibst du noch ein bisschen?"

„So lange, wie du willst. Playstation später?"

„Jep."

Tom trägt die Teller in die Spülmaschine und kommt mit einer Karaffe Wasser und einem Glas zurück. „Trink das. Du brauchst Flüssigkeit nach deinem polytoxischen Experiment gestern."

Zaid quält sich ein bisschen Wasser runter.

„Was war *dein* Moment mit Sascha?"

Zaid schenkt sich schnell ein zweites Glas ein und will es an seine Lippen führen, aber Tom hält seine Hand auf halbem Weg fest.

„Ach komm schon, Zaid. Wir wissen beide, dass du mich neulich angerufen hast, damit ich dich zwinge, darüber zu sprechen. Voilà, hier bin ich." Er breitet die Arme aus. „Also los."

„Okay." Er trinkt das Glas langsam aus und stellt es dann ab. „Sascha hat offenbar die letzte Woche vor dem Kampf hier in Berlin trainiert. Ich hab ihn zufällig auf meiner Laufrunde getroffen. Besser gesagt, er mich. Er hat mich angehalten und nicht mehr aufgehört zu quatschen. Ich war völlig perplex."

„Lass mich raten", unterbricht Tom. „Du hast dich unmöglich verhalten, weil du der mieseste Smalltalker unter der Sonne bist?"

„Ich hab ihn angemault und seine Hand nicht geschüttelt", gibt Zaid zähneknirschend zu.

„Und dann?"

„Sascha hat sich einfach nicht von mir beirren lassen und gestrahlt wie ein Tausend-Watt-Scheinwerfer und dann ... musste er über einen sehr dämlichen Kommentar von mir lachen und ich fand ihn so ..." Zaid rollt die Augen über sich selbst und schweigt.

„Sag es!" Tom schaut ihn herausfordernd an. „Los, spuck es aus! Komm schon, Zaid, du schaffst das."

„Süß", faucht Zaid. „Ich fand ihn *süß*, so sehr, dass ich gar nicht mehr wegschauen konnte. Bist du zufrieden?"

Mit einem strahlenden Lächeln beugt sich Tom zu ihm rüber, um seine Wange zu tätscheln. „Siehst du, dein Schwanz ist nicht abgefallen."

Zaid schlägt die Hand weg und kämpft gegen das Grinsen, das in seinen Mundwinkeln zuckt. „Ja, er ist aber nicht nur süß. Hast du ihn boxen sehen? Der Typ hat eine höhere Knock-out-Quote als ich. Obwohl … selbst, wenn er jemanden k.o. schlägt, ist er irgendwie süß", platzt es aus ihm heraus. „Er wartet ab, ob es dem anderen gut geht und strahlt dann erst wie eine Flutlichtanlage. Es ist irgendwie … alles an ihm. Und seine Unterlippe treibt mich in den Wahnsinn. Die ist so … prall und so … zartpink, dass ich ständig reinbeißen will."

„Hast du ja auch."

„Beim Face-off nicht. Reingebissen hab ich erst später", antwortet Zaid und kann Saschas Lippe für einen Augenblick zwischen seinen Zähnen fühlen.

„Okay. Jetzt wird es interessant."

Zaid springt über seinen Schatten und erzählt von dem Abend, an dem Sascha auftauchte und ihn zur Rede stellte, wie er herausfand, dass Sascha schwul ist und ihn später knutschend an seine Wand drückte. Von der Angst, die sich nachher in ihm ausbreitete, als er mit seinem Ständer im Bett lag und die Bilder von Sascha nicht verscheuchen konnte. Und von allem anderen, was zu diesem ganzen Salat mit den Sponsoren, Jessy und Saschas Wut auf ihn führte.

„Oh Mann, Zaid, das war nicht cool von dir", sagt Tom, als er fertig geworden ist. „Der Typ tut mir echt leid. Ich meine, stell dir das vor: Er ist schwul und verheimlicht es, weil eure Branche so ein Testosteronsumpf ist, in der man denkt, dass sich nur *echte* Männer richtig die Fresse polieren können. Und dann steht sein heimlicher Schwarm, also du, plötzlich auch auf ihn,

verzieht sich aber sofort wieder winselnd in der Ecke –
noch dazu mit einer Fake-Freundin.“

„Er weiß nicht, dass das mit Jessy ein Fake ist“, korrigiert Zaid.

„Noch schlimmer. Jedenfalls denkt er sicher, du hast
nur mit ihm gespielt.“

Zaid stöhnt auf, als hätte er einen imaginären Dolch
in die Brust gestoßen bekommen. „Tom, du bist *mein*
Freund. Du musst auf meiner Seite sein.“

„Bin ich auch, aber trotzdem: Du hast das so richtig
schön versaut, Zaid. Bestimmt reißt Sascha gerade zu
Hause dein Poster von der Wand.“ Er grinst breit.

Zaid gräbt sein Gesicht ins nächstbeste Kissen. „Ich
wollte ihm die Sache mit Jessy erklären, aber er hat
sehr unmissverständlich klargemacht, dass er keinen
Bock mehr hat, mit mir zu reden.“

Tom nickt gedankenverloren. „Und jetzt?“

Obwohl sich seine Muskeln darüber beschweren,
setzt sich Zaid auf und stützt seine Ellbogen auf die
Knie. „Heute wird er ein Rematch fordern und ich muss
mich entscheiden, ob ich noch mal gegen ihn kämpfe.“

„Shit, wann?“

„In ein oder zwei Monaten, schätze ich.“ Er zerzaust
sich beim Gedanken daran die Haare.

„Wow. Dann ist das gerade der denkbar schlechteste
Zeitpunkt, um vor Saschas Tür zu campieren und in einer
großen romantischen Geste mit ihm zusammenzukommen,
nachdem du dich natürlich ausführlich entschuldigt hast.“

Zaids Blick schnappt in Toms Richtung. „Ich will
überhaupt nicht mit ihm zusammenkommen. Ich will,
dass das aufhört“, sagt er scharf.

„Okay, okay! Entschuldige meine naive Hoffnung." Tom hält ihm beschwichtigend die Handflächen entgegen und lässt sie dann abrupt sinken. „Ich hätte drauf kommen können, dass du deine Gefühle lieber verleugnest, als glücklich zu sein. Warum, Zaid? Nur, weil er ein Mann ist? Oder weil du prinzipiell Schiss vor Liebe hast?", fragt er zynisch und steht auf. „Ich nehm mir ein Bier aus dem Kühlschrank, okay?"

Zaid öffnet den Mund, um etwas zu sagen, aber Tom winkt ab und wirft ihm den Controller für die Playstation zu.

***

Um Toms Gunst zurückzuerobern, hat Zaid ihn zweimal bei FIFA gewinnen lassen, aber er ist immer noch abwesend und wortkarg. Na klar, jetzt hat er auch noch seinen besten Freund enttäuscht. Er zuckt zusammen, als das Telefon auf dem Couchtisch klingelt, und wirft einen Blick auf das Display. „Das ist Rajko. Ich muss kurz rangehen."

Tom schaltet das Spiel auf Pause und Zaid drückt auf das Lautsprechersymbol.

„Sitzt du?", fragt Rajko ohne den leisesten Hauch eines Begrüßungsversuchs.

„Ja, Mann. Ich konnte den ganzen Tag nicht aufstehen nach dem Wodkamassaker gestern", antwortet Zaid wahrheitsgemäß.

„Gut, denn Sascha hat Sky Sport gerade ein Interview gegeben." Rajkos Stimme schnarrt aus dem Telefon auf dem Metalltisch.

„Das Rematch, ja. War doch klar, dass er es in den Raum wirft", entgegnet Zaid matt, aber Rajkos ungewöhnlich knappe Sätze versetzen ihn in Alarmbereitschaft.

„Das ist nicht alles, was er in den Raum geworfen hat. Um ehrlich zu sein, hat er eine kleine Bombe hinterhergeschmissen."

# ELF

„... und ich befinde mich an einem Punkt in meiner sportlichen Laufbahn, an dem ich sehr stolz auf mich bin. Boxen ist ein extremer Sport, ein Zweikampf, in dem man sehr viel Selbstvertrauen braucht, sehr viel Standing und deswegen ist es langsam Zeit, für mich einzustehen und offen auszusprechen, dass ich homosexuell bin.“

Zaid starrt auf den Bildschirm seines Laptops. Sascha sitzt auf einem Stuhl, entspannt zurückgelehnt, einen Fuß auf dem Knie. Er trägt ein Basecap, T-Shirt, Jeans und Sneakers und sieht unfassbar gut aus. Seine Augen blicken an der Kamera vorbei, aber offen und freundlich. Nur die zwischen den Zähnen eingeklemmte Unterlippe verrät seine Nervosität.

„Hat er sich gerade geoutet?“, fragt Tom überflüssigerweise und Zaid nickt wie in Trance.

„Das ist ein mutiger Schritt, Sascha“, sagt die Sky-Reporterin. Haben die für das Interview extra eine Frau aus den Tiefen der Redaktion ausgegraben?, fragt sich Zaids überfordertes Hirn. „In einem Bereich, der als klassischer Machosport gilt.“

„Ich würde ihn eher als sehr *traditionell* bezeichnen“, sagt Sascha bemüht diplomatisch. „Mit einem Bild von Männlichkeit, das ein bisschen altmodisch ist. Aber ja, du hast recht." Er wirft der Reporterin ein kleines Lächeln zu. „Das hier kostet mich gerade einiges an Überwindung. Ich weiß nicht, was das für meine Karriere bedeutet oder wie die Reaktionen ausfallen, aber ich habe mich erst neulich wieder daran erinnert, dass ich mich, als ich als Teenager gemerkt habe, dass ich schwul bin, ziemlich einsam und unsicher gefühlt habe in dieser Boxbubble." Sascha schiebt sein Basecap etwas aus der Stirn und streicht sich mit den Fingern darüber. „Ich hatte damals keinerlei Vorbilder und es gibt immer noch keine." Für einen Moment sieht er so gequält aus, dass Zaid die Hände nach ihm ausstrecken will. „Und ich wünsche mir, dass sich das für Jungs und auch Mädchen ändert, die jetzt anfangen, zu boxen."

„Du bist damit der erste aktive Profiboxer, der offen –"

„Das stimmt nicht ganz." Sascha beugt sich in seinem Stuhl vor. „Entschuldigung, ich wollte dich nicht unterbrechen." Er lächelt charmant und Zaid merkt, wie seine Wangen bei dem Anblick heiß werden.

„Bitte, erzähl weiter!", flötet die Reporterin und lächelt ihn breit an.

„Vor ein bisschen mehr als zehn Jahren hat sich ein Leichtgewichtsprofi aus Puerto Rico geoutet. Das ist aber der einzige, von dem ich weiß."

„Wie waren die Reaktionen darauf?", fragt sie interessiert nach.

„Ziemlich verhalten. Henry Maske wurde dazu befragt und sagte sinngemäß: Das ist ein mutiger Schritt. Er wird wissen, dass man nicht von allen geliebt werden kann. Er muss wissen, was alles an Reaktionen auf ihn zukommt. *Vielleicht* auch positive." Sascha lacht leise. „Es gab aber auch Leute, die sich sicher waren, dass nicht mehr jeder gegen ihn boxen wird. Als er den nächsten Kampf verlor, stand überall in den Zeitungen *Schwuler Boxer verliert Titelkampf.* Nicht sein Name oder Leichtgewichtsprofi. Schwuler Boxer eben. Er war nicht mehr wirklich gut danach. Musste zum Psychologen und so. War sicher ein krasser Druck." Sascha spielt mit den Schnürsenkeln seines Schuhs auf dem Knie.

„Fürchtest du in Zukunft Nachteile für deine Karriere?", fragt die Reporterin, die anscheinend einen emotionalen Moment wittert.

„Ganz ehrlich?" Sascha atmet tief ein und macht dann genau das Gegenteil von dem, was man erwarten würde. Er nimmt den Fuß von seinem Knie und stellt ihn auf den Boden. Dann richtet er sich gerade auf seinem Stuhl auf. Seine Körpersprache strahlt nichts Defensives, Unsicheres mehr aus. „Ein bisschen. Ich bin mir sicher, dass ich in Zukunft sehr viele blöde Kommentare einstecken muss. Und wer jetzt nicht mehr gegen mich boxen will, soll es lassen. Wer nicht mehr mit mir zusammenarbeiten will, auch. Aber ich bin noch jung und ich weiß, wie hart ich arbeiten kann. Ich werde nicht aus Angst meine Klappe halten. Dass sich die Branche so langsam entwickelt – wie im Fußball oder Football oder was weiß ich – heißt ja nicht, dass ich genauso langsam sein muss." Sascha zuckt mit den Schultern und lächelt zaghaft.

Die Reporterin strahlt über das ganze Gesicht. „Für Langsamkeit bist du ja auch nicht bekannt. Dein Aufstieg lief bisher sehr kometenhaft und ich wünsche dir, dass das genauso weitergeht. Vielleicht demnächst im

Wiederholungskampf um den Meistergürtel im Mittelgewicht. Danke für deine Offenheit, Sascha."

Er steht auf, reicht ihr die Hand und schüttelt sie mit
einem freundlichen Blick. Dann ist das Video vorbei.

Zaid schließt den Mund. Er ist sich nicht sicher, ob er
in den letzten Minuten überhaupt geatmet hat.

„Wow. Tut mir leid, Zaid, aber ich habe seit eben einen neuen Lieblingsboxer." Tom pfeift anerkennend.

Der nickt nur, greift zum Telefon und wählt Rajkos
Nummer. „Rajko, ich will, dass wir dem Rematch auf
der Stelle zustimmen … Ja, sofort … Ich werde nach diesem Interview keinen einzigen Moment zögern. Das ist
alles, was ich für ihn tun kann." Zaid legt das Telefon
weg und nimmt Tom das Bier aus der Hand. „Vielleicht
hat er gerade seine Karriere ruiniert."

***

„Wir haben uns geeinigt. Der Termin für den Kampf
steht." Rajko schaufelt eine Gabel Ente süßsauer in seinen Mund und spült etwas Cola hinterher. Dann
schweigt er. Klar. Warum hat Zaid auch gedacht, dass
er einfach weiterreden wird?

„Rajko! Brauchst du einen Trommelwirbel? Ich kann
Tom anrufen, wenn du magst. Oder warte, ich mach's
einfach selbst." Er nimmt seine Essstäbchen und trommelt damit auf die Tischkante. Rajko grinst und Zaid
zieht die Geschwindigkeit des Trommelwirbels an, bis
er nicht mehr kann.

„In sechs Wochen!", ruft Rajko und klopft Zaid auf die
Schulter.

Er sollte immer ein paar Essstäbchen dabeihaben, denkt Zaid, und sich von Tom zeigen lassen, wie ein richtiger Trommelwirbel geht. Das erspart ihm viel Zeit in Gesprächen mit seinem Manager.

„Diesmal in Frankfurt bei ihm zu Hause und über zehn Runden", schiebt Rajko hinterher. „Wir mussten uns irgendwo zwischen acht und zwölf treffen."

„Okay. Alles klar." Zaid nickt. Zehn Runden, das wird hart. Aber in sechs Wochen bedeutet, dass ihm noch etwas Zeit bleibt, bis er wieder richtig in die Vorbereitung einsteigen muss. Gut. Er hat noch Zeit, sich in den Griff zu kriegen. Am liebsten würde er irgendwo für eine Woche hinfliegen.

„Wo hast du eigentlich die letzten beiden Tage gesteckt, Zaid?" Rajko schaut ihn prüfend an.

„Zu Hause." Er stochert in seinem Curry herum.

„Und was gemacht?", bohrt Rajko weiter, während er das Essen von seinem Teller schlingt.

„Nicht viel. Bisschen erholt. Bisschen Physio."

„Du siehst aber nicht erholt aus."

„Danke", sagt Zaid schnippisch, aber er weiß, dass Rajko recht hat. Er hat nicht besonders gut geschlafen. Fast gar nicht, weil er die meiste Zeit im Internet verbrachte, um Sascha zu stalken. Oder eher gesagt, die Reaktionen auf sein Coming-out im Netz. Er hat jeden Artikel über ihn und jeden Kommentar auf Social Media gelesen. Ein paarmal wurde er dabei so wütend, dass er überlegte, irgendeinem Frank oder Klaus-Dieter aufzulauern, der seinen homophoben Scheiß auf Saschas Seiten hinterlassen hat. Ein paarmal wollte er ihn anrufen, um ihm irgendwie zur Seite zu stehen. Ist dann aber wieder eingeknickt, weil er sich an seine Worte aus dem Interview erinnerte, daran, wie alleine er sich fühlte, als er merkte, dass er schwul ist. Zaid weiß, dass er seinen Finger in dieselbe Wunde gebohrt hat, nachdem Sascha ihm seine Nummer gab in der Annahme, dass sie sich wiedersehen.

Oft hat Zaid aber auch gestrahlt wie ein Vollidiot, weil der Hashtag *#prideboxer* durch die sozialen Medien fegte wie ein Sommersturm. Er hat jeden, wirklich jeden einzelnen dieser Posts geliked.

Ab und an war er irrational eifersüchtig, wenn es darum ging, wie süß und sexy dieser *#prideboxer* sei. Zaid hat sich vorgestellt, wie viele Typen Sascha wohl gerade kennenlernen wollen, und musste acht Kilometer joggen, um wieder einen klaren Gedanken fassen zu können. Sascha ist single, er kann tun und lassen, was er will. Das ist nicht dein Tanzbereich, Zaid.

Nur die verdammte Box-Community blieb seit dem Interview geisterhaft still. Keine Unterstützung. Kein Kommentar. Nichts.

„Hat eigentlich niemand aus der Presse nach einer Stellungnahme von mir zu Saschas Outing gefragt?", will Zaid wissen und schiebt den Teller von sich.

„Doch", antwortet Rajko beiläufig und greift nach Zaids Teller. „Isst du das nicht mehr?"

„Und?"

„Ich hab gesagt, wir geben keinen Kommentar dazu ab", sagt Rajko und nimmt sich den Teller.

„Was?" Zaid knallt die Serviette, mit der er sich gerade den Mund abwischen wollte, auf den Tisch. „Und du bist nicht auf die Idee gekommen, mich zu fragen, ob ich vielleicht etwas zu sagen habe?" Er schnappt blitzschnell nach Rajkos Handgelenk, bevor der sich die Gabel in den Mund stecken kann.

„Hey, hey, hey." Rajko lässt reflexartig die Gabel fallen und schaut ihn erschrocken an. „Reiß dich zusammen, Mann."

Zaid lässt das Handgelenk los und atmet tief durch. Was stimmt denn nicht mit mir, verdammte Scheiße?

„Ich ... Zaid, ich bin nicht auf die Idee gekommen, dich damit zu behelligen. Ich hatte den Eindruck ... schon wenn ich den Namen Sascha Weiss erwähne, regt dich das irgendwie auf. Vor ein paar Tagen wolltest du nicht einmal einem Rematch zustimmen. Ich dachte, ich halte das besser von dir weg", stammelt Rajko und Zaid sieht die aufrichtige Verwirrung in seinen Augen.

Ja, klar, wird ihm bewusst. Was soll er auch anderes denken? Zaid ist gerade wie ein Dickicht aus Emotionen. Und Rajko tappt wie im Nebel darin herum. „Sorry, Kumpel, tut mir leid. Ich glaube, ich brauche Urlaub oder so was."

„Ja, du musst offenbar Dampf ablassen", sagt Rajko versöhnlicher, nachdem er ihn eine Weile aufmerksam angeschaut hat. „Deswegen gehen wir beide heute aus. Und ich weiß auch genau, wohin." Rajko steht auf, zieht sein Portemonnaie aus der Hosentasche und geht zum Tresen des Asia-Imbiss.

***

Im Club ist es so heiß, dass der Schweiß buchstäblich von der Decke tropft. Zaid zieht an seinem Joint und lässt sich in die rollenden Hip-Hop-Beats fallen, die von der Bühne kommen. Rajko hat er schon vor einer geraumen Weile verloren. Wahrscheinlich sitzt er im Backstage mit Farhat und den Rappern, die abwechselnd auf die Bühne kommen und freestylen. Zaid hat keine Lust zu reden, obwohl er Farhat und die anderen schon lange nicht mehr gesehen hat. Aber sie quatschen auch ganz schön viel Mist, wenn die Nacht lang ist und es wird nicht besser, je bekannter sie werden. Er tanzt lieber und genießt sein kleines High, solange er das noch kann. Nur mehr Flüssigkeit braucht er in dieser Hölle.

Zaid drückt den Joint an seiner Schuhsohle aus und schiebt ihn in die Innentasche seiner Lederjacke. Dann bahnt er sich den Weg durch die wippenden Körper in Richtung Bar und bestellt ein Wasser. Gegen den Tresen gelehnt, lässt er den Blick durch die Menge schweifen. Seine Augen landen auf einem Paar, das ein paar Meter vor ihm am Rand der Menge tanzt. Also, wenn man das noch tanzen nennen kann. Es sieht eher wie ein Vorspiel aus. Die beiden Körper sind dicht aneinandergepresst und sie lassen ihre Becken im Takt gegeneinander reiben. Es sind zwei Typen, merkt Zaid, als sich die beiden etwas in seine Richtung drehen. Sie passen überhaupt nicht ins Bild, denkt er. Sie sehen aus wie aus einem Queer-Lookbook, zwischen den ganzen dunkel gekleideten Typen, die aussehen wollen, als kämen sie aus der Bronx. Bestimmt Touristen aus Australien oder von sonst irgendwo, die glauben, dass Berlin *überall* offen und tolerant ist, und nicht verstehen, dass der Typ auf der Bühne gerade Beleidigungen über *Schwuchteln* rappt, nachdem er mit Frauen durch ist und die Mutter von irgendwem *gefickt* hat.

Scheiße, denkt Zaid, als er die Blicke der Gruppe hinter den beiden bemerkt. Diese Rapper und ihr blödsinniges Auf-dicke-Hose-machen. Sie starren die beiden missbilligend an. Zaid will sein Wasser austrinken, als er aus dem Augenwinkel bemerkt, wie die Situation vor ihm zu kippen beginnt. Einer der Typen brüllt den Touristen etwas zu, das sie offensichtlich nicht verstehen, denn sie lächeln ihn an. Die Worte dringen über die Musik hinweg zu Zaid durch.

„Verzieht euch und macht eure schwule Show woanders."

Sie lächeln weiter verständnislos und der Typ mit dem Basecap und den dicken Goldketten fühlt sich offensichtlich provoziert. Er bewegt sich auf die beiden zu.

Zaid sieht die aggressive Spannung in seinem Körper und stellt die Flasche ab, als der Kerl sich vor den beiden aufbaut.

Er schießt los und stellt sich augenblicklich dazwischen.

Der Typ blickt ihn aus versoffenen Augen an. „Was willst du, Alter?"

Zaid kann seine Fahne riechen. „Spar dir den Scheiß und lass die beiden in Ruhe. Die haben einfach nur ein bisschen Spaß. Solltest du auch haben", sagt er freundlich aber bestimmt.

„Bist du auch 'ne Schwuchtel oder was?", grunzt der Typ und lächelt widerlich.

„Nein, aber du wirst sie trotzdem in Ruhe lassen."

„Sonst was?", fragt er und macht sich ein Stückchen größer. Hinter ihm stehen jetzt zwei andere aus seiner Gang, die alles beobachtet haben. „Sonst was, hab ich gefragt?", zischt der Typ und bohrt den Zeigefinger in Zaids Brust. Die Alkoholfahne schlägt ihm ins Gesicht.

„Pass auf!" Zaid schiebt seine Hände in die Hosentaschen und atmet tief durch. „Ich hab überhaupt keine Lust auf Stress, aber ich kann dir in unter fünf Sekunden den Kiefer brechen und so viele Rippen, wie ich will", sagt er langsam, während er unbeirrt in die Augen vor ihm blickt. „Deinen Jungs da übrigens auch. Also bleibt einfach locker und ruiniert die gute Stimmung nicht."

„Scheiße, Alter, ich glaub, der meint es ernst." Einer der Typen hinter dem Kerl legt die Hand auf dessen Schulter und zieht ihn zurück. Sie setzen sich auf ein Sofa in die hintere Ecke des Clubs und mustern Zaid von Weitem.

Er atmet aus und dreht sich zu dem Paar um. Sie schauen ihn unsicher an. Er nickt mit dem Kopf, lächelt und geht. Das Letzte, was er braucht, ist eine Schlägerei, und mit diesen Typen ist nicht zu spaßen. Zaid *darf* nicht zuschlagen. Nur im absoluten Notfall. Er ist eine ausgebildete Zweikampfmaschine. Wenn er sich mit irgendwelchen Typen prügeln würde, könnte er nicht für ihre Sicherheit garantieren. Das ist das Erste, was man eingebläut kriegt, wenn man ernsthaft trainiert. Nie, wirklich nie, darf man sich mit irgendwelchen Dahergelaufenen anlegen. Sie hätten keine Chance, wenn man die Kontrolle verliert, weil die Aggression reinkickt. Zaid hat schon ein paarmal in seinem Leben irgendwo gestanden und auch noch die linke Wange hingehalten, die Fäuste tief in seine Hosentaschen vergraben, und anschließend zu Hause vor Wut geheult. Er hat nie außerhalb der Halle oder des Rings zugeschlagen, seit er vierzehn ist.

Er tritt aus dem Club in die kühle Nachtluft, geht einmal um das Gebäude herum und zum Hintereingang wieder rein. Rajko sitzt im Backstage auf einer Couch und redet mit Farhat.

„Na, hast du Spaß?", fragt er, als er Zaid sieht und klopft auf den Platz neben sich.

„Hatte ich, bis ein paar Wichser Stress anfangen wollten." Zaid streicht sich über das Gesicht. Hier hinten ist es deutlich kühler.

„Mit dir?", hakt Rajko ungläubig nach.

„Nein, mit zwei Jungs, die miteinander getanzt haben."

„Scheiße, ist was passiert?" Farhat ist nervös, es ist schließlich sein Club.

„Bisher nichts", antwortet Zaid.

„Zum Glück. Wir können uns hier keine Zwischenfälle mehr leisten. Seit der Sache auf der Echoverleihung sind alle viel aufmerksamer –"

„Dann mach was dagegen", unterbricht Zaid ihn scharf.

„Ja", erwidert Farhat, bleibt jedoch in seinem Sessel sitzen.

„Jetzt!" Zaid steht auf und zieht Rajko mit sich hoch. „Ich hab ein schlechtes Gefühl. Schmeiß die Typen raus."

Farhat erhebt sich mit einem genervten Stöhnen und geht den Gang entlang Richtung Club. Rajko und Zaid folgen ihm.

„Du hältst dich raus, falls es Stress gibt", tuschelt ihm Rajko auf dem Weg durch den schummrigen Gang zu.

„Farhat und ich machen das und du gehst direkt vorn wieder zum Eingang raus und dann heim, okay?"

Zaid nickt. Nichts lieber als das. Aber als Farhat die Eisentür aufhält, die den Backstagebereich vom Club trennt, weiß er sofort, dass es zu spät ist. Die Musik ist aus und niemand tanzt. Er schiebt sich durch die Menge und versucht, so schnell wie möglich zur Bar zu kommen. Daneben liegt einer der beiden Jungs von eben auf dem Boden und Blut strömt aus seiner Nase, doch seine Augen blicken geradeaus. Das ist gut, registriert Zaid. Dann ist vielleicht nur die Nase gebrochen und er hat kein Schädeltrauma. Sein Freund oder wer auch immer es ist, kniet neben ihm und weint. Drumherum stehen Leute und halten ihre Handys auf die Szene.

Zaid will sich zu den beiden runterbeugen, um die Verletzung genauer anzuschauen, aber Rajko packt ihn am Kragen seiner Jacke und zieht ihn weg.

„Ich mach das. Du gehst."

„Okay", sagt Zaid und blickt sich im Raum um, bis er gefunden hat, was er sucht. „Die da. Es müssen diese Typen da gewesen sein."

„Alles klar." Rajko schiebt ihn weiter Richtung Ausgang.

Zaid geht die Treppen nach oben auf die Straße und atmet die Nachtluft ein. Er hört eine Sirene näherkommen und läuft in die entgegengesetzte Richtung. Er wird zu Fuß nach Hause gehen, um wieder runterzukommen.

***

Zaid sitzt auf einer Parkbank auf halbem Weg nach Hause und das Mondlicht über ihm macht ihn plötzlich mutig.

Vielleicht war es auch die Aufregung eben im Club oder das kleine High von dem Joint, den er gerade zu Ende geraucht hat, um sich zu beruhigen. Vielleicht ist es die Erinnerung an die beiden Jungs, *bevor* der ganze Mist anfing. Wie sie selbstvergessen getanzt haben. Nein, es war nicht selbstvergessen, es war was anderes. Sie haben sich aneinandergeschmiegt, als wäre die dichte Präsenz des anderen Körpers noch immer nicht genug. Als müsste sie noch realer werden. Zaid schüttelt den Kopf über die kleinen pseudopoetischen Anfälle, die ihn gerade heimsuchen. *Im Angesicht der Liebe wird jeder zum Poeten*, hat er mal irgendwo gelesen und seltsamerweise nie vergessen, obwohl er das damals überhaupt nicht verstand.

Er zieht sein Handy aus der Jacke und wählt den Kontakt. Jetzt oder nie.

„Hallo?" Sascha geht tatsächlich ran. Er klingt hellwach, obwohl es halb vier Uhr nachts ist.

„Hi", sagt Zaid atemlos, nachdem sein Herz kurz aussetzt und dann zu rasen beginnt.

„Zaid? Bist du das?"

Er räuspert sich, um seine Stimme wieder in den Griff zu bekommen. „Ja. Du hast meine Nummer also nicht blockiert."

Sascha atmet schwer aus. „Nur gelöscht. Was willst du?"

Ich vermisse dich, will Zaid sagen, aber er schafft es nicht. Die Sekunden dehnen sich in der Leitung.

„Bist du betrunken?“, fragt Sascha schließlich und Zaid lacht heiser auf. Klar, wenn das hier eine romantische Komödie wäre, wäre das der typische Drunk Call.

„Nein, nur ein bisschen high“, sagt er wahrheitsgemäß.

„Diesmal wirklich?“ Er hört das kleine Grinsen in Saschas Stimme und seine eigenen Mundwinkel zucken nach oben.

„Diesmal wirklich, ja.“

Schweigen.

Sascha räuspert sich. „Danke, dass du dem Rematch zugestimmt hast.“

„Selbstverständlich“, antwortet er. „Eigentlich wollte ich nicht, aber dann kam dein Interview und ... Na ja, ich werde jetzt nicht *nicht* gegen dich boxen.“

„Ja, das hab ich clever eingefädelt, was?“

Zaid entgeht der Sarkasmus in Saschas Tonfall nicht.

„So hab ich das nicht gemeint“, sagt er hastig. „Ich bin ... Hey, Mann, ich zieh meinen Hut vor dir. Das war ... Ich hab keine Ahnung, ob es dir irgendwas bedeutet, wenn es aus meinem Mund kommt, aber ich bin wirklich beeindruckt von dir. Ich bewundere dich für deinen Mut.“

„Danke.“ Sascha klingt überrascht.

„Wenn ich irgendwas tun kann ... Ich könnte ein Statement rausgeben oder so ...“

„Nein, Zaid. Ist vielleicht einfacher, wenn du dich da raushältst.“ Er macht eine kleine Pause und scheint nach Worten zu suchen. „Wir haben noch einen Kampf vor uns und ...“ Er lacht kurz auf. „Na ja, ich werde oft gefragt, ob mein Coming-out irgendwas mit dem Kuss zu tun hat. Ich antworte darauf nicht, keine Angst.“

„Hat es denn …“ Zaid merkt, wie sich sein Körper strafft. „… was mit mir zu tun?“ Das Blut rauscht in seinen Ohren wie die Niagara-Fälle.

„Zaid“, sagt Sascha nach einer Pause niedergeschlagen. „Ich werde darüber nicht mit *dir* reden. Zumindest jetzt nicht. Vielleicht später irgendwann, okay?“

Zaid nickt enttäuscht, aber dann wird ihm bewusst, dass er *später* gesagt hat. Das bedeutet, er wird weiterhin mit mir reden, oder?, denkt er und spürt eine kleine warme Blase in seiner Brust platzen. Aber nein, er kann nicht warten, nicht jetzt, da er seine Stimme endlich im Ohr hat.

„Aber ich, Sascha, *ich* will darüber reden. Ich hab Tage gebraucht, um mich das hier zu trauen. Und dann brauchte ich zusätzlich noch Gras und eine Parkbank im Mondlicht.“

„Was machst du auf einer Parkbank um diese Zeit?“

Zaid übergeht die Frage. Die Worte stolpern in seinem Kopf übereinander. „Ich bin so durch den Wind, Sascha. Ich muss ständig an deine Lippen denken. An dich.“ Zaid hört, wie er schluckt und sein Atem schwer wird. Er versucht, mit ihm mitzuatmen und ruhig zu bleiben, obwohl sich alles in ihm dreht.

„Ich kann mir vorstellen, dass du durcheinander bist“, meint Sascha nach einer Weile langsam und wieder legt sich seine Stimme wie eine wohlige Decke über Zaids wundes Nervenkostüm. „Aber ich bin nicht stark genug für das hier. Ich kann nicht das Spielzeug für dein kleines homoerotisches Experiment sein und dann fällt dir wieder ein, dass du Angst davor hast. Dafür …“

Der Satz bleibt in der Luft hängen und Zaid beißt sich auf die Zunge, um die Tränen zurückzuhalten. „Okay", flüstert er schnell. „Danke, dass du rangegangen bist."

„Zaid, warte. Du musst das verstehen. Ich hör dir trotzdem zu, wenn du reden willst. Ich denke ... ich meine, ich weiß, wie sich das anfühlt."

Zaid spürt, wie das Wasser zwischen seine Wimpern schießt, und er zwingt sich, aufzulegen. Dann rollt er sich rücklings auf die Parkbank und schaut so lange in den halb vollen Mond, bis er nicht mehr unterscheiden kann, weswegen er weint. Wegen Sascha oder dem gleißenden Licht auf seiner Netzhaut.

# ZWÖLF

„Bist du irre, Zaid? Es ist mitten in der Nacht." Tom hält mit einer Hand seine Wohnungstür auf und reibt sich mit der anderen die Augen.

„Es ist schon sechs und ich hab Kaffee dabei." Er schiebt die Pappbecher in Toms Richtung und versucht, den Duft in seine Nase zu wedeln. „Lässt du mich rein?"

Tom macht auf der Schwelle kehrt und geht maulend in die Wohnung zurück, während Zaid die Tür hinter sich schließt.

„Warum klingelst du mich um diese Uhrzeit aus dem Bett? Du hättest wenigstens vorher anrufen können", grummelt Tom und zieht sich eine Kapuzenjacke über, die an der Garderobe hängt.

„Das hab ich, aber du bist nicht rangegangen." Zaid läuft hinter ihm her.

Tom dreht sich abrupt um und sie prallen zusammen. „Weil ich um diese Uhrzeit schlafe, Mann. Ich bin Drummer und kein Bäcker. Ich arbeite nachts."

„Du hast doch gerade keine Konzerte", verteidigt sich Zaid.

„Aber eine innere Uhr, die permanent nachgeht", entgegnet Tom missmutig und fischt einen Kaffee aus Zaids Hand. „Na prima, jetzt hab ich so viel gesprochen, dass ich wach bin." Er trottet in seine Küche und füllt den Kaffee in eine Tasse um. „Und du sollst nicht immer Einwegverpackungen kaufen", schimpft er weiter. „Ich hab dir extra diese Thermobecher zu Weihnachten geschenkt. Es ist schlecht für die Umwelt und ruiniert den Geschmack."

„Manchmal klingst du wie eine Mutter", sagt Zaid lachend.

„Warum klingelst du nicht einfach bei *deiner* Mutter, wenn dir am frühen Morgen langweilig ist?"

„Weil ich zwei Stunden auf einer Parkbank rumgelegen habe und jetzt ist mir arschkalt."

„Noch mehr Gründe, zu deiner Mutter zu gehen … Warte, was? Warum? Hast du deine Schlüssel vergessen?" Tom nimmt Zaid den zweiten Pappbecher aus der Hand und füllt ihn ebenfalls um.

„Nein, ich hab mit Sascha telefoniert. Und dann bin ich auf der Bank liegengeblieben und hab in den Mond geschaut, bis langsam die Sonne aufgegangen ist und mir arschkalt war. Deine Wohnung war näher und ich … ich wollte nicht alleine zu Hause sein."

Tom reicht ihm die Tasse und starrt ihn an, als hätte Zaid den Verstand verloren. Seine Augen verengen sich zu Schlitzen. „Hast du geweint?"

„Ein bisschen, ja", nuschelt Zaid. „Kommt momentan häufiger vor. Wusste gar nicht, wie befreiend das sein kann."

Tom stellt seinen Kaffee auf den Tisch neben ihm. „Brauchst du eine Umarmung?"

„Nein, geht schon", murmelt Zaid und lässt den Kopf hängen.

„Komm schon her." Tom öffnet seine Arme theatralisch. „Na los, trau dich."

„Ich bin nicht wie mein Vater, okay?“ Zaid lässt sich genervt in Toms Arme fallen.

„Nein, dein Vater hat schon Probleme damit, mir die Hand zu geben, seit er weiß, dass ich bisexuell bin. Als hätte ich sie gerade eben noch in der Unterhose von einem Typen gehabt. Er klopft mir nur noch auf die Schulter.“

Zaid erstarrt in Toms Umarmung. „Sorry. Kein gutes Thema gerade.“ Er schiebt ihn auf den Stuhl am Küchentisch. „Also, zurück zu Sascha. Wer hat wen angerufen?“

„Ich ihn.“

„Und? Spiel jetzt nicht den Rajko, Mann. Hast du ihm gesagt, dass du in ihn verliebt bist?“

„Nicht ganz. Ich hab gesagt, dass ich durcheinander bin und ständig an ihn denken muss.“

„Immerhin.“

„Ich denke, er hat es kapiert.“

Tom schüttelt grinsend den Kopf. „Da wär ich mir nicht so sicher, aber: Was hat er gesagt?“

„Dass er …“ Zaid schließt die Augen und versucht, sich an den Satz zu erinnern, der ihn innerhalb von Sekunden zum Weinen gebracht hat. „Dass er nicht das Spielzeug für mein kleines homoerotisches Experiment sein kann, weil er nicht stark genug dafür ist.“ Er atmet aus und öffnet die Augen.

Tom fährt sich mit der Hand übers Gesicht. „Wow, ich werde wirklich noch zum Fanboy von dem Typen. Jetzt kann er auch noch seine Gefühle auf den Punkt bringen.“

„Nicht hilfreich, Tom.“

„Er hat aber recht.“

„Ich weiß." Er legt seinen Kopf seitlich auf die Tischplatte. „Aber er war nicht wütend. Er hat auch gesagt,
dass er verstehen kann, wie es mir geht und dass ich
mit ihm sprechen kann, wenn ich will. Vielleicht nicht
jetzt, aber später." Ein kleines Lächeln legt sich auf
seine Lippen. „Er hat jedenfalls *später* gesagt."

„Das ist ein gutes Zeichen ... Perfekter Scheißkerl."
Tom lehnt sich im Stuhl zurück.

Zaid gähnt herzhaft. „Boah, ich bin so müde."

„Gott sei Dank." Tom lacht. „Komm, wir pennen noch
'ne Runde. Es ist definitiv zu früh."

***

Als Zaid am Nachmittag erwacht, fühlt er sich zum
ersten Mal seit Tagen erholt. Er zieht die Jeans aus, in
der er geschlafen hat, und angelt sich eine Jogginghose
aus Toms Schrank, von der er schwören könnte, dass
es eigentlich mal seine war. Dann geht er in die Küche
und setzt einen Kaffee auf. Auf dem Küchentisch findet
er einen Zettel.

*Bin im Proberaum. Komme später wieder. Bleib, wenn du
noch nicht nach Hause willst. Bringe Essen mit.*

Zaid lächelt dankbar in sich rein und wartet, bis der
Kaffee auf dem Herd brodelt. Dann gießt er sich eine
Tasse ein und nimmt sie mit ins Bad.

Er liebt es, Kaffee unter der Dusche zu trinken. Eine
Angewohnheit, die eher aus der Not geboren war, weil
er früher immer chronisch zu spät aufstand und nie ge-

nug Zeit blieb, die Dinge in Ruhe nacheinander zu machen. Heute schafft er es meistens, ohne zehnmal auf *Snooze* zu drücken, aber zu Hause hat er trotzdem extra eine Ablage für die Tasse an den Fliesen angebracht. Ab und an genießt er noch seinen Kaffee, während das heiße Wasser über ihn läuft.

Die Nacht steckt ihm in den Knochen, aber alles fühlt sich etwas leichter an, seit er mit Sascha gesprochen hat. Das Gefühl, dass irgendwas vielleicht weitergeht, weil Sascha wieder mit ihm spricht, beruhigt ihn. Weil er ihm vielleicht bald schon alles in Ruhe erklären kann, die Sache mit Jessy auflösen, damit Sascha ihn versteht und ihm wenigstens verzeiht. Zaid wünscht sich so, dass er ihm verzeiht. Und vielleicht will er sogar mehr, wenn das möglich ist. Er weiß nicht, was und wie, aber *dass*.

Jessy. Er muss unbedingt seine Mutter anrufen und dieses geplante Kaffeetrinken bei seinen Eltern verhindern. Das ist schon morgen.

Zaid spült den Schaum von seinem Körper und leert den Kaffee, bevor er aus der Dusche steigt und nach einem Handtuch greift. Er überlegt, ob er sich ein paar frische Unterhosen aus Toms Schrank nehmen kann, entscheidet sich aber dagegen. Früher, als sie noch zusammengewohnt haben, wusste irgendwann keiner von beiden mehr, wem eigentlich welche Unterhosen oder Socken auf dem Wäscheständer gehörten. Zaid erinnert sich an die billige Bude, in die sie damals mit achtzehn gezogen sind. Er hat sie geliebt, obwohl sie im hinterletzten Winkel von Neukölln lag und so abgerockt war, dass Toms Vater ständig vorbeikommen und irgendwas reparieren musste. Bis das Haus schließlich drei Jahre später verkauft und dann gänzlich abgerissen wurde. Tom hatte angefangen, an der Musikhochschule zu studieren, und Zaid war gerade Profi geworden, allerdings reichte das Geld hinten und vorne nicht und schon gar nicht für eine bessere Wohnung. Ihre Eltern konnten sie beide nicht finanziell unterstützen und Tom spielte abends jeden Gig, den er kriegen konnte, manchmal für einen Zwanni, nur um irgendwas in die Haushaltskasse beisteuern zu können. Die Waschmaschine ging mehrfach kaputt, weil sich Zaids meterlange Handbandagen ständig irgendwo in dem alten Gerät verfingen. Er hatte nur zwei Paar. Heute bekommt er die Dinger haufenweise von einem Sponsor. Aber es war eine schöne Zeit, in der die Welt für sie nicht viel gekostet hat.

Und Zaid war froh, nicht mehr zu Hause zu wohnen. Es tat gut, ein bisschen Abstand zu seinem Vater zu haben, weil alles schwieriger wurde, seit er mit sechzehn in Mannis Boxstall kam und nicht mehr von Nadim trainiert wurde. Sein Vater hat ihm das nie wirklich verziehen, obwohl offensichtlich war, wie viel Talent Zaid besitzt, dass er einen erfahreneren Trainer und einen guten Boxstall braucht.

„Klingt, als wärst du ein Turnierpferd", bemerkte Tom immer kopfschüttelnd, aber so heißt das eben und ein bisschen hat sich Zaid damals auch so gefühlt. Es wurde über ihn verhandelt und er musste zusehen. Manni redete ein ganzes Jahr lang auf Nadim ein, nachdem er Zaid bei einem Junioren-Wettkampf gesehen hatte, bis der schließlich zustimmte. Und zugestimmt hat er erst, als Zaid nicht mehr gebettelt, sondern im Zorn damit gedroht hat, dass er die Handschuhe lieber an den Nagel hängt, als im Mittelmaß zu verschwinden. Mittelmaß, das war das Wort, das ihm sein Vater nicht verziehen hat. Zaid war jung und wütend und konnte nicht wirklich nachvollziehen, was es Nadim gekostet hatte, dass seine Boxkarriere abrupt mit der Flucht aus dem Irak endete. In Deutschland hatte er im Boxen nicht mehr Fuß fassen können. Er war zu alt, um noch in einen guten Stall zu kommen, doch zu jung, um seinen Traum endgültig aufzugeben. Aber aus einem guten Boxer wurde nicht automatisch ein guter Trainer, und Zaid war es leid, dass er nirgends seine Ruhe vor ihm hatte. Weder beim Training noch zu Hause. Er merkte, wie sein Vater die eigenen unerfüllten Träume in ihm verwirklichen wollte, bis er sich auf jeder Ebene mit ihm verwechselte. Als Zaid irgendwann nicht mehr zur Koranschule gehen wollte, weil Religion ein Thema ist, das er zwar interessant findet, aber eher auf einer abstrakten Ebene – er fühlt es einfach nicht –, war es ähnlich. Sein Vater musste zuschauen, wie sich Zaid immer weiter zu sich selbst entwickelte und immer weniger Projektionsfläche für dessen Träume und Wünsche bot. Zaid hat wenig Ahnung von Kunst, aber er kam sich vor wie eine Leinwand, auf der zwei Menschen gleichzeitig malen. Nur wollte er lieber sprayen und Nadim mit Ölfarben malen. Zaid liebt seinen Vater und er hätte nichts lieber gesehen, als dass er seine eigenen Träume verwirklichen kann, aber es strengt ihn an, dass Nadim immer wieder versucht, den Pinsel in die Hand zu nehmen und *seine* Leinwand zu bestimmen.

Und jetzt hat er sich auch noch in eine Situation gebracht, in der es Jessy gibt und dieses Kaffeetrinken.

Er sucht sein Telefon und findet es in seiner Jackentasche im Schlafzimmer. Er muss seine Mutter anrufen, das Kaffeetrinken irgendwie abwenden und anschließend Rajko fragen, wie es eigentlich um die Trennung steht. Weil er immer wieder vergisst, dass er eine Freundin hat, hat er die Trennung ebenso aus den Augen verloren. Aber er kann das nicht mehr mitmachen. Sponsoren hin oder her. Sascha hat mit seinem Coming-out die Aufmerksamkeit so auf sich gezogen, dass Zaid wieder im Schatten spazieren kann. Die Lage müsste für ihn ruhig genug sein.

*Sascha*, denkt er, als er auf das Display schaut und einen Moment braucht, um zu begreifen, dass der Name tatsächlich dort steht. Sascha hat ihm eine Nachricht geschickt. Zwei. Zaid öffnet die App und sieht zuerst den Link. Er klickt darauf und wird auf die Instagramseite der Berliner Zeitung geleitet, so was wie die BILD von Berlin. Es ist ein Artikel.

*Brutaler Übergriff auf schwules Paar in Berliner Hip-Hop-Club.*
*In dem beliebten Club, in dem Berliner Hip-Hop-Größen wie Kollegah und Farid Bang Stammgäste sind, kommt es immer wieder zu Hassverbrechen in der Szene ...*

Zaids Augen rasen über die Zeilen zum Takt seines Herzschlags.

*... homophobe, sexistische Texte im Rap geduldet.*

Warum schickt ihm Sascha das? Und dann sieht er es. Ein verwackeltes Handyfoto von ihm irgendwo im Artikel: Rajko zieht ihn am Kragen, als er sich gerade zu den Jungs am Boden beugen will. Am Bildrand steht Farhat und hält die Hände in Richtung der Kamera, wie um die Aufnahme zu verhindern. Die Bildunterschrift sagt:

*Neben dem Clubbesitzer, Farhat P., der viel zu spät eingriff, war auch der Berliner Boxer und amtierende Deutsche Meister im Mittelgewicht, Zaid El Sabah, anwesend.*

Und Zaids Name ist zu allem Übel unter dem Post mit einem Hashtag versehen.

Er schließt den Artikel und geht zurück zu Saschas Nachrichten.

*Ernsthaft, Zaid? Und danach rufst du mich an, um mir zu sagen, wie beeindruckt du von meinem Coming-out bist und dass du immer an meine Lippen denken musst?*

Warum hat er das gefunden?, fragt sich Zaid. Hat er die Hashtags mit meinem Namen abonniert? Sein Herz glüht auf. Fuck, denkt er anschließend. Das darf doch alles nicht wahr sein. Und sein Herz verglüht wieder.

Die Nachricht ist über zwei Stunden alt. Zaid wählt Saschas Nummer. Einmal, zweimal, dreimal. „Bitte, bitte geh ran", flüstert er vor sich hin. „Ich kann alles erklären. Es ist ganz anders, als es aussieht."

Aber wie oft hat er das eigentlich in letzter Zeit gesagt? Er öffnet den Chat und schreibt:

*Sascha. Ich hab damit nichts zu tun. Ich hab versucht, das zu verhindern. Ich wollte mich um die beiden kümmern.*

Als er die Nachricht abschickt, hakt sich das Wort *die beiden* in seinen Gedanken fest. Er öffnet den Link wieder und liest weiter:

*… Die beiden jungen Männer aus New York kamen glücklicherweise mit leichten Verletzungen und einem gewaltigen Schrecken davon. Mehrere Gäste wurden vorläufig festgenommen …*

Zaid sinkt erleichtert auf den Fußboden. Die Verletzungen tun eine Weile weh und der Schreck sitzt sicher tief, aber wenigstens warten Konsequenzen auf die Wichser. Dann wechselt er wieder zu seinen Nachrichten. Sascha hat die erste gelesen, aber nicht reagiert.

*Sascha. Das kannst du nicht ernsthaft glauben.*

Dann wartet er. Er starrt so lange auf das Display, bis eine Antwort erscheint.

*Ich hab nie behauptet, dass du das warst. Mir reicht es, zu wissen, wo du dich rumtreibst und mit welchen Leuten du feierst. Ruf mich nicht wieder an.*

***

„Gut, dass den mal jemand benutzt!", ruft Tom, als er in der Tür zu seinem Wohnzimmer steht, eine Einkaufstasche in der Hand.

Zaid hält den Punchingball fest, auf den er, seit ... er weiß nicht, wie lange, einschlägt. Er hat ihn Tom mal geschenkt, damit der sich ein bisschen fitter hält, aber gerade hat er ihn selbst davor bewahrt, in ein abgrundtiefes Loch zu stürzen.

„Allerdings hast du mir gesagt“, Tom lässt die Einkaufstasche auf den Boden sinken, „dass man nicht mit bloßen Händen darauf einhämmern soll.“

Zaid schaut auf seine Finger und bereut, dass er vorhin nicht die Geduld hatte, nach den Schutzbandagen zu suchen. Er war außer sich. Die Haut an seinen Knöcheln ist so rot, dass sie kurz vor dem Platzen ist.

„Hast du eine Wundsalbe oder so was da?“ Zaid schüttelt seine Hände aus.

„Wenn du mir sagst, warum du es riskierst, dir die Finger zu brechen. An *meinem* Ball.“

Zaid nimmt sein Telefon von dem Schränkchen neben sich, öffnet den Chat mit Sascha und reicht es Tom. „Lies selbst.“ Dann lässt er sich auf die Couch fallen und wartet, bis Tom den Post mit dem Artikel und die Nachrichten gelesen hat. Es ist eine quälend lange Zeit, in der Tom stehend liest, bis er das Telefon neben ihn auf die Couch wirft und in der Wohnung verschwindet. Zaid fragt sich, ob er gegangen ist. Aber warum? Er wohnt hier. Dann taucht er plötzlich wieder auf, reicht ihm ein Kühlpack und eine Heilsalbe.

„Scheiße“, sagt er, als er sich neben Zaid fallen lässt, der das Kühlpack auf seine linke Hand legt und wegen der plötzlichen Kälte die Luft anhält.

Egal, es kann ruhig wehtun, denkt er.

„Also, zuerst einmal“, sagt Tom. „Wir setzen nie wieder einen Fuß in Farhats Laden. Ich werde dort nie wieder spielen und auch niemand, den ich kenne. Selbst wenn er auf Knien angekrochen kommt, weil er keine Musiker mehr für seine Sessions findet. Er checkt es einfach nicht. Ich meine, am Anfang geht’s ja manchmal noch, aber je später der Abend, desto widerlicher werden die Texte und die Leute. Farhat muss sich langsam entscheiden, welche Art von Leuten er dahaben will und welche nicht.“

Zaid nickt und wechselt die Hand beim Kühlen. „Auf jeden Fall.“

„Zweitens: Mal abgesehen davon, was mit Sascha ist. Das hier“, er gestikuliert Richtung Telefon, „haben außer ihm sehr viele andere Menschen gesehen. Ich weiß, ohne dich zu fragen, dass du nichts damit zu tun –“

„Ich hab versucht, es zu verhindern. Aber ich war kurz hinten im Backstage, um –“

„Zaid, wie ich eben sagte: *Ich* weiß das, ohne dich zu fragen, aber andere nicht. Hast du schon mit Rajko gesprochen?“

Zaid schüttelt den Kopf. „Ich konnte keinen klaren Gedanken fassen.“

„Gut, dann rufen wir ihn jetzt an.“ Er reicht ihm das Telefon und Zaid wählt Rajkos Nummer.

Er geht sofort ran. „Ich hab schon gewartet.“

„Sorry, ich musste erst ein bisschen Dampf ablassen“, antwortet Zaid zerknirscht und wechselt das Kühlpack wieder zur anderen Hand. „Wie geht es den beiden, Rajko?“

„Gut, den Umständen entsprechend. Ich bin gestern mit ihnen ins Krankenhaus gefahren und dageblieben.

War auch besser, weil sie kein Wort Deutsch sprechen, auch wegen Polizei und so."

„Danke, Mann", stößt Zaid erleichtert aus.

„Kein Ding, du hättest dasselbe getan. Aber es war mir lieber, dass du da verschwindest. Also, der eine hat einen Nasenbeinbruch, Knochen ist aber zum Glück nicht ganz durch, keine Gehirnerschütterung." Zaid nickt vor sich hin. Er weiß, was das bedeutet. Es muss nicht geschient oder operiert werden und es heilt ziemlich gut aus. „Und der andere hat zwei geprellte Rippen. Das wird wieder. Sie haben zum Glück Freunde in der Stadt, die sich um sie kümmern."

„Gott sei Dank", sagt Tom.

„Hi, Tom", antwortet Rajko. „Gut, dass du bei ihm bist. Jedenfalls, ich hab ja die ganze Nacht mit den beiden Jungs in der Notaufnahme gewartet und wir haben ziemlich viel geredet. Sie sind dir wirklich dankbar, weil du wohl der Einzige warst, der irgendwas gemacht –"

„Ich hätte dableiben und aufpassen sollen."

„Zaid, es war völlig richtig, Farhat und mich zu holen. Glaub mir einfach, sie sind dir überhaupt nicht böse. Im Gegenteil. Sie haben angeboten, dass wir unsere Stellungnahme auch in ihrem Namen veröffentlichen. Sie wollen das gern richtiggestellt haben, weil du der Einzige warst, der, na ja, gehandelt hat."

„Okay, aber ich will nicht, dass sie sich verpflichtet fühlen, irgendwas –"

„Zaid, *die beiden* fühlen sich mit Sicherheit gerade zu gar nichts verpflichtet. Ich hab ihnen aber das Love-Is-a-Battlefield-Video gezeigt und sie waren hin und weg."

„Das ist nicht dein Ernst?", fragt Zaid empört.

„Doch“, entgegnet Rajko trocken. „Sie haben sich dafür interessiert, wer du bist, und es war wirklich der einzige Moment in dieser Scheißnacht, in dem sie mal kurz gelächelt haben. Und es war eine wirklich lange Nacht. Wie auch immer … Lass mich machen. Ich bereite die Erklärung vor und schick sie gleich raus. Du wirst dich auch öffentlich von Farhat distanzieren.“

„Nicht nur öffentlich“, sagt Zaid.

„Klar, ja, der Typ hat den Schuss nicht gehört. Aber ich hab ihm die Meinung gegeigt. Er braucht ’ne gute Security, egal, was das kostet. Sorry, dass ich dich ausgerechnet dahin geschleppt habe. Ich dachte, weil du dich bei Hip-Hop immer gut entspannen kannst. Na ja, ist schiefgelaufen.“

Mehr als das, denkt Zaid.

„Was im Moment allerdings keine gute Idee mehr ist …“ Er kann deutlich hören, wie unangenehm es Rajko ist, was er gleich sagen wird. „… ist deine öffentliche Trennung von Jessy.“

„Fuck.“

„Das sieht jetzt irgendwie ungut aus, wenn ihr euch trennt. Es wäre im Gegenteil besser, wenn sie ein kleines Selfie bei deinen Eltern morgen postet. Von den Baklava deiner Mutter oder so.“

„Scheiße“, murmelt Zaid.

„Er hat leider recht“, sagt Tom.

„Okay, Zaid. Ich mach mal deine Stellungnahme fertig. Wir hören uns. Mach ein paar Tage was Schönes, bleib einfach aus der Öffentlichkeit raus und … Ich melde mich nachher noch mal privat.“

„Alles klar, danke“, sagt Zaid und Rajko ist raus aus der Leitung.

„Willst du noch über Sascha sprechen?", fragt Tom, schraubt die Tube auf und drückt ein bisschen Salbe in die Hand, die ihm Zaid wortlos hinhält.

„Lieber nicht", sagt er und reibt sie vorsichtig auf seine knallroten Knöchel. „Aber nach diesem Kaffeetrinken morgen muss ich dringend für ein paar Tage raus aus Berlin. Kommst du mit?"

# DREIZEHN

„Deine Eltern sprechen ziemlich gut Deutsch", sagt Jessy und zieht ihren Lipgloss in der U-Bahn nach. Zaid hat sie vor zwanzig Minuten zu Hause abgeholt und jetzt sind sie auf dem Weg zum Kaffeetrinken.

„Sie sind seit 2005 hier, fast zwanzig Jahre", antwortet er knapp. Jessy wirft ihm einen abwartenden Blick zu und er fühlt sich schlecht. Er muss seine Laune nicht an ihr auslassen, schließlich kann sie nicht wirklich was für seine Situation. „Meine Mutter", erzählt er also weiter, „ist halbe Deutsche. Meine Großmutter war aus Mannheim und hat an einer deutschen Schule in Bagdad als Lehrerin gearbeitet. Sie hat meinen Großvater dort kennengelernt und ist geblieben. Meine Mutter konnte ganz gut Deutsch, deswegen fiel die Entscheidung auch auf Deutschland, als sie damals mit mir aus dem Irak geflohen sind. Und nicht auf ein englischsprachiges Land."

Jessy packt das Lipgloss ein und richtet ihre volle Aufmerksamkeit plötzlich auf ihn. „Warum sind sie geflohen?"

Zaid ist immer wieder überrascht davon, wie wenig Leute aus seiner Generation über diesen Krieg wissen, obwohl er seit zwanzig Jahren in den Medien hin und her diskutiert wird. „Saddam Hussein? George W. Bush? Operation Iraqi Freedom?", fragt er vorsichtig.

Jessy schüttelt den Kopf. „Klar kenn ich die Namen, aber was ist da noch mal genau passiert?", fragt sie verlegen lächelnd.

„Jessy, das ist eine wirklich lange Geschichte", stöhnt Zaid unwillig.

„Ich sollte aber schon ein bisschen was über die Geschichte meiner Schwiegereltern wissen, Zaid. Wie steh ich sonst da?", beharrt sie.

Zaid liegt ein *So ahnungslos wie du bist* auf der Zunge, aber er will nicht zynisch sein. Sein ganzer Zynismus nervt ihn selbst langsam gewaltig.

„Also, nach den Anschlägen von 9/11 ... Das weißt du, oder? Die Twin Towers?" Jessy nickt freudig. „Hat die U.S. Regierung immer wieder behauptet, dass Saddam Hussein im Irak Massenvernichtungswaffen herstellt für Anschläge, Al Qaida unterstützt und so weiter."

„Hat er?", fragt sie naiv.

„Ist bis heute nicht bewiesen, mittlerweile gilt die Militäroperation, wie dieser Krieg genannt wurde, auch als völkerrechtswidrig, aber damals hat halt jeder Schiss vor Terrorismus bekommen. Jedenfalls haben die USA und England und noch ein paar andere Länder Hussein gestürzt und das Land besetzt. Mein Vater war damals Profiboxer und beim irakischen Militär angestellt. Das gab's oft. Normalerweise hat er auch nur geboxt, aber 2003, als dieser Krieg begann, war es kein Spaß mehr, beim Militär zu sein. Bagdad war auch mitten im Konflikt. In den ersten Jahren gab es bürgerkriegsähnliche Zustände, Anschläge, Rückschläge, hin und her. Es war einfach zu gefährlich, da zu leben und zu bleiben. Noch dazu mit einem Kleinkind. Meine

Großmutter ist zum Beispiel nach einer absoluten Routine-Operation gestorben, weil der Strom im Krankenhaus tagelang weg war und Chaos herrschte."

„Krass", sagt Jessy und drückt seine Hand, die auf dem Knie liegt.

„Ich hab damals nicht viel mitbekommen, ich meine, ich war drei, vier, fünf Jahre alt und Explosionen und Bombenalarme waren meine Realität. Ich hab nicht viele Erinnerungen daran. Für mich waren andere Sachen schlimmer."

„Was zum Beispiel?", fragt Jessy ehrlich interessiert.

Zaid zuckt mit den Schultern. „Ich bin halt in einer Zeit aufgewachsen, in der Irak und arabisch aussehen für die Oma im Bus und die anderen Kinder in der Schule bedeutete, dass sie sich doch lieber ein bisschen weiter weg gesetzt haben für den Fall, dass eine Bombe in meinem Schulrucksack ist. Die Angst war einfach ständig da. Selbst in Städten wie Berlin, oder vielleicht gerade in Städten wie Berlin."

„Und was hast du dann gemacht?", will Jessy wissen, als ihre Station kommt und sie aufstehen, um die U-Bahn zu verlassen.

„Was sollte ich machen? Ich hab aufgehört, Arabisch zu sprechen, wenn ich mit meinen Eltern irgendwo in der Öffentlichkeit unterwegs war, und später hab ich mich geweigert, weiter in die Koranschule oder in die Moschee zu gehen. Nicht, dass Religion jemals mein Ding war, aber es war halt einfacher."

„Hast du deswegen mit dem Boxen angefangen?" Jessy läuft neben ihm die Treppen zur Straße hoch und hakt sich bei ihm ein.

„Nee", sagt Zaid. „Das ist eine andere Geschichte, die dir mein Vater mit Sicherheit erzählen wird. Es gibt ganze Fotoalben darüber." Er verdreht die Augen. „Ich hoffe, du bist vorbereitet auf den elfjährigen Zaid und seine schlaksigen Arme in überdimensional großen Boxhandschuhen."

„Ich sterbe dafür." Jessy grinst und in Zaid wächst die leise Hoffnung, dass der Nachmittag vielleicht amüsant werden könnte.

„Was muss ich über dich noch wissen, was ich nicht schon weiß?", fällt ihm ein, als sie in die Straße einbiegen, in der Zaids Eltern wohnen.

„Ich bin Scheidungskind und kenne meinen Vater kaum. Ich hasse gekochte Möhren und hab in Geschichte nie aufgepasst, weil ich zu viele Gedanken darauf verschwendet habe, dünn sein zu wollen", flötet Jessy unbekümmert und Zaid lacht. „Den Rest erfährst du dann am Kaffeetisch."

„Ich bin gespannt. Hauptsache, du erfindest keine intimen Details über unser Liebesleben."

„Was soll ich denn tun, wenn jemand fragt?"

„Ich warne dich", sagt Zaid und drückt auf den Klingelknopf, auf dem *El Sabah* steht.

***

„Es ist so schade, dass deine Schwester gerade auf der Abi-Abschlussfahrt ist", sagt Zaids Mutter, als sie einen weiteren Teller mit Baklava auf den Tisch stellt.

„Ich musste ihr auf Instagram entfolgen", stöhnt Zaid und nimmt eins der Gebäckstücke, die vor Honig tropfen. „Ich will die Bilder nicht sehen." Er macht sich ein bisschen Sorgen um seine kleine Schwester. Bei Gelegenheit sollte ich mal ein ernstes Wort mit Layla reden, denkt er und kommt sich plötzlich vor wie sein Vater.

„So schlimm wie du damals", seine Mutter kneift ihn in die Wange, „kann sie gar nicht sein. Ich meine, in der wenigen Zeit, die du damals hattest, zwischen Schule und Halle, hast du –"

„Ich musste sie eben gut nutzen." Zaid unterbricht seine Mutter nicht gern, aber das hier sollte jetzt und hier aufhören.

„Ach echt, ich höre." Jessy wirft ihm ein breites Grinsen zu.

„Wenn du mit mir in die Küche kommst und neuen Kaffee kochst, erzähl ich dir alles. Zumindest das, was ich weiß." Zaids Mutter tätschelt Jessys Haar und die steht sofort auf und folgt ihr, nicht ohne Zaid einen Blick über die Schulter zuzuwerfen, der sagt *Siehst du, sie mag mich.*

Sie hat recht, denkt er, der Nachmittag ist bisher ziemlich entspannt verlaufen. Jessy kann sehr charmant sein und sie lässt sich auch von seinem Vater nicht die Butter vom Brot nehmen. Es könnte schlimmer sein, obwohl sie beide bei manchen Fragen zu ihrer *jungen Liebe* ziemlich ins Straucheln geraten sind. Jessy wusste nichts dazu zu sagen, als seine Mutter sie fragte, wie sie zu *diesem* Tattoo steht, dass er auf dem linken Oberschenkel hat.

Es ist das einzige seiner Tattoos, das man auch dann nicht sehen kann, wenn er nur seine Boxerhosen trägt.

Er fragt sich, ob sie vielleicht etwas ahnt, aber der Punkt ist, dass sie Jessy wirklich zu mögen scheint, und Zaid hofft, dass es seine Mutter milde stimmen wird, wenn er ihr die Wahrheit über diese Beziehung erzählen wird. Irgendwann.

Er schiebt den Gedanken in sein Unterbewusstsein zurück und gibt sich vorerst mit der Tatsache zufrieden, dass er wenigstens eine tolle Fake-Freundin hat, mit der man gerne Zeit verbringt.

„Wie läuft die Vorbereitung für den Kampf, Zaid?", fragt sein Vater mitten in seine Gedanken.

„Ich steige erst übernächste Woche ein. Ich bin ja noch ziemlich im Training", antwortet er. „Manni hat sich ein bisschen Urlaub verdient und ich auch."

„Mach es ordentlich, mein Sohn. Du wirst den Kampf gewinnen, ich weiß, aber man darf sich nie zu sicher sein."

„Ach, echt? Wie kommst du darauf?"

Sein Vater schweigt.

„Jeder Titel ist irgendwann weg." Früher oder später verliert man ihn gegen einen der Herausforderer. Und dann gewinnt man neue. „Das weißt du genau, Baba, aber Rajko versucht bereits, europäische Kämpfe zu organisieren."

„Du kannst den Deutschen Meistertitel nicht Sascha Weiss überlassen, Zaid", sagt Nadim und die Art, wie er Saschas Namen betont, lässt ihn aufhorchen.

Er lehnt sich auf dem Sofa zurück. Daher weht also der Wind. „Warum nicht?", fragt Zaid, nachdem er eine Weile lang über seinen nächsten Zug nachgedacht hat. „Er ist verdammt gut, Baba, du hast ihn gesehen."

Nadim schweigt und Zaid beschließt, ihn jetzt zappeln zu lassen wie einen Fisch an der Angel.

„Wenn er in der richtigen Verfassung ist, kann er mich schlagen." Zaid spürt die kleinen Wellen des

Zorns immer schneller in sich aufbranden. „Wenn Sascha den Titel gewinnt, hat er ihn mehr als verdient.“

Nadim räuspert sich laut. Er will das Thema gern beenden, merkt Zaid, aber er kann nicht aufhören. Er ist wütend.

„Wenn es so kommt, dann weine ich dem Titel keine einzige Träne nach, weil er einfach *noch* besser ist als ich.“ Zaid weiß, dass er aufhören sollte, aber er fühlt ein irrationales Bedürfnis, Sascha verteidigen zu müssen. „Ist es, weil ein Homosexueller nicht Deutscher Meister im Boxen sein darf?“ Zaid versucht, die Frage so gelassen wie möglich über den Tisch zu werfen.

„Das habe ich nicht gesagt, Zaid.“

„Aber gedacht“, zischt er zurück und sieht, wie Nadim sich auf seinem Stuhl aufrichtet, das Tischtuch sehr genau unter seinen Fingern inspiziert und einen Krümel Blätterteig aufsammelt. Dann schaut er ihn an.

„Mein Sohn. Jeder darf in seinem Privatleben machen, was er will, das interessiert mich nicht. Aber man trägt seine Neigungen nicht so an die Öffentlichkeit. Das hat im Boxen nichts zu suchen. Man ist ein Vorbild. Das gehört sich einfach nicht.“

„Warum?“, fragt Zaid scharf.

„Ich habe gesagt, was ich dazu zu sagen habe.“

„Sag es.“ Zaid steht vom Sofa auf.

„Du verstehst mich falsch, Zaid.“

„Ich denke nicht. Jetzt sprich es endlich aus!“, brüllt er. „Weil Sascha schön die Fresse zu halten hat, wenn er ein *shadh* ist? Oder weil du das per-“

„Roohy?“ Die Stimme seiner Mutter holt ihn zurück. Sie steht neben Jessy im Türrahmen, mit einer Kaffeekanne in der Hand. Zaid weiß nicht, wie lange schon, aber ihre Mienen deuten darauf hin, dass sie einiges mitbekommen haben.

Er zwingt sich, ruhiger zu atmen und klopft dann mit dem Handrücken auf den Tisch. „Ich gehe jetzt. Du kannst gerne noch bleiben, Jessy.“

„Zaid … komm zurück!“, ruft sein Vater, als er schon im Flur ist und nach seinen Schuhen greift. Jessy stolpert hinter ihm her und schlüpft in ihre Ballerinas.

„Roohy!“ Seine Mutter kniet sich neben ihn, während er die Schnürsenkel seiner Docs mit zitternden Fingern bindet. „Dein Vater hat das sicher nicht so gemeint. Du weißt, er braucht manchmal ein bisschen, um …“

„Er hat es genau so gemeint“, sagt Zaid, diesmal versöhnlicher und steht auf. Er reicht seiner Mutter die Hand, um ihr aufzuhelfen.

„Warum nimmst du das so persönlich, Zaid?“, fragt sie und nimmt ihn in den Arm.

„Es tut mir leid, Mama. Ich wollte nicht, dass das passiert. Es war … ich … ich ruf dich an, okay? Ich mache ein paar Tage Urlaub mit Tom, bevor alles wieder losgeht.“

„Versprich es mir, Roohy. Pass gut auf dich auf.“ Sie stellt sich auf die Zehenspitzen und küsst ihn auf die Stirn. „Ana bahebak.“

„Ich dich auch.“

„Und du, meine Liebe“, wendet sie sich mit einem entschuldigenden Schulterzucken an Jessy und nimmt ihre Hände, „bist jederzeit bei uns willkommen.“

„Danke.“

„Warte, ich kann nicht so schnell“, keucht Jessy und greift von hinten nach Zaids Arm. Er bleibt stehen. „Was war das gerade?“

„Ich hab mich mit meinem Vater gestritten, hast du doch gesehen." Er seufzt schwer und blickt auf den Boden vor sich.

„Na ja, *er* war eigentlich ganz ruhig, aber du warst wirklich in Fahrt. Rajko hat schon erwähnt, dass du gerade immer mal aus der Haut fährst, aber das passt nicht zu dir."

Zaid will eigentlich gleich weiterschreien. Seit wann sprechen die beiden über ihn? Aber er tritt stattdessen gegen den Laternenmast neben sich, weil es hier nicht um Jessy und Rajko geht, sondern um seine Beherrschung. Er ist so, so wütend. Auf Nadim, auf sich, auf die Wut. Anschließend legt er die Hand entschuldigend an Jessys Arm. „Tut mir leid, dass du das mitbekommen musstest."

„Schon okay. Was bedeutet das Wort, das du so aggro geschrien hast?"

„So was wie *Schwuchtel*", flüstert Zaid. „Und ja, ich bin nicht stolz darauf, das gesagt zu haben. Aber er hat es gedacht und ich wollte ihn zwingen, dass er es wenigstens zugibt."

„Über Sascha?", fragt Jessy.

„Ja."

„Okay, dann hat er es verdient." Sie zieht Zaid weiter. „Ich hab keine Lust auf U-Bahn. Lass uns ein Taxi nehmen, okay?"

„Gerne." Er sendet Jessy ein dankbares Lächeln. „Da vorn an der Ecke müssten welche stehen."

***

„Deine Mutter hat recht." Jessy blickt aus dem Taxifenster.

„Womit genau?", fragt Zaid, der auf seiner Seite das Gleiche macht.

„Warum nimmst du es so persönlich, was dein Vater denkt? Ich meine, es gibt immer einen in der Verwandtschaft, der überholte Ansichten hat. Aber dann diskutieren wir sachlich darüber. Du normalerweise auch. Warum macht dich das so emotional?"

„Weil es um die Sache geht", antwortet er unwillig.

„Eine Sache, für die du dich meines Wissens bisher nicht so brennend interessiert hast", sagt sie vorsichtig. Zaid merkt, wie sie jetzt ihn mustert. „Es geht um Sascha, oder? *Er* ist dir wichtig."

„Ich hab einfach das Gefühl, ihn verteidigen zu müssen. Diese ganze homophobe Boxbubble wird ihm das Leben jetzt richtig schwer machen. Ja, das finde ich unfair, Jessy." Zaid blickt starr aus dem Fenster.

„Nur unfair oder verletzt es dich richtig? Denn genau so sahst du aus", bohrt sie weiter.

„Danke, Jessy, aber wenn ich 'ne Therapeutin brauche, suche ich mir eine", antwortet er möglichst freundlich und lächelt sie bittend an, in der Hoffnung, dass sie es sein lässt.

„Das glaube ich erst, wenn ich es sehe, Zaid, aber wenn du eine Empfehlung brauchst, melde dich bitte bei mir, okay?" Sie drückt seine Hand, die zwischen ihnen auf der Rückbank liegt und Zaid zieht sie nicht zurück.

„Wie läuft es bei dir und Rajko?", fragt er, um das Thema zu wechseln, und weil ihm durchaus nicht entgangen ist, was sie vorhin bemerkte. Wenn die beiden über ihn reden, bedeutet das, dass sie sich wieder treffen.

Jessy streicht über seine ausgestreckte Hand. „Wir nähern uns an. Aber diesmal ist es anders. Wir sind nicht aus Versehen im Bett gelandet, wie die letzten Male. Es ist irgendwie vorsichtig und ... erwachsener, würde ich sagen.“

Zaid schaut sie gerührt an, bevor er die Augenbraue hebt. „Rajko und *erwachsener* in einem Satz klingt merkwürdig.“

Jessy lacht. „Ich hätte auch nie geglaubt, dass ich das mal sage.“

# VIERZEHN

„Ist ein bisschen wie früher", sagt Tom, als sie ihre Taschen im Kofferraum des alten Volvos verstaut haben und einsteigen. Er dreht den Zündschlüssel um. „Nur, dass wir uns heute Ferienhäuser leisten können und nicht mehr wild campen müssen. Ich hab aber trotzdem ein Zelt eingepackt. Falls wir Lust haben, schlagen wir es einfach im Garten neben dem Pool auf." Er grinst.

„Du spinnst", antwortet Zaid lachend, aber der Wagen sieht wirklich so aus, als würde Tom darin leben und auf alles vorbereitet sein. Tut er im Grunde auch, so viel, wie er unterwegs ist. „Wo fahren wir eigentlich hin?"

„Jetzt interessierst du dich also plötzlich dafür? Ich musste alles alleine entscheiden", beschwert sich Tom.

„Dafür hast du mit meiner Kreditkarte bezahlt, Schatz."

„Ist nur fair. Du weißt, dass ich an Entscheidungsschwäche leide", meckert Tom weiter und Zaid schaut auf die Straßen Berlins, die sie hoffentlich bald hinter sich gelassen haben werden.

„Dolceacqua", sagt Tom, als sie an einer Ampel halten. Zaid reicht ihm die Wasserflasche rüber, aber er winkt ab. „Da fahren wir hin. Ist an der Grenze zwischen Italien und Frankreich."

„Was? Wir hätten fliegen sollen", stöhnt Zaid.

„Du weißt, dass ich das nicht mache, ökologischer Fußabdruck und so. Es sind auch nur vierzehn oder fünfzehn Stunden Fahrt", plappert er weiter und hält dann kurz inne. „Und außerdem passt ein Roadtrip viel besser zu deiner Situation."

Zaid schaut wieder aus dem Fenster bei dem Gedanken an *seine Situation.* „Ich bin in keiner RomCom ... Tom" Zaid muss lachen. RomComTom.

„Aber in einem traurigen Indiefilm, der –" Tom bricht mitten im Satz ab, als das Wortspiel auch bei ihm angekommen ist. „RomComTom." Er stimmt in das Lachen ein und schlägt sich beim Fahren auf die Knie.

„Mach das zu deinem Tindernamen, Tom", bittet ihn Zaid unter Tränen. „Dolceacqua ... warum genau da hin?", fragt Zaid, als sie sich wieder eingekriegt haben und Tom gerade auf die Autobahn auffährt.

Er zuckt mit den Schultern. „Ich fand den Namen schön. Süßes Wasser. Und nach irgendwelchen Kriterien musste *ich* ja entscheiden, wo wir hinfahren."

Zaid erblickt den zähen Berufsverkehr vor ihnen und flucht innerlich. Er will lieber früher als später aus der Stadt raus. „Danke, dass du mitkommst, Tom. Das bedeutet mir wirklich viel."

Tom grinst ihn an. „Nizza ist nicht weit weg. Cannes auch nicht. Ich dachte, falls du mal eine Gay-Bar von innen sehen möchtest."

„Ich bin nicht schwul, Tom", sagt Zaid mürrisch, zieht seine Schuhe aus und legt die Füße auf das Armaturenbrett.

„Das denke ich auch." So leicht lässt sich Tom nicht vom Thema abbringen. „Aber vielleicht bisexuell und das kannst du auch unabhängig von Sascha rausfinden."

„Konzentrier dich lieber auf die Straße, Tom."

„Es ist gerade Stop-and-Go, wie du siehst."

„Trotzdem." Zaid wendet sich dem Autoradio zu und versucht, irgendeinen Sender reinzukriegen.

Tom beobachtet ihn aus dem Augenwinkel. „Ich versuche ja nur, für dich mitzudenken. Du weigerst dich ja, einfach mal in Ruhe über die Fakten nachzudenken, ohne gleich in die Luft zu gehen."

„Ich hab gestern Nadim angeschrien", sagt Zaid schließlich und gibt die Sendersuche auf. Er muss einfach darüber reden. Es hängt ihm immer noch nach.

„Siehst du", antwortet Tom ohne Triumph in der Stimme, wofür ihm Zaid dankbar ist. „Weswegen?"

„Er hat mir zu verstehen gegeben, dass ich den Kampf gegen Sascha jetzt auf jeden Fall gewinnen *muss*. Nicht auszudenken, wenn der nächste deutsche Mittelgewichtsmeister homosexuell wäre."

„Hat er das so gesagt?", fragt Tom, als der zäh fließende Verkehr plötzlich zum Stau wird.

Zaid hat Angst, dass sie gar nicht erst aus der Stadt rauskommen. „Nicht ganz. Aber du weißt, wie er ist. Er ist der Meister der unausgesprochenen Botschaften."

„Ja, ich weiß. Aber hat er das wirklich so gemeint?"

Zaid ist sich plötzlich selbst nicht mehr sicher.

„Er hat gesagt, dass es unanständig sei, über *seine Neigungen* in der Öffentlichkeit zu sprechen, weil er ein Vorbild ist."

Tom lacht. „Autsch, und Sascha hat im Interview auch noch von queeren Vorbildern gesprochen. Wie unanständig von ihm."

Sie fallen eine Weile in Schweigen, als der Verkehr wieder anrollt und langsam, aber sicher flüssiger wird.

„Ich glaube, ich interessiere mich nicht für andere Männer", sagt Zaid plötzlich. Er hängt gedanklich immer noch an dem Wort *bisexuell* und der Gay-Bar in Nizza fest. „Es ist nur Sascha. Irgendwie."

„Ja, aber du willst schließlich nicht nur sein bester Freund sein und mit ihm angeln gehen, sondern auch *unanständige* Sachen mit ihm machen."

„Sag bitte nicht, dass du auch eine Angel mithast", bemerkt Zaid, um das Thema zu wechseln, und weil er wirklich ein bisschen Angst davor hat.

„Lenk nicht ab. Ich angle nicht mehr, seit ich dreizehn bin."

„Vielleicht hast du recht", nuschelt Zaid in die Handfläche, in die er seinen Kopf am Seitenfenster stützt.

„Womit?" Tom legt die Finger an seine Ohrmuschel, als wäre er schwerhörig, und grinst.

„Den unanständigen Sachen", sagt Zaid etwas lauter, weil Tom sonst keine Ruhe geben wird, und zischt ein „Ich hasse dich" hinterher.

Tom lacht. „Ich dich auch. Aber man kann sich seine Freunde nun mal nicht aussuchen, Zaid."

Zaid beugt sich rüber, streckt seine Zunge raus und leckt ihm zur Strafe richtig feucht über die Wange.

„Pfui!" Tom schubst ihn zurück in seinen Sitz. „Hör auf. Jetzt muss ich mich wirklich auf die Straße konzentrieren." Er schaltet hoch und fädelt sich auf der linken Spur ein. Es rollt endlich. Sie werden doch aus der Stadt rauskommen.

***

„Sie haben Ihr Ziel erreicht."

Zaid stellt den Motor aus, aber lässt die Scheinwerfer an, weil es in Dolceacqua stockdunkel ist. Der Ort ist so winzig, dass sich Straßenlaternen offenbar nicht lohnen. Als Zaid sagte, dass er dringend *rausmuss*, meinte er raus aus Berlin, aber nicht unbedingt ein abgelegenes Dorf in Italien. Er hätte einfach irgendwo hinfliegen und sich an den Strand legen sollen für die vier Tage. Er lehnt sich hundemüde im Sitz zurück. Sie haben insgesamt sechzehn Stunden gebraucht, weil die freundlichen Zollbeamten am Grenzübergang zwischen Österreich und Schweiz für Zaid netterweise ein bisschen mehr Zeit eingeplant hatten. Nur zur Sicherheit. Er hätte Tom fahren lassen und sich einfach schlafend stellen sollen, das Basecap tief ins Gesicht gezogen.

Zum Glück haben sie nur selbst im Auto rumgeschnüffelt, während Zaids Name durchs Register lief, und nicht auch noch die Hunde geholt, sonst hätten sie vielleicht die kleine Menge Gras gefunden, die Tom und er in einem Tütchen mit Minisalamis versteckt haben. Nicht, dass er die essen würde, aber der penetrante Geruch lenkt Hunde ziemlich gut ab.

„Ich glaube, wir sind da." Zaid rüttelt ein bisschen an Toms Schulter, aber er schläft so tief und fest auf dem Beifahrersitz, dass er beschließt, ihm noch ein paar Minuten zu geben und sich ein bisschen umzusehen.

Die Nachtluft ist angenehm warm und voll vom Zirpen der Zikaden, als er aussteigt und sich streckt. Er läuft auf das Tor der Casa zu und versucht, es zu öffnen, bis er feststellt, dass er eine Zahlenkombination dafür braucht, die vermutlich irgendwo in Toms Mails steht.

Er hat sich im Vorfeld wirklich um nichts gekümmert. Wenn Tom Gigs, wichtige Termine oder einfach keine Lust gehabt hätte, wäre Zaid vermutlich niemals losgekommen.

Er blickt auf das Wenige an Landschaft, das er in der Dunkelheit erkennen kann. Die gemietete Casa ist das letzte Haus an der kleinen Serpentinenstraße, die sich durch den Ort Richtung Berg schlängelt. Das Gefälle ist ziemlich groß. Super Laufstrecke, denkt Zaid. Es wird die Hölle werden.

Aber eine Woche ohne tägliches Laufen kann er sich nicht leisten. Nicht jetzt. So viel Seilspringen könnte er gar nicht, wie es bräuchte, um das aufzufangen.

Aber vorhin bei der Zollkontrolle ist tatsächlich ein Skateboard aus den Tiefen von Toms Volvo aufgetaucht. Herzlichen Dank an die fleißigen Beamten. Dann macht wenigstens die Abwärtsstrecke Spaß.

Zaid klettert über das Tor, in der Hoffnung, dass es keine Alarmanlage gibt. Aber jetzt mal ehrlich: Wenn es hier überhaupt einen Polizeibeamten im Umkreis von fünfzig Kilometern gibt und der mitten in der Nacht aufsteht, um nach Dolceacqua zu fahren, kann er ihm die Sache sicher erklären. Tom schläft wie ein Stein, soll der doch versuchen, ihn zu wecken und den Code suchen. Er springt von dem Metalltor und landet auf einem Kiesweg. Im selben Moment geht ein Außenlicht an und Zaid steht wie auf dem Präsentierteller. Fuck. Er wartet kurz auf das Alarmgeräusch, aber nichts geschieht. Als ihm bewusst wird, dass es hier wahrscheinlich Bewegungsmelder gibt, läuft er den kleinen Kiesweg entlang, der sich um das Haus in eine Dunkelheit schlängelt, die Zaid für einen Garten hält.

Er holt sein Handy aus der Hosentasche und macht die Taschenlampe an. Ein paar Schritte vor ihm liegt ein ebenerdiger Pool. Er lässt sich am Beckenrand nieder. Ein Stück neben ihm steht eine kleine Außenleuchte. Er angelt mit seinem Arm danach und findet einen kleinen Schalter. Warmes, oranges Licht geht an und färbt das schwarze Wasser des Pools in ein tiefes Blau. Zaid zieht Docs und Strümpfe aus, krempelt die Hosenbeine seiner Jeans hoch, taucht die Füße in den Pool und lehnt sich auf den Händen zurück. Über ihm leuchten die Sterne so klar, wie sie es nur außerhalb von Städten tun. Dolceacqua also, denkt er.

Er schaltet die Handykamera ein und macht ein Foto von seinen Füßen im Pool. Es ist zu dunkel, aber auf dem schwarzen Wasser spiegelt sich ein Stück Mond. Er öffnet den Chat mit Sascha – zum ersten Mal seit seinen letzten Nachrichten – und sendet das Foto. Dann versucht er, etwas zu schreiben. Er hat die getippten Worte bereits zum achten Mal wieder gelöscht, als er Tom rufen hört.

„Hinter dem Haus!", ruft er zurück und wartet, bis er Kies unter Schuhen knirschen hört. Dann winkt er.

Tom lässt sich neben ihn fallen und kickt seine Sneaker weg. „Krass, ist das ruhig hier", sagt er und lässt seine Füße ebenfalls in den Pool gleiten. „Die Stille ist regelrecht laut."

„Jep", flüstert Zaid. „Überhaupt nichts, was einen ablenken könnte." Er schließt die Augen. Fuck.

Die ersten Tage in Dolceacqua vergehen viel zu schnell. Morgens bezwingt Zaid die Serpentinenstraße, das Skateboard unterm Arm, und eine Stunde später rauscht er den Berg wieder runter und kocht Kaffee für Tom, der gerade aufsteht.

Danach fahren sie ans Meer, obwohl das Wasser noch ein bisschen zu frisch ist, um lange zu schwimmen. Aber Sand unterm Hintern und Wellen vor Augen reichen Zaid, um sich besser zu fühlen. Das Licht, die fantastischen Pizzen, die Pinien und Zikaden bilden eine glitzernde kleine Blase um ihn, in der alles viel leichter ist. Er fürchtet jetzt schon den Moment, in dem sie platzen wird, irgendwo auf der Autobahn kurz vor Berlin vermutlich.

Aber es ist noch Zeit, Tom ist da und plant begeistert Ausflüge, die sie dann doch nicht machen und genauso begeistert wieder beerdigen. Nizza werden sie wohl nie sehen.

Sascha hat nicht auf das Foto reagiert und Zaid konnte sich im letzten Moment daran hindern, die lange, kryptische Nachricht, die er im Rotweinrausch schrieb, abzuschicken. Nichts, was er sagen will, passt mehr in eine Nachricht. Er müsste stattdessen einen ganzen Roman schreiben.

Tom lässt ihn glücklicherweise mit dem Sascha-Thema in Ruhe und spielt ihm stattdessen die Musik vor, die er am Laptop macht, während Zaid neben ihm am Pool Seil springt. Er nimmt mit einem kleinen Mikro das Geräusch von Zaids Füßen auf, wie sie rhythmisch auf dem Steinboden aufkommen, und bastelt einen Beat daraus, auf den sie später rappen. Irgendwas mit Pizza, Nizza und Aperol Sprizza.

# FÜNFZEHN

Zaid hört sein Telefon klingeln, als er gerade aus der Dusche kommt und sich schnell ein Handtuch umwickelt. Er läuft in sein Zimmer der Casa und findet es auf dem Boden neben dem Bett. *Sascha Weiss* steht auf dem Display. Er hatte die Hoffnung aufgegeben, diesen Namen dort jemals wieder zu lesen. Ohne zu zögern, hebt er es auf und geht ran.

„Ich bin so wütend auf dich, Zaid." Seine Stimme klingt kratzig und aufgebracht. Ein leichtes Lallen färbt sie.

„Sascha?" Sein Herz schlägt tief, als hätte jemand den Bass am Verstärker voll aufgedreht. Zaid kann nicht glauben, dass er tatsächlich am Telefon ist.

„Sascha hat gerade Sendepause. Er ist viel zu nett und viel zu verständnisvoll."

„Okay." Zaid schluckt und setzt sich auf die Matratze. „Mit wem spreche ich dann?", fragt er möglichst ruhig.

„Mit dem Typen, der stinksauer ist, weil sein Leben ganz gut lief, bevor er wusste, wie du schmeckst und wie du dich anfühlst, verdammte Scheiße, selbst durch die ganzen Klamotten", flucht Sascha.

Zaid überlegt einen Moment lang, ob er sagen soll, dass er gerade gar nichts trägt, bis auf ein Handtuch. Wie kommt er denn jetzt darauf? Irgendetwas in Saschas Ton dringt direkt zu seinem Schwanz durch.

Mist. Oder es sind nur die Zikaden vor dem geöffneten Fenster, die ihn erregen? „Bist du betrunken?", fragt er vorsichtig.

„Drei Gläser Wein", antwortet Sascha.

„Warum? Ich hätte dich nicht für jemanden gehalten", er blickt kurz auf die Uhrzeit auf dem Display, „der um halb neun schon angetüdelt ist."

Toms *Perfekter Scheißkerl* hallt durch seinen Kopf.

„Ich hatte heute ein Date", sagt Sascha, er klingt wütend. „Und dann sind wir was essen gegangen. Mit Wein und Kerzen und allem Drum und Dran."

Zaid hört ihn bitter lachen und beißt sich auf die Zunge. Das Wort *Date* legt sich wie eine Hand um seinen Hals und drückt zu. Er hätte das lieber nicht gewusst. „Und wie lief es?", zwingt er sich zu fragen und Sascha lacht noch lauter am anderen Ende, aber es hat nichts mit dem Lachen zu tun, das Zaid so gefangen genommen hat.

„Ganz gut ... bis er mich küssen wollte und ich an deine verfluchten Lippen denken musste."

Jetzt weißt du, wie ich mich fühle, denkt Zaid und lässt sich auf die Matratze zurückfallen. Er schließt die Augen. „Es tut mir leid, Sascha." Er spürt eine Welle der Traurigkeit über sich schwappen.

„Oh ja, das sollte es auch. Wenn ich könnte, würde ich dich so was von bereuen lassen, dass du es jemals gewagt hast, mich zu küssen."

Zaid schlägt die Augen auf, als er merkt, wie das Blut in seinen Schwanz schießt. Irgendwas an der Art, wie Sascha mit ihm redet, geht überhaupt nicht in Ordnung, aber es macht ihn gleichzeitig an.

„Wie genau würdest du es mich bereuen lassen?", hört er eine Stimme fragen, die ihm entfernt wie seine eigene vorkommt, und es wird still in der Leitung. Er hört Sascha ausatmen. Und einatmen. Und ausatmen. Zaid legt die freie Hand auf das Handtuch um seine Hüften.

„Weißt du, Zaid, für jemanden, der unbedingt wie der *gute* Hetero-Junge dastehen will, bist du gerade ganz schön frech. Gute Jungs sagen so etwas nicht." Saschas Stimme wird flach. „Und wenn sie so etwas sagen, dann sollten sie den Schwanz besser nicht gleich wieder einziehen."

Wow. Wo ist der wohlerzogene Musterschüler hin? Und warum verdammt noch mal macht ihn das so scharf? Der Puls in Zaids Becken hat begonnen, mit jedem Wort stärker zu pochen.

„Also meiner macht gerade genau das Gegenteil", raunt er ins Telefon, bevor er sich stoppen kann. Er hat keine Ahnung, was mit ihm los ist, und Sascha anscheinend auch nicht, denn er hört einen überraschten Laut an seinem Ohr. Zaid schiebt die Finger langsam unter das Handtuch und zieht die Luft scharf durch die Zähne, als er sich spürt. Fuck. Er ist tatsächlich hart.

„Fasst du dich etwa gerade an?" Sascha klingt mit einem Schlag nüchtern und Zaid hält die Finger still. Er nickt ertappt, als könnte er ihn sehen.

„Ich hab dir eine Frage gestellt, Zaid."

„S-sascha", stottert er peinlich berührt. „Tut mir leid, ich –"

„Das war eine simple Ja-oder-Nein-Frage." Saschas Stimme klingt überhaupt nicht mehr überrascht. Zaid könnte jetzt lügen und die Kontrolle wieder übernehmen, aber irgendwie will er das gar nicht.

„Ja", flüstert er zögerlich.

„Gut", kommt es knapp aus der Leitung. „Mach weiter."

„Was?" Zaids Stimme rutscht eine Oktave höher und Sascha lacht matt.

„Jetzt wieder schüchtern? Nicht mit mir. Bist du schon hart?"

Zaid spürt, wie die Worte durch seine Wirbelsäule vibrieren und jeden Gedanken aus seinem Kopf fegen. Er räuspert sich.

„Ja-oder-Nein-Frage, Zaid."

„Ja."

„Wie hart?"

„Sehr." Zaid fühlt, wie seine Wangen glühen.

„Willst du, dass ich auflege?", fragt Sascha und die plötzliche Weichheit in seiner Stimme überrascht ihn.

„Nein", antwortet Zaid, ehe er die Finger etwas fester um seine Erektion schließt.

„Gut. Dann leg das Telefon hin und zieh dich aus."

Als ihm klar wird, dass er das nicht mehr muss, grinst er breit. „Ich hab nur ein Handtuch an."

„Braver Junge", antwortet Sascha anerkennend und Zaid weiß, dass ihn das nicht *so* antörnen sollte. Aber okay, seine Erektion hat offensichtlich ihren eigenen Willen. „Was würde ich dafür geben, dich jetzt zu sehen." Ein leises Stöhnen entfährt Saschas Lippen.

„Ich schick dir auf keinen Fall Dick Pics", flucht Zaid atemlos, während er die Faust über seinen Schwanz gleiten lässt.

„Schade. Ich hätte dich für so jemanden gehalten."

„Arschloch", stößt Zaid kurzatmig hervor und Sascha lacht. Da ist es wieder, dieses Lachen, das Stromstöße erzeugen und mühelos durch Zaids Körper schicken kann. Selbst übers Telefon. Er bewegt seine Hand schneller und ist so heiß, dass er Angst hat, gleich laut in den Hörer zu stöhnen. Er beißt sich auf die Lippe, aber das macht ihn nur *noch* schärfer, weil er sich Saschas zartpinke –

„Stellst du dir meine Lippen vor?", flüstert Sascha, als hätte er seine Gedanken gelesen. Zaid wundert das überhaupt nicht. Na klar kann er jetzt auch noch meine Gedanken lesen! Warum auch nicht? „Wie ich sie öffne ..."

„Fuck", stöhnt er anstelle einer Antwort und lässt das Telefon neben sein Ohr gleiten. Seine Finger verstärken den Druck und er bewegt die Hand schneller auf und ab, bis sich seine Muskeln verhärten.

„.... und mit der Zunge darüber gleite ..."

Zaid schließt die Augen und kann sie vor sich sehen. Er will sie küssen und gleichzeitig um seinen Schwanz fühlen, alles im selben Moment.

„.... und sie für dich feucht mache?" Saschas Stimme perlt in sein Ohr und Zaids Orgasmus rollt so plötzlich über ihn hinweg, dass er kaum gemerkt hat, wie es passierte. Er kommt über seine Finger – mit einem langen, lauten Stöhnen, das ihm peinlich wäre, wenn er gerade irgendeinen Gedanken fassen könnte außer *ja, ja und ja*.

Saschas Stimme dringt durch das Gefühl der Schwerelosigkeit in ihm.

„Schade, Zaid, denn das hättest du wirklich haben können."

Dann tutet es in der Leitung. Er hat aufgelegt.

***

Nachdem Zaid eine halbe Stunde auf dem Rücken gelegen und an die Decke gestarrt hat, während das Sperma auf ihm trocknete, geht er ein zweites Mal duschen und dann runter zum Pool.

Daneben steht Tom an der Außenküche und kocht irgendwas. Als er Zaid bemerkt, greift er in die Kühltasche auf der Arbeitsplatte und wirft ihm eine Dose Bier zu. „Abendessen ist gleich fertig. Gute Siesta gehabt?", fragt er blendend gelaunt und Zaid lässt den Verschluss des Biers zischen.

Was soll er darauf antworten? Er schaut seinem besten Freund zu, wie er pfeifend in einem Topf rührt und entscheidet sich für die Wahrheit. Normalerweise gar nicht seine Art, aber was ist schon gerade normal in seinem Leben? „Sascha hat angerufen."

„Was?" Tom dreht sich zu ihm um.

„Er war sauer auf mich."

„Na endlich." Tom greift nach seinem Bier.

„Was?"

„Ja, wird auch mal Zeit, dass er endlich wütend wird. Ich dachte schon, er ist wirklich ein perfekter Scheißkerl." Er prostet ihm zu.

Zaid prostet aus Reflex zurück. „Und dann hatten wir Telefonsex." Er nimmt einen langen Schluck von seinem Bier.

„Wie bitte?" Tom starrt ihn an.

„Na ja, streng genommen hat er geredet und ich bin gekommen. Mehr werde ich dazu nicht sagen." Zaid legt sich auf eine der Liegen. Er wird Tom mit Sicherheit nicht erzählen, *wie* dieses Gespräch ablief und was

Saschas plötzliche Dominanz in ihm ausgelöst hat. Wie er sie weiter angestachelt hat und das Gefühl bekam, die Kontrolle abgeben zu wollen. Dass er dieses Gefühl bisher mit niemandem hatte. Und wie sehr ihn das erleichterte. Selbst wenn es am Ende eine Strafe war.

„Klaro. What happens in Dolceacqua stays in Dolceacqua", sagt Tom nach einer Weile und setzt sich auf die zweite Liege neben Zaid. „Und, wie fühlst du dich jetzt?"

„Beschissen", flüstert Zaid.

„War es so schlimm?"

„Nein, es war … der Hammer. Ich bin so schnell gekommen wie zuletzt in der Pubertät. Bisschen peinlich." Zaid läuft eine leichte Röte übers Gesicht.

Tom pfeift und zieht dann die Stirn in Falten. „Komm. Jetzt rede schon."

„Ich hab ihn vor mir gesehen und hatte seine Stimme gleichzeitig in meinem Ohr … das hat mich so verdammt heiß gemacht, dass ich überhaupt nicht mehr nachgedacht habe."

„Ja, die Dinge regeln sich manchmal von alleine, wenn man sie lässt", sinniert Tom wie ein Küchenpsychologe.

„Nichts regelt sich", sagt Zaid und setzt sich auf. „Als es vorbei war, hat er gesagt: *,Schade, das hättest du tatsächlich haben können',* und dann hat er einfach aufgelegt." Er schluckt einen Anflug von Tränen runter und zerdrückt aus Versehen die halb leere Dose in seiner Hand.

„Okay, ja, er ist wirklich sauer auf dich."

„Jep."

„Verständlicherweise. Aber immerhin, Zaid." Tom steht von der Liege auf. „Du bist mit einem Mann gekommen. Aus einer anderen Perspektive betrachtet, sind wir einen Schritt weiter. Doch Gay-Bar?" Er zwinkert und läuft zurück zur Außenküche.

„Nee, danke", grummelt Zaid. „Aber ich hab irgendwie keine Lust, heute Nacht in diesem Bett da oben zu schlafen. Bauen wir nach dem Essen das Zelt auf?"

„Na klar!", ruft Tom und häuft Pasta auf zwei Teller.

***

„Fandst du mich eigentlich jemals heiß?", fragt Zaid, als sie später vor dem Zelt sitzen. Er reicht Tom den Joint und schaut der Sonne zu, die im Tal untergeht.

„Wie kommst du jetzt darauf?", fragt der und inhaliert den Rauch genüsslich.

„Keine Ahnung. Fiel mir gerade ein."

„Na ja, Zaid, du bist einer der bestaussehendsten Typen, die ich kenne. Mit deiner Kieferpartie könnte man wahrscheinlich Glas schneiden und für deine Wimpern würden die meisten Frauen töten. Aber eigentlich nicht, nee. Du warst mir immer zu prüde." Er reicht den Joint zurück und Zaid lacht.

„Prüde bin ich ja noch nie genannt worden."

„Du mich etwa?", fragt Tom.

„Ist es schlimm, wenn ich jetzt Nein sage?"

„Im Gegenteil", lacht Tom schallend. „Sonst knutschen wir am Ende noch aus Versehen und dann bist du wirklich in einer RomCom gefangen."

„Wie meinst du das?"

„Na, in den meisten romantischen Komödien gibt es doch immer diese Szene, in der der Protagonist oder die Protagonistin ... Warum gendere ich jetzt? Es ist doch immer 'ne Frau. Egal, also es gibt ja meistens die Szene, in der sie schon längst weiß, wen sie will, aber dann kommt noch mal kurz ein anderer Typ dazwischen und stört. Das wäre dann ich und die Szene braucht es nur, damit die Hauptfigur endlich den Arsch hochkriegt und es zum Happy End kommen kann." Tom lehnt sich auf die Ellenbogen zurück, zufrieden mit seiner Analyse.

Zaid nickt, nimmt den letzten Zug vom Gras und drückt den Joint dann aus. „Für Sascha und mich gibt's allerdings kein Happy End."

„Wie kommst du darauf?"

„Selbst, wenn er mich nicht längst verachten würde, was er anscheinend tut, würd ich es trotzdem nicht hinkriegen." Zaid merkt, wie das kleine High in ihm ankommt und sein permanent angestrengtes Bewusstsein massiert.

„Warum nicht?"

„Ich kann ... nicht aus meiner Haut ... Ich bin feige ... Ich weiß nicht, wie ich reagiere, wenn mich irgendwelche Leute komisch angucken würden oder homophoben Scheiß labern. Stell dir nur mal Sergej vor, wenn er wüsste, dass ich was mit einem Mann habe."

Tom kichert in sich rein. „Der zieht sich dann wahrscheinlich lange Klamotten beim Training an und geht nur noch zu Hause duschen ... Männer, ey. Sag ihnen, dass du bisexuell bist, und sie glauben, du bist ein Triebtäter und willst jedem an die Wäsche. Vor allem die Typen, denen wirklich *niemand* an die Wäsche will, glauben das."

Sie grinsen eine Weile dümmlich vor sich hin, bevor Zaids Gedanken weiterwandern.

„Ich will auch eigentlich irgendwann mal Kinder", spricht er schließlich das aus, was ihm durch den Kopf geht.

„Ausrede. Das ist mittlerweile kein Argument mehr, Zaid."

„Stimmt. Aber was, wenn ich irgendwann feststellen würde, dass ich das vielleicht doch nicht will und dass das nur eine Phase war."

„Du musst Sascha doch nicht gleich deswegen heiraten. Wer bist du, alter Mann, und was hast du mit meinem Freund Zaid gemacht?", fragt Tom. „Das ist doch normal. Man kommt zusammen, man trennt sich, wie in Hetero-Beziehungen auch. Das Risiko ist immer das gleiche. Kann gut gehen oder nicht."

Zaid stutzt. „Was ist bei dir eigentlich gerade so los?"

Toms Leben ist für ihn in der letzten Zeit völlig in den Hintergrund gerückt und Zaid schämt sich ein bisschen.

Tom atmet tief aus. „Puh, es ist kompliziert. Ich war ja auf Tour und …"

# SECHZEHN

Zaid lädt die letzte Tasche in den Volvo und schließt die Kofferraumklappe. „Tom, ist es okay, wenn du bis Deutschland fährst und dann wechseln wir? Wegen der Zollkontrollen?"

„Klar", grummelt Tom und gähnt laut. „Aber dann musst du mich unterhalten, damit ich nicht einschlafe."

Zaid wirft ihm den Autoschlüssel zu und sie steigen ein.

„Ciao, Dolceacqua. Schön war es mit dir", sagt Tom feierlich, als er den Wagen anlässt und aus der Ausfahrt fährt.

„Oh ja", seufzt Zaid. „Wir kommen wieder." Er winkt der Serpentinenstraße im Rückspiegel zu. Die Abfahrten auf dem Skateboard werden ihm fehlen, wenn er durch das absolut platte Berlin joggt.

„Irgendwann müssen wir ja Nizza sehen", sagt Tom träumerisch, während sie die steile Straße hinabfahren. „Wie ging noch mal der Rap?"

„Wir wollten nach Nizza, aber Aperol Sprizza und die nächste Pizza standen immer im Wege, kamen uns ins Gehege, so isses, Kollege", rappt er und Tom beatboxt dazu.

„Könnte ein Hit werden, Zaid."

„Aber nur, wenn wir so einen Ballermann-Schlager daraus machen. Meine Mutter will ja sowieso immer, dass ich Schlagersänger werde mit meinem Gesicht." Er klimpert mit seinen Wimpern.

Tom lacht. „Ich seh schon die *Schlag*zeilen vor mir: Zaid El Sabah – vom Schläger zum Schlager."

„Du solltest echt Komiker werden." Zaid hält seine Hand in den Fahrtwind. Er will nicht zurück nach Hause und hat sogar überlegt, ob sie noch übers Wochenende bleiben sollen, weil er erst Montag wieder zum Training muss, aber die Casa war schon ausgebucht. Die Tage in Dolceacqua waren wie Wundsalbe für seine Fingerknöchel. Ein bisschen geheilt fühlt er sich und definitiv leichter ums Herz.

Vielleicht brauche ich mal eine Pause nach dem Kampf, denkt Zaid. Ein halbes Jahr irgendwo anders sein als im Box-Gym oder im Ring. Andere Dinge tun. Er zieht das jetzt seit Jahren so durch, und im Grunde gibt es kaum was anderes in seinem Leben als den nächsten Gegner, den nächsten Titel und ab und an mal eine kleine Affäre. Oder eine Freundin, die wieder auszieht. Er hat nicht einmal ein Hobby oder andere echte Freunde neben Rajko und Tom. Aber Mannis nächstes Ziel sind die Europameisterschaften und Rajko verhandelt schon die ganze Zeit an internationalen Kämpfen rum. Damit muss er bald anfangen, bevor er zu alt ist.

„Hey, Erde an Zaid", unterbricht Tom seine Gedanken. „Du wolltest mich unterhalten, während ich fahre."

„Ja, sorry, ich bin gerade ein bisschen nachdenklich. Und außerdem hab ich in den letzten Tagen so viel geredet wie sonst in Wochen", sagt Zaid entschuldigend.

„Das ist wahr." Tom nickt und nimmt eine Hand vom Lenkrad, um Zaid sein Smartphone zu reichen. „Dann mach Musik an."

Ein paar Stunden später, hinter der letzten Grenze wechseln sie die Plätze und Zaid fährt weiter. Tom lehnt sich in den Beifahrersitz und beobachtet ihn aus dem Augenwinkel, wiegt sein Telefon in der Hand hin und her.

„Was?", fragt Zaid schließlich.

Tom hat offenbar nur darauf gewartet. „Der queere Podcast, in dem Sascha zu Gast war, ist jetzt online. Lass uns reinhören."

Zaid stutzt. „Woher weißt du das?"

„Instagram?", antwortet Tom verständnislos.

„Du folgst ihm?"

„Ja."

„Warum?"

„Warum nicht?"

Zaid schweigt.

„Bist du eifersüchtig, weil ich gesagt habe, dass er mein neuer Lieblingsboxer ist? Darf ich etwa keine anderen Boxer neben dir haben?", fragt Tom mit einem Grinsen auf den Lippen.

„Nur Ali", antwortet Zaid.

„Der ist tot." Tom wirft ihm einen prüfenden Blick zu. „Du *bist* eifersüchtig!"

„Quatsch", protestiert er.

„Gut, dann beweis es und hör den Podcast mit mir an."

Natürlich weiß Zaid, dass der Podcast online ist. Er verfolgt noch immer jeden Post von und über Sascha auf Instagram. Aber er wollte ihn heimlich zu Hause hören und sich dabei die Decke über den Kopf ziehen.

Nicht im Auto mit Tom. Aber jetzt kann er sich schlecht weigern. Er würde ihm damit die ganze Fahrt in den Ohren liegen. Zaid nickt also und Tom sucht den Podcast, dreht das Autoradio lauter.

„Zu Gast heute bei mir ist Sascha Weiss aus Frankfurt am Main, Profi im Mittelgewicht und Deutschlands erster offen homosexueller Boxer. Sascha, schön, dass du die Zeit gefunden hast, in mein kleines Studio zu kommen." Der Host wirkt euphorisch.

„Klar", sagt Sascha und klingt nervös. „Ich bin schon länger ein Fan von deinem Podcast. Höre ich immer beim Seilspringen, damit es nicht zu langweilig wird."

„Oho, was für eine Vorstellung. Das kannst du doch nicht einfach so sagen, Sascha. Jetzt hab ich bei den Aufnahmen immer Bilder von dir beim Seilspringen vor Augen."

„Na ja, das ist alles andere als aufregend." Er klingt ein bisschen betreten.

„Flirten kann er nicht", bemerkt Tom neben ihm auf dem Beifahrersitz.

Wenn du wüsstest, denkt Zaid.

„Warum springt man eigentlich so viel Seil als Boxer? Ist das wirklich so wie in den Rocky-Filmen?", fragt der Host etwas sachlicher.

„Ja. Es gibt nichts Besseres für die Kondition, neben Laufen. Aber Seilspringen trainiert zusätzlich nahezu alle Muskeln im Körper. Das Wichtigste dabei ist aber, dass es die Bein- und Fußbeweglichkeit verbessert. Im Ring ist das die halbe Miete –"

„Ich dachte, es wären die Fäuste", schiebt der Host erstaunt dazwischen. Er scheint jetzt tatsächlich am Thema interessiert zu sein.

„Auch, ja, aber die Fußarbeit ist genauso wichtig wegen der Schnelligkeit. Wenn du nicht schnell genug auf den Beinen bist, sind deine Chancen schlecht“, führt Sascha enthusiastisch aus und Zaid kann seiner Stimme anhören, dass er in seinem Element ist.

„Kannst du mir ein Beispiel geben für die Hörer:innen?“

„Ja, klar, die haben vermutlich alle nichts mit Boxen am Hut. Also, mein aktueller Gegner um den Meistertitel beispielsweise ...“

Zaid zuckt zusammen und wartet auf seinen Namen, aber Sascha nimmt ihn nicht in den Mund.

„... der hat die krasseste Fußtechnik, die ich je erlebt habe.“

„Und Kusstechnik auch?“, hakt der Host ein, aber Sascha übergeht den Kommentar und redet einfach weiter.

„Er ist so schnell auf den Beinen, dass er praktisch nie stillsteht. Wie ein Flummi. Das macht es für mich zum einen schwer, gute Treffer zu landen, und zum anderen findet er immer wieder überraschende Winkel für seine Schläge, mit denen man kaum rechnen kann. Schwer zu ahnen. Er ist bei Weitem nicht der Stärkste in unserer Gewichtsklasse, aber das gleicht er mit Überraschungsmomenten aus.“

„Beste Beschreibung von dir, muss ich mir merken“, meint Tom lachend und Zaid rollt mit den Augen. Bei Saschas Worten über ihn ist er ein bisschen rot geworden. Boxer loben selten andere Boxer. Macht man einfach nicht. Man beleidigt sich höchstens.

„Ich bin auch ein bisschen *überrascht*", leitet der Host wenig galant über. „Ich hatte mir dich wie einen Muskelprotz vorgestellt, aber so, außerhalb des Rings und in Jeans und T-Shirt, siehst du gar nicht so aus. Eher sehr, sehr, sehr gut gebaut."

Zaid kann den Typen überhaupt nicht leiden.

„Ja, ich bin ja auch kein Bodybuilder", erwidert Sascha. „Oder jemand, der pausenlos Gewichte pumpt. Das denken die Leute immer, aber so krasse Oberarm- und Brustmuskeln sind viel zu unflexibel und kaum nutzbar. Wenn du zu schnell zu viele Muskeln aufbaust, kannst du am Ende kaum noch in die oberen Regalfächer greifen."

Der Host lacht.

„Das war jetzt Nerdtalk, sorry", sagt Sascha. „Ich bin es nicht gewohnt, vor Leuten zu reden, das macht mich immer ein bisschen nervös. Reden gehört nicht unbedingt zu meiner Jobbeschreibung."

Der Host lacht erneut. „Stimmt, man hört immer nur diese komischen Interviews nach dem Kampf", japst er zwischen seinen überspitzten Lachern. Zumindest klingen sie in Zaids Ohren so.

„Ja, furchtbar", pflichtet ihm Sascha amüsiert bei. „Daher kommt auch das Klischee, dass Boxer nichts im Kopf haben. Aber jetzt mal ehrlich, stell dir vor, du hättest gerade eine dreißig-, vierzigminütige Schlägerei hinter dir und musst direkt danach analysieren, warum genau du gewonnen oder verloren hast. Manchmal noch mit einer kleinen Gehirnerschütterung. Es ist wirklich unfair, dann irgendwas Sinnvolles sagen zu müssen."

„Das will ich mir gar nicht vorstellen“, sagt der Host kichernd. „Und übrigens: Reden sollte unbedingt zu deiner Jobbeschreibung gehören. Du bist wirklich witzig und eloquent“, fügt er mit butterweicher Stimme hinzu.

Zaid würde am liebsten ins Lenkrad beißen.

„Danke.“ Sascha klingt, als würde er sich ein wenig genieren. „Ich hatte gehofft, hier im Podcast vielleicht mit ein paar Klischees über Boxer aufräumen zu können.“

„Das gelingt dir, glaube ich, mühelos.“ Der Host hat sich wieder gefangen und wird etwas sachlicher. „Du räumst ja gerade mit einigen Klischees auf und vor allem hast du es geschafft, dass sich mittlerweile Teile der queeren Community für einen Sport interessieren, der eher so machomäßig daherkommt.“

„Freut mich“, sagt Sascha. „Wäre schade, das Boxen nur einem Teil der Gesellschaft zu überlassen. Dafür ist es einfach ein viel zu interessanter Sport.“

„Das ist ein perfektes Stichwort, Sascha“, flötet der Host und Zaid stöhnt laut auf. Tom kichert neben ihm.

„… denn um das Boxen ranken sich ja viele Mythen. Einige Schriftsteller:innen haben sich damit beschäftigt. Bertolt Brecht, Ernest Hemingway und Joyce Carol Oates beispielsweise, eine amerikanische Theater- und Romanautorin. Die hat ein ganzes Buch darüber geschrieben. *Über Boxen* ist der Titel. Darin sagt sie sinngemäß so Dinge wie: Boxen ist wie das Leben selbst und der Boxkampf ist wie eine Geschichte ohne Worte. Also, zwei Leute treten in den Ring und am Ende steht nur noch einer. Und es ist krass, aber ich habe gelesen, dass immer noch Leute im Ring sterben oder an den Verletzungen danach."

Sascha atmet tief aus. „Das kommt noch vor, klar, aber mittlerweile wirklich selten. Die Ringärzte sind viel aufmerksamer und die Trainer werfen rechtzeitiger das Handtuch. Die Boxer arbeiten inzwischen viel technischer. Diese Killertypen oder Exzentriker im Ring werden seltener."

„Ich habe ein interessantes Zitat von Joe Frazier gefunden, Ex-Weltmeister im Schwergewicht, der hat gesagt: *Ich will meinen Gegner nicht k.o. schlagen. Ich will sein Herz.* Ist Boxen nicht auch ein ziemlich homoerotischer Sport?"

Sascha lacht ein bisschen und Zaid hält die Luft an. Dieses Zitat kannte er noch nicht.

„Bei Frazier weiß man nie. Vielleicht wollte er seinen Gegnern tatsächlich das Herz aus der Brust reißen. Aber jetzt ernsthaft. Ich glaube", sagt Sascha zögerlich, „er hat das metaphorisch gemeint. Es existiert eine gewisse Spannung im Ring, klar, es ist kein Tennismatch, wo man einen kleinen Ball hin- und herschlägt. Man trifft sich, um sich bewusst zu prügeln. Und ein bisschen Angst ist deswegen immer dabei, obwohl kein Boxer das jemals zugeben würde. Ich habe mal gehört, dass bei Angst dieselben Hirnareale anspringen wie beim …" Sascha macht eine kleine Pause, „… Verlieben. Spielt sich letztendlich als Gefühl beides im Magen ab. Vielleicht deswegen. Keine Ahnung." Er klingt, als würde er das Thema lieber beenden und das tut er im nächsten Augenblick auch. „Ich wollte jedenfalls die Chance nutzen, mich hier bei dir im Podcast zu bedanken. Für die große Unterstützung, die ich *auch* erfahre, neben der Vielzahl an Scheißkommentaren, die ich täglich bekomme. Es gibt so viele Menschen, die mir Mut zusprechen, und das gibt mir wirklich viel Aufwind."

„Ja, ich kann mir vorstellen, wie es in deinem Postfach aussieht. Ich kriege auch immer noch viel Hatespeech ab. Wie gehst du damit um?", fragt der Host.

„Ich versuche, ruhig zu bleiben, aber manchmal ist es hart", antwortet Sascha. „Aber weil wir gerade bei Zitaten waren. Neulich bin ich wieder über eins von Muhammad Ali gestolpert. Er hat sinngemäß gesagt: *Du verlierst nicht, wenn du zu Boden gehst. Du verlierst, wenn du liegenbleibst.*"

Toms Kopf schnellt in Zaids Richtung. „Das ist das Tattoo auf deiner Brust!"

Zaid schluckt und spürt, wie sein Herz von innen gegen die Worte schlägt.

„Und wenn ich weiter den Hetero gespielt hätte, würde das bedeuten, dass ich liegenbleibe. Aufgeben ist nicht so mein Ding. Und Unaufrichtigkeit fühlt sich für mich wie Aufgeben an."

Er sieht das Hinweisschild auf das nächste Autobahnkreuz. Links geht es Richtung Frankfurt und rechts Richtung Berlin. Das ist ihre Abfahrt.

„Apropos ...", sagt der Host. „Gibt es gerade eigentlich jemand Besonderen in deinem Leben, für den du auch aufrichtig sein willst?"

Saschas Antwort kommt plötzlich, fast zu schnell. „Nein, momentan nicht, aber das kann sich ja ändern."

„Und das würde mich überhaupt nicht wundern", antwortet der Host. „Es gibt da draußen wahrscheinlich einen Haufen Menschen, die dich kennenlernen wollen, oder?"

„Schon, ja“, murmelt Sascha. Das Thema scheint ihm unangenehm zu sein, aber der Host lässt nicht locker.

„Wie viele Kontaktanzeigen landen täglich in deinem Postfach?“

„Schon ein paar“, meint Sascha und lacht nun doch. „Mein Manager hat sich gerade darüber beschwert, dass sich mein Instagram in Tinder verwandelt hat.“

„Aber du liest deine Nachrichten auch selbst?“, fragt der Host skeptisch.

„Na klar“, antwortet Sascha. „Jede einzelne, versprochen.“

„Also dann, Jungs“, richtet sich der Host ans Publikum. „Ihr habt ihn gehört. Gebt euer Bestes!“

Sascha räuspert sich und Zaid setzt den Blinker und wechselt die Spur. Er nimmt die falsche Ausfahrt.

„Die Route wird neu berechnet“, meldet sich das Navi und Tom schreckt aus seinem Sitz hoch.

„Das war die falsche Abfahrt, Zaid, wir müssen nach Berlin, nicht Richtung Frank– ... Okay, okay ... Ich verstehe.“ Er lehnt sich wieder in seinen Sitz zurück und fährt sich durchs Haar. „Du hättest mich wenigstens vorwarnen können. Hätte ja sein können, dass ich dringend nach Berlin zurückmuss, weil ich Termine habe“, grummelt er.

„Sorry, ich hab nicht nachgedacht. Es war ein Impuls“, sagt Zaid entschuldigend. „Hast du denn einen Termin?“

„Nee.“

„Ich kann dir den Zug nach Berlin bezahlen und das Auto wieder mitbringen. Oder wir pennen in Frankfurt eine Nacht im Hotel und fahren morgen weiter.“

„Schon gut", unterbricht Tom Zaids wirre Gedanken. „Ich könnte eigentlich mal meinen Bruder und seine Familie in Wiesbaden besuchen. Ich hab 'ne neugeborene Nichte, die ich mir mal anschauen muss. Das ist um die Ecke."

„Die wievielte ist das?", fragt Zaid.

„Die dritte."

„Herzlichen Glückwunsch."

„Danke. Ich wollte da eigentlich erst in zwei Wochen hin, aber egal. Also, was hast du vor?"

Zaid überlegt. Was hat er eigentlich vor? Er will Sascha sehen, er will mit ihm reden, ihm dabei in die Augen schauen. Und zwar so schnell wie möglich. Mehr hat er sich nicht überlegt.

„Weißt du überhaupt, wo er wohnt?"

Zaid schüttelt den Kopf und Tom stöhnt auf.

„Wie willst du ihn dann finden?"

Zaid zuckt hilflos mit den Schultern. Er kennt seine Adresse nicht. Aber er will ihn auch auf keinen Fall fragen. Das schafft er nicht. Wenn Sascha überhaupt antworten würde ...

„Vielleicht weiß es Rajko", sagt er und kramt sich durch seine Gedanken. „Der hat doch ständig Kontakt mit seinem Team wegen der Orga für den Kampf." Zaid nimmt sein Telefon von der Ablage, hält seinen Finger drauf und reicht es Tom. „Kannst du seine Nummer wählen?"

„Was willst du ihm als Grund nennen?"

„Keine Ahnung. Brauche ich einen Grund?", fragt Zaid und ist von seiner eigenen Spontaneität überfordert.

„Werden wir gleich sehen." Tom wählt die Nummer.

„Was is?" Rajko klingt etwas kurzatmig aus dem Lautsprecher.

„Joggst du etwa?", fragt Zaid erstaunt.

„Nee, nie, seit ich nicht mehr boxe. Was is?" Rajkos Worte klingen irgendwie gepresst und Tom fängt an zu kichern.

„Ich brauche Saschas Adresse."

„Hab ich nicht."

„Kannst du sie rausfinden?"

„Neiiin", zischt Rajko durch die Zähne. „Weiß nur, wo sein Management sitzt. In der Halle, wo er trainiert." Er klingt irgendwie gequält und Tom presst sich die Faust vor den Mund.

„Schick sie auf mein Handy, bitte." Zaid rechnet mit der Frage nach dem Warum, aber sie kommt nicht.

Rajko atmet schwer „Ok. Mach ich gleich." Dann legt er auf.

„Was war das?", fragt Zaid und Tom lacht laut auf.

„Glück gehabt. Rajko war abgelenkt."

„Äh, glaubst du, er war gerade mit Jessy ..."

Tom nickt grinsend.

„Warum geht er dann ans Telefon?" Zaid ist entsetzt.

„Es ist Rajko. Und du bist sein Job, Zaid. Sei froh."

Er schüttelt den Kopf. *Es ist Rajko*, scheint die Erklärung für sein gesamtes Verhalten zu sein.

Auf seinem Handy kommt eine Adresse an.

# SIEBZEHN

Zaid sitzt auf einer Bank und der wahnsinnige Mut, der ihn vorhin erfasste, als er einfach die falsche Ausfahrt am Autobahnkreuz nahm, ist in der letzten halben Stunde völlig verflogen.

Tom ist seit einer ganzen Weile weg und Zaid bereut jetzt, dass er nicht doch Ja zu Toms Angebot gesagt hat, so lange zu warten, bis er in der Boxhalle nachgeschaut hat, ob Sascha überhaupt da ist oder jemand anderes, der wissen könnte, wo er wohnt, oder ...

Zaid schaut auf das Gebäude, das circa zwanzig Meter vor der Metallbank liegt, auf der er sitzt. Es ist eine dieser öffentlichen Bänke, die aus diesen fiesen Quadraten bestehen, auf denen man nicht sitzen kann, ohne sich das Muster in den Hintern zu drücken. Er glaubt, dass das Muster auf *seinem* Arsch mittlerweile einen Grad erreicht hat, der mehrere Tage anhält. Wer denkt sich so einen Mist aus? Wahrscheinlich die Stadtverwaltung, die verhindern will, dass Obdachlose halbwegs gut schlafen können. Arschlöcher.

Er hat bisher nicht mal den Versuch unternommen, sich der Halle zu nähern und zu schauen, ob eine Tür offen ist, ob überhaupt jemand da ist. Er ist einfach auf der Bank sitzen geblieben, als Tom zu seinem Bruder nach Wiesbaden losfuhr, um dort auf Zaid zu warten.

Er kann jederzeit wieder aufstehen, zum Bahnhof fahren und sich in den Zug dorthin setzen.

Direkt neben Saschas Boxhalle ist ein Tanzstudio, durch dessen Tür in regelmäßigen Abständen Teenager gehen oder kommen. Vorhin kamen ein paar kleine Mädchen in niedlichen Tutus raus, die von ihren Müttern oder Vätern in die familienfreundlichen Automodelle gesetzt wurden, die zwischen Zaid und den beiden Gebäuden parken. Zaid kam sich vor wie ein Creep, als ihn eine Mutter prüfend betrachtete, die ihn schon bei ihrer Ankunft vor gut einer Stunde gesehen hat. Klar, niemand sitzt vermutlich so lange auf einer dieser scheiß Metallbänke herum, ohne was im Schilde zu führen.

Er sollte jetzt wirklich rüber zur Halle, bevor noch jemand die Polizei ruft, oder ... einfach zum Bahnhof gehen. Zaid steht auf und holt sein Handy aus der Hosentasche, um den Weg zum Bahnhof zu googeln, und da sieht er ihn.

Sascha kommt aus der Tür des Tanzstudios und bleibt kurz davor stehen. Zaid überlegt, ob er schnell hinter eins der geparkten Autos hechtet, aber zu spät. Er ist zu irritiert davon, dass er aus dem Tanzstudio kommt und nicht aus der Halle daneben. Wie vom Blitz getroffen, bleibt Sascha stehen, als er ihn sieht. Regungslos starrt Zaid zurück.

Augenblicklich rutscht sein verdammtes Herz wieder in den Magen und beide rauschen zusammen in die Kniekehlen. Er muss sich setzen.

Sascha schüttelt den Kopf und kommt dann auf ihn zu. Er trägt ein Achselshirt und eine schwarze Adidas-Trainingshose und sieht selbst darin so unangestrengt gut aus, dass Zaid ein kleiner Schauer über den Rücken läuft. Er sitzt hier in Jeans und Lederjacke und kommt sich trotzdem underdressed vor.

„Warum kommst du aus dem Tanzstudio?", ist die erste sinnlose Frage, die er ruft, noch bevor Sascha wirklich bei ihm ist. „Willst du jetzt die Branche wechseln?" Na super, Zaid, und die zweite sinnlose Frage gleich hinterher.

Sascha bleibt vor ihm stehen. „Ja, weißt du, ich dachte, jetzt, wo jeder weiß, dass ich schwul bin, kann ich endlich die Ballettkarriere beginnen, von der ich immer geträumt habe", sagt er und setzt sich neben ihn.

„So hab ich das nicht gemeint", antwortet Zaid.

„Schon okay", erwidert Sascha lachend. „Du hast mich auf frischer Tat dabei ertappt, wie ich alle Register ziehe, um dich das nächste Mal zu schlagen." Er zwinkert ihm zu und Zaid muss unwillkürlich grinsen.

„Ich versteh überhaupt nichts", sagt er und merkt, wie seine Wangen zu glühen beginnen.

„Deine Fußtechnik hat mir beim letzten Mal solche Probleme bereitet ...", beginnt Sascha und rutscht so auf der Bank zurecht, dass er ihn direkt anschauen kann. „Ich muss dringend schneller und wendiger werden. Und mein Trainer kam auf die Idee, dass Tanzstunden helfen könnten. Ich krieg meine Füße und die Knie nicht locker genug, um so fix zu sein wie du. Das ist meine fünfte Stunde heute und ich glaube, es bringt was."

„Was genau?", fragt Zaid, der immer noch nicht richtig versteht, und Sascha lacht wieder. Fuck, dieses Lachen. Zaid muss sich nicht mal zwingen, ihm ins Gesicht zu schauen statt auf die Oberarme oder den Teil seiner Brust, den das Shirt preisgibt. Die Lachfältchen um seine Augen lassen ihn gar nicht bis dahin.

„Die Tanzlehrerin – ich kenne sie von einem Sommerfest, das wir hier mal für Kinder gemacht haben – hat sich überlegt, dass Tapdance gut sein könnte für Geschwindigkeit und Wendigkeit, und Paartanz, um rechtzeitig auf deine Bewegungen reagieren zu können. Sie sagt, beim Tanzen lernt man zu ahnen, was der andere gleich tun wird."

„Okay", sagt Zaid und beginnt, das Ganze zu verstehen. Irgendwie absurd, aber eigentlich keine schlechte Idee. Er fragt sich kurz, wie Manni reagieren würde, wenn er das auch als Training vorschlagen würde, und muss lachen.

„Was?", fragt Sascha skeptisch.

„Ich glaube, Manfred, *mein* Trainer, würde sich eher die Zunge abbeißen, als mir Tanzstunden vorzuschlagen."

„Oh ja." Sascha stimmt in sein Lachen ein. „Ich hab ihn gesehen. Er ist eher so alte Schule."

„Vermutlich war er *nie* auf einer Schule. Er ist im Ring geboren und immer dort geblieben."

Für einen Moment lachen sie beide so losgelöst, dass Zaid das Eis zwischen ihnen buchstäblich brechen hören kann.

„Was machst du eigentlich hier?", fragt Sascha atemlos, als er sein Zwerchfell wieder halbwegs unter Kontrolle zu haben scheint.

„Ich häng hier nur so rum", antwortet Zaid, der weiter scherzen, weiter der Grund für dieses Lachen sein möchte, das Saschas ganzen Körper übernimmt.

„Du hängst offenbar gern auf irgendwelchen Bänken rum", steigt Sascha mit ein. „Der Mond", er zeigt irgendwo hinter die Boxhalle, „geht hier übrigens immer von da auf. Nur damit du das weißt."

Zaid nickt fachmännisch und es wird einen Moment still zwischen ihnen.

„Ich muss kurz in die Halle und mein Zeug holen. Eigentlich trainiere ich noch nicht wieder." Sascha steht auf und reibt sich über den Nacken. „Willst du ... also, ich weiß nicht, hast du Lust, sie zu sehen? Ist keiner da."

„Unbedingt", antwortet Zaid. Er fühlt sich mit einem Mal so leicht.

„Na dann", sagt Sascha und geht los.

Zaid nimmt seinen Rucksack von der Bank und kommt sich vor wie ein Welpe, der freudig hinter seinem Besitzer herspringt. „That's where the magic happens", pfeift er kurz darauf anerkennend, als sie mitten in der großen Halle stehen. Sie ist ein wenig schicker als seine, alles glänzt ein bisschen mehr.

Sascha grinst ihn an. „Wer sind Sie und was haben Sie mit dem mies gelaunten, schweigsamen Zaid El Sabah gemacht?"

„Der hat gerade Sendepause", sagt er und verschluckt sich fast an seiner eigenen Spucke, als er merkt, dass er ihr Telefonat zitiert. *Das* Telefonat.

Sascha wirft ihm einen kritischen Blick zu. „Warum bist du wirklich hier?"

Aber Zaid will jetzt keinen Ernst. Er hat Angst, dann wieder in seine Schweigsamkeit zu rutschen. Und er fühlt sich neben Sascha gerade so fröhlich, dass er das Gefühl jagt wie ein High. „Ich muss dringend deine

Fortschritte beim Tanzen überprüfen. Nur um sicherzugehen, dass das nicht unter Doping oder so was fällt."

Sascha mustert ihn, als würde er genau abwägen, was er gleich sagt, aber Zaid ist schneller.

„Was für eine Art Paartanz ist das denn, mit dem du meine Bewegungen *vorausahnen* willst?"

„Im Moment Salsa", antwortet Sascha schulterzuckend und kickt sich plötzlich seine Sneakers von den Füßen. „Haste Bock, es zu lernen?"

Zaid ist überrascht. Fragt er ihn gerade ernsthaft, ob sie zusammen tanzen? Er schaut verblüfft zu, wie Sascha sein Handy aus der Hosentasche zieht und irgendwas darin sucht. Dann hört er die Musik aus den Boxen. Das hab ich mir also eingebrockt mit meiner ganzen Albernheit, denkt er, aber er will jetzt keinen Rückzieher machen und schlüpft ebenfalls aus seinen Docs.

„Das Teil ziehst du besser auch aus", sagt Sascha und er schält sich verlegen aus seiner Lederjacke, bevor er sie auf den Boden fallen lässt. Sascha schüttelt seine Arme und tritt ihm gegenüber. Ziemlich dicht. „Okay. Den Arm hierhin, und ich führe erst mal ..." Er nimmt Zaids Hand und legt sie auf seine Schulter.

Zaid fühlt die warme Haut darunter wie einen Schock und eine Beruhigung gleichzeitig. Er überlegt, ob er noch schnell abhauen kann, aber da greift Sascha schon seine andere Hand und hält sie auf Schulterhöhe in seiner.

„Also, das ist die Ausgangsposition. Wir fangen mit was ganz Langsamem an, okay?"

„Klar", krächzt Zaid und kann den Blick nicht von seiner Hand auf Saschas Schulter lösen. Nicht von dem

Kontrast, den seine dunklere Haut und Saschas hellere bilden. Wie Karamell und –

„Zaid?" Er kommt wieder zu sich. „Also, der Grundschritt ist folgender: Rechter Fuß einen Schritt zurück, das Körpergewicht bleibt erst auf dem linken, beim nächsten Takt verlagerst du es auf den rechten, dann wieder auf den linken und der rechte Fuß geht wieder vor." Sascha macht es kurz mit kleinen Schritten vor und drückt dann seine Hand. „Jetzt du."

Zaid blickt auf seine Füße und versucht, sich zu erinnern. Rechts zurück. Körpergewicht links, rechts, links, rechter Fuß wieder vor. Er hat eine ziemlich gute Körperkoordination, na klar, muss er haben. Aber gerade kommt er sich vor wie ein Trottel, als er die Schrittfolge wiederholt, steif und irgendwie völlig aus dem Takt.

„Gut", sagt Sascha. „Noch mal von vorn und jetzt die Knie leicht beugen und lockerlassen. Du musst wippen auf dem vorderen Fuß."

Zaid tut, wie ihm geheißen, allerdings etwas unbeholfen.

„Es ist wirklich leichter, wenn man dabei nicht auf die Füße starrt", hört er Sascha sagen. „Schau mich an."

Du solltest Komiker werden, denkt Zaid. Als würde *das* gerade irgendwas erleichtern. Er atmet tief ein und hebt seinen Blick. Im selben Moment lässt Sascha seine Hand los und legt sie an Zaids Hüfte, um ihn leicht vor und zurück zu dirigieren. Seine Augen blicken konzentriert in Zaids und er spürt sowohl den Blick als auch den Druck der Finger durch den Stoff seiner Jeans und den, aus dem sein Nervenkostüm gemacht ist. Zaid schaut nach unten, aber das hilft nicht, denn er sieht, wie die Finger seinen Hüftknochen umfassen und ihn führen.

„Läuft doch", sagt Sascha völlig unbekümmert, und Zaid hat gar nicht gemerkt, dass seine Bewegungen plötzlich flüssig sind und sie zusammen tanzen. „Und jetzt wieder Blick zu mir."

„Du bist wirklich erbarmungslos."

Sascha tippt mit den Fingerspitzen unter sein Kinn. „Schön in die Augen gucken. Hier spielt die Musik."

Zaid muss unwillkürlich lachen. „Zitierst du gerade echt Dirty Dancing?"

„Ist mir gar nicht aufgefallen", sagt Sascha, doch Zaid glaubt ihm kein Wort. „Aber jetzt, wo du es sagst ... Wie hieß die noch in dem Film?" Seine Augen blitzen auf.

„Glaube, sie hatte keinen Namen. Sie hieß einfach nur Baby", antwortet Zaid und kommt kurz aus dem Takt. „Ist der Lieblingsfilm meiner Mutter", schiebt er als Erklärung hinterher, während Saschas Finger ihn wieder in den Takt zurück dirigieren.

„Okay, dann, *Baby*!", flüstert Sascha. „Schön weitermachen."

Wenn er eine Ahnung hätte, was der Klang dieses Wortes gerade in Zaid auslöst. Zaid jedenfalls hatte keine Ahnung, wie viele Gefühle man gleichzeitig haben kann.

***

„Wenn du gleich Hip-Hop gesagt hättest, hätte ich gewusst, was du mit *wippen* meinst", sagt Zaid eine halbe Stunde später. Es hat nur noch entfernt mit Salsa zu tun, was sie da langsam und rhythmisch tanzen, denn

Sascha hat es irgendwann aufgegeben, weitere Schrittkombinationen anzusagen, und blickt ihm seit einer Weile wortlos in die Augen. Die Playlist ist zu irgendwelchen trägen Elektrobeats gesprungen und Zaid kennt mittlerweile jeden einzelnen goldenen Fleck in diesen hellbraunen Augen auswendig. Er könnte sie aus dem Gedächtnis zeichnen wie eine Sternenkonstellation am Himmel.

„Warum bist du wirklich hier?", fragt Sascha unvermittelt und Zaids Blick fällt augenblicklich auf seine Lippen. Vor Schreck oder aus einem Impuls heraus, das ist schwer auseinanderzuhalten. „Also, außer um die Bänke in der Gegend auszuchecken, meine ich", schiebt Sascha hinterher und Zaid schließt schnell die Augen. „Und mir meine neusten Tanztricks zu klauen."

Zaid atmet tief ein und bleibt stehen.

„Hey hey, hab ich gesagt, dass die Stunde beendet ist?", fragt Sascha und drückt mit seinen Fingern leicht gegen Zaids Hüfte. „Du kannst gleichzeitig tanzen und reden."

Er öffnet seine Augen wieder und lässt sie genau da, worauf sie als Erstes fallen: Saschas rechtes Schlüsselbein unter dem Träger des Shirts. Zaid räuspert sich und klinkt sich wieder in den langsamen Beat ein. Sein rechter Arm liegt unverändert auf Saschas Schulter und der linke hängt einfach nur runter, streift beim Tanzen immer wieder leicht über Saschas Finger an seiner Hüfte. Es ist gut, es entspannt ihn. Die Worte in seinem Kopf kommen ihm plötzlich nicht mehr so *gefährlich* vor.

„War völlig ungeplant", sagt Zaid und wartet den nächsten Takt in der Musik ab, bevor er weiterredet.

„Ich war mit einem Freund in Italien." Takt. „Auf der Rückfahrt bin ich falsch abgebogen." Takt. „Als ich den Podcast gehört habe." Takt. „Die Stelle mit Tinder in deinen DMs." Takt. „Da habe ich Angst bekommen und jetzt bin ich hier." Takt. Zaid lässt seine Hand von Saschas Schulter rutschen, über seinen Arm, bis er die Finger findet und zwischen seine gleiten lässt. „Kick mich raus, wenn du dich überfallen fühlst." Takt. „War übergriffig von mir." Takt. Zaids Blick haftet noch immer auf dem Schlüsselbein und er hat keine Ahnung, wie Sascha gerade darauf reagiert. Er sagt nichts und Zaid hat Angst, aber die Finger zwischen seinen sind noch da. Das ist gut. Er atmet schwer aus und beschließt, dass es vermutlich das Beste ist, jetzt zu gehen. Er kann nicht erwarten, dass –

„Wie sieht das hier für dich aus?", hört er Sascha flüstern. „Als würde ich mich überfallen fühlen?"

Zaid schüttelt den Kopf.

„Merk dir eins, Zaid." Sascha streicht mit dem Daumen über Zaids Handfläche und er spürt die winzige Berührung überall. „Ich sage in der Regel, was ich denke ... oder fühle. Vertrau darauf."

„Darf ich dich küssen?", fragt Zaid, den Blick fest auf das Schlüsselbein gerichtet und Sascha lacht leise auf.

„Mach's einfach, du Idiot."

# ACHTZEHN

Der Kuss ist so vorsichtig, dass er kaum zu spüren ist. Lippen, die sich sacht berühren. Als würden sie nur ihren Atem teilen, denkt Zaid, und sich beide ein bisschen davor fürchten, was gleich passiert.

Sascha zieht ihn etwas näher an sich, nur ein wenig, während sie weiter im Takt hin- und herschwingen. Zaid hebt den Arm von seiner Hosennaht und legt die Hand an Saschas Hüfte. Die Finger ihrer anderen Hände sind noch immer verschränkt. Es kommt ihm fast wie ein Duell vor, was sie hier tun. Wer zieht zuerst?

„Was ist mit deiner Freundin?", fragt Sascha gegen seine Lippen.

Verdammt, Jessy, er hat schon wieder vergessen, dass er …

„Sie ist nicht meine Freundin", wispert Zaid. „Es ist nur Fake. Ich erklär es dir später … alles." Er wird es ihm erzählen, ganz sicher, aber er kommt gerade keinen Millimeter von diesen Lippen weg. Sascha löst die Finger aus seinen und hebt die Hand. Fuck. „Okay, ich erklär es dir jetzt", sagt Zaid und es klingt fast wie ein Winseln.

„Ich denke nicht." Sascha legt die Hand an Zaids Hinterkopf und gräbt sie in sein Haar. „Ich habe überhaupt keinen Grund dafür, aber ich vertraue dir." Und dann zieht er ein wenig an den Strähnen in seinem Nacken.

Zaids Lippen öffnen sich, aber noch bevor das kleine Aufstöhnen daraus entweichen kann, wird es erstickt – von Saschas Mund, seiner Zunge, seinen Zähnen, seinem Geschmack. Zaid erwidert es hungrig und es ist fast wie ein Kampf um die Führung in diesem Kuss. Er greift in Saschas kurzes Haar, versucht, Halt darin zu finden und ihn gleichzeitig näher an sich zu ziehen. Ihre Zähne klacken gegeneinander und ihre Nasenspitzen kollidieren, bis Sascha sich geschlagen gibt und den Kopf leicht zur Seite neigt. Zaid fängt seine Unterlippe, diese verdammte Unterlippe, zwischen den Zähnen und knabbert daran herum, bis er genug davon hat und seine Zunge durch Saschas Mund gleiten lässt, gierig und ohne Luft zu holen. Atmen kann er später so viel, wie er will, denkt er, oder er findet einen Weg, mit seiner Zunge Sauerstoff aus der Feuchtigkeit dieser Höhle zu extrahieren. Sascha hält seinen Mund geöffnet und gibt ihm, was er will, während seine Hände langsam Zaids Rücken hinabwandern, über seinen Hintern bis zu den Oberschenkeln. Er gräbt die Finger hinein und hebt ihn plötzlich hoch.

Zaid entfährt ein überraschter Laut und er will protestieren – er ist hier derjenige, der hochhebt –, aber dafür müsste er die Zunge aus Saschas Mund kriegen. Verdammt. Er schlingt im letzten Moment die Beine um seine Hüften, damit sie nicht fallen. Sascha läuft blind vorwärts und Zaid küsst ihn einfach weiter, bis er die Seile an seinem Rücken spürt.

„Dein Ernst?" Er lacht überrascht auf und wirft den Kopf in den Nacken. „Wir tragen das im Ring aus?"

Sascha setzt ihn langsam auf den Füßen ab und blickt verlegen zu Boden. „Na ja, ich hab nicht wirklich nachgedacht. Ich wollte dich nur nicht auf den Fußboden legen. Der ist ein bisschen dreckig und … ähm, hinlegen wollte ich dich aber schon. Also nur, wenn du auch willst. Ich dachte, das ist bequemer. Aber wir könnten vielleicht auf die Matten da drüben, wenn –"

Zaid stoppt ihn mit seinen Lippen, küsst ihn lange und intensiv, bevor er fragt: „Plapperst du gerade wieder unkontrolliert?"

„Ja. Sorry. Der Dämon. Bin ein bisschen aufgeregt", sagt Sascha und schüttelt den Kopf über sich. „Aber jetzt, wo wir einmal hier sind, hast du mich auf eine Idee gebracht." Sascha grinst verschwörerisch und zeigt auf den Ring neben ihnen. „Rein da! Und bevor ich bis zehn gezählt habe, ist dein T-Shirt besser weg." Er zwinkert ihm zu und hebt das Kinn. „Eins."

„Du Penner", sagt Zaid lachend und rollt sich unter den Seilen durch. Wie Sascha es schafft, innerhalb weniger Sätze vom unsicheren, plappernden Jungen zum dominanten Macker zu werden, ist Zaid unbegreiflich. Aber es kommt ihm wie der Inbegriff von Verführung vor. Wie dieses geflüsterte *Gefällt dir, was du siehst?*

„Zwei." Mist. Sascha ist auch schon im Ring „Drei."

Zaid rappelt sich schnell auf und zieht ihm den Arm weg, auf dem er sich abstützt, als er sich aufrichtet. Er fällt flach auf den Boden.

„Vier", ächzt Sascha und Zaid nutzt das Überraschungsmoment, um ihn auf den Rücken zu drehen.

„Fünf", bringt er überrascht hervor und Zaid ist im Bruchteil einer Sekunde über ihm, die Knie auf dem Boden gegen seine Rippen gepresst.

„Sechs." Sascha lacht und richtet sich ein wenig auf den Ellenbogen auf. „Es wird langsam eng für dich."

Nicht mit mir, denkt Zaid und streckt sich genüsslich über ihm aus, greift dann den Saum von Saschas Shirt und schiebt es ein Stück hoch. Dann taucht er ab und leckt über seinen Bauch, direkt bis zum Bund der Jogginghose.

Sascha zieht die Luft durch die Zähne. „Sieben, verdammt."

Zaid grinst breit. „Was passiert, wenn ich nicht recht-"

„Acht."

„-zeitig fertig bin?"

„Dann bist du ausgezählt", sagt Sascha betont sachlich. „Und darfst dir nicht überlegen, ob wir deine Fantasie aus dem Telefonat wahr machen. Neun."

Zaid ist sich sicher, dass er sein T-Shirt noch nie so schnell ausgezogen hat wie in diesem Moment. Kurz bevor Sascha zehn sagen kann, knallt er es neben sich auf den Boden des Rings und grinst.

Sascha schiebt sich auf seinen Ellenbogen höher und Zaid beugt sich nach vorn, kommt ihm entgegen, für einen langsamen, tiefen Kuss. Er schiebt Saschas Shirt Zentimeter für Zentimeter nach oben, während dessen Zunge diesmal seinen Mund erforscht.

„Weg damit", zischt er, als der Stoff an Saschas Achselhöhlen festhängt, und richtet sich ein wenig auf, um ihm herauszuhelfen.

Zaid saugt den Anblick unter sich ein, als sich Sascha wieder zurücklehnt. Er kennt ihn schon aus dem Ring, klar, aber jetzt ist er plötzlich verwundert. Die glatte Haut, die sich über breite Schultern und die Brust spannt, wo sonst weiche Brüste sind ... Dieses krasse Sixpack, auf dem er wirklich mal versuchen sollte, Möhren zu hobeln, der Bauchnabel, seltsam weich zwischen den angespannten Muskeln und die Linie der Haare, die darunter beginnt und im Bund der Hose verschwindet. Es kommt ihm so ungewohnt vor, wie es ist.

„Alles in Ordnung?", hört er Sascha fragen und antwortet mit einem abwesenden Nicken. „Worte, Zaid!"

Er kann zwischen seinen Knien fühlen, wie Sascha die Luft anhält und abwartet. Auf seine Zustimmung wartet, wahrscheinlich mit dieser kleinen, besorgten Falte zwischen den Augenbrauen. Als wüsste er, was gerade in Zaid vorgeht. Wie ungewohnt alles für ihn ist.

„So was von in Ordnung", flüstert Zaid und das Lächeln explodiert so schnell auf seinem Gesicht, dass es im ersten Moment fast wehtut.

„Gut." Sascha atmet erleichtert aus und sein Brustkorb weitet sich wieder, drückt Zaids Knie millimeterweit auseinander. „Ich will, dass du weißt, dass wir nichts tun müssen, was –"

„Schhh." Zaid legt Zeige- und Mittelfinger auf Saschas Mund und schiebt die Fingerspitzen zwischen seine Lippen. „Ich bin total okay", flüstert er, lehnt sich vor und lässt sie ganz langsam über Saschas Zunge gleiten, bis der seinen Oberkörper und seinen Kopf auf den Boden sinken lässt und ein gedämpftes „Shit" murmelt.

***

„Shit", ist auch das Letzte, was Zaid herausbringt, bevor er aus den Seilen rutscht und sich auf den Ringboden fallen lässt. Er kann sich nicht erinnern, schon jemals so heftig gekommen zu sein, dass es schwarz um ihn wurde und seine Beine nachgaben. Aber irgendwann gibt es für alles ein erstes Mal.

„Zaid ... alles okay?", hört er Saschas Stimme, als sich sein Atem so weit beruhigt hat, dass überhaupt wieder ein Geräusch zu ihm durchdringen kann. Hinter seinen geschlossenen Lidern explodieren immer noch ... Dinge.

„Kannnichreden", stößt er hervor. „WasdumitdeinemMund machstistkriminell."

Er hört das schallende Lachen neben sich, dreht den Kopf in die Richtung, aus dem es kommt, und blinzelt durch die Wimpern. Sascha kniet immer noch, den Hintern auf die Fersen gestützt und wischt sich mit dem Handrücken über die Lippen.

„Bist du etwa gerade k.o. gegangen?", fragt er lachend. „In meinem Ring? Und niemand ist Zeuge?" Er wirft die Hände gespielt verzweifelt in die Luft.

Zaid verzieht den Mund zu einem debilen Grinsen und nickt. „Jep. Aber ich hätte dich ... für jemanden gehalten ... der überall Kameras hat ... um das Training auszuwerten", sagt er atemlos und will sich auf die Seite rollen, aber seine Knöchel sind dermaßen in der Jeans verfangen, dass er nicht weit kommt.

„Erwischt. Hab ich tatsächlich, aber die sind aus."

Sascha muss noch heftiger lachen und Zaid sieht mit Bewunderung zu, wie sein ganzer Körper wieder gezwungen ist, dieses Gefühl zu erleben. Er ist so unglaublich schön. In jeder Situation. Giggelnd auf den Knien jetzt im Moment und eben noch auf den Knien vor ihm, die Lippen um Zaids Schwanz geschlossen, während sich seine Finger in Saschas kurzes Haar gruben. Das Bild vor ihm war obszön, aber er schaute fast andächtig darauf hinunter, auf die kleinen Schatten, die Saschas Wimpern auf seine Wangen warfen, und seine langen, starken Finger, die sich in Zaids Oberschenkel gruben. Saschas Kopf, der sich hob und senkte, und seine glänzenden Augen, die zu ihm aufblickten, während er seine Kehle weit für ihn öffnete und diese tiefen Seufzer machte, die um Zaid vibrierten. Die hatten ihn schließlich an den Rand der Klippe geschubst, über die er dann lange gefallen ist, die hastig hervorgepressten Worte „Lass los, Zaid, ich will dich schmecken" wie ein Echo in seinem Kopf. Zaid weiß nicht, ob er sich jemals zuvor so *gewollt* gefühlt hat, und dass er Sascha jemals für brav hielt, kommt ihm gerade wie aus einem anderen Leben vor.

Er streckt seinen Arm nach ihm aus und Sascha legt sich neben ihn.

„Einmal Zaid El Sabah k.o. gehen lassen. Check."

Zaid schafft es endlich, sich auf die Seite zu rollen und malt kleine Kreise auf Saschas Bauch.

„Du darfst auch zweimal, wenn du willst." Er grinst in die Schulter neben sich und Sascha dreht seinen Kopf, um ihn zu küssen. Zaid schmeckt sich noch salzig auf den Lippen. „Aber erst mal", er schiebt seine Finger ein Stück unter den Bund von Saschas Hose, „müssen wir uns um dich kümmern." Zaid wünscht sich innerlich Glück. Er hat schon viele Blowjobs in seinem Leben bekommen, den besten gerade eben, aber er hat noch nie einen gegeben. Besser, ich fang erst mal mit der Hand an, entscheidet er und küsst Sascha mit flattrigem Herzen.

„Zaid, ich bin schon gekommen", flüstert der zwischen seinen Küssen.

„Was? Wann?" Er ist plötzlich hellwach und stützt den Kopf auf seinem Arm ab.

„Währenddessen." Sascha versucht, beiläufig mit den Achseln zu zucken, aber die Erinnerung verrät ihn, denn sie legt sich leuchtend über sein Gesicht. „Du warst so … laut und so schön. Und die Dinge, die du zum Schluss gesagt hast, waren wirklich ziemlich dreckig. Ich konnte nicht anders."

Zaid kann sich nicht erinnern, überhaupt geredet zu haben. Anscheinend war er noch entrückter, als er glaubt. Er überlegt, ob er nachfragen sollte, lässt es aber lieber bleiben. Das nächste Mal, falls es ein nächstes Mal gibt, muss er zu Arabisch wechseln.

„Gott sei Dank bin ich mit dem Auto da", sagt Sascha und rappelt sich auf. „Lass uns zu mir fahren. Ich denke, ich sollte duschen. Und danach kannst du tun und lassen, worauf du Lust hast." Er steht auf, zieht Zaid ebenfalls auf die Beine und scheint seine schlagartige Unsicherheit zu bemerken. „Mit mir, meine ich."

„Idiot", murmelt Zaid erleichtert, während er seine Shorts und die Jeans hochzieht.

„Was bedeutet eigentlich dieses Tattoo auf deinem Oberschenkel?" Sascha fischt sein Achselhemd vom Boden und springt aus dem Ring. „Ich meine, man ist praktisch gezwungen, das zu sehen, wenn man dir einen bläst!", ruft er durch den Raum, während er seine Sachen zusammensammelt.

Zaid verdreht die Augen. Da steht *Leck mich* auf Arabisch und nein, er ist schon lange nicht mehr stolz darauf. Das muss dringend überstochen werden. Er beschließt, sein T-Shirt auszulassen, und nur die Lederjacke über seinen nackten Oberkörper zu ziehen. Vielleicht lenkt das Sascha von seiner Frage ab. Zaid weiß genau, wie gut er so aussieht.

***

Das Outfit scheint sein Ziel nicht zu verfehlen. Sascha wirkt abgelenkt, während der zehnminütigen Fahrt zu seiner Wohnung, und Zaid verlässt das Auto nicht ohne einen Knutschfleck auf seiner linken Brust, direkt zwischen dem Piratenschiff und dem Zitat von Muhammad Ali. Er überlegt, ob er sich den Umriss davon in die Haut stechen lässt, wenn es sich lange genug hält. Vielleicht muss er Sascha bitten, noch einmal nachzuarbeiten.

„Wenn ich darüber nachdenke, dass *ich* mit einem Knutschfleck am Hals in den Ring treten musste, werd ich immer noch rot", sagt Sascha, als er die Haustür aufschließt. Dann sprintet er plötzlich los. Zaid rennt die zwei Stockwerke hinter ihm nach oben und drückt ihn gegen die Wohnungstür, nachdem er sich vergewissert hat, dass sie niemand sieht.

Sascha versucht, den Schlüssel ins Schloss zu fummeln, während Zaid von hinten in sein Ohr flüstert: „Ich hoffe, deine Dusche ist groß genug für uns beide." Er lässt sich mit Sicherheit nicht den Anblick von fließendem Wasser über diesem Gesicht entgehen. Aber das ist ihm zu kitschig, um es auszusprechen. „Ich denke, ich will dich zuerst sauber und dann direkt wieder schmutzig machen", raunt er stattdessen in Saschas

Ohr und der ist mit dem Schlüssel kein bisschen weitergekommen.

„Du hast ein überraschend loses Mundwerk, wenn du mal redest", stöhnt er vor ihm und lehnt seine Stirn gegen die Tür.

„Ja, deswegen schweige ich auch lieber. Das ist nicht mysteriös, sondern notwendig", sagt Zaid zwischen den Küssen, die er auf seinen Nacken platziert, und kann die Vibration an seinem nackten Brustkorb spüren, als Sascha lacht. Er liebt es, dieses schallende Geräusch aus ihm herauszukitzeln, er braucht es wie ein Junkie.

„Als du mir im Park gegenüberstandst", hört er sich sagen, „und ich dich zum ersten Mal lachen gesehen habe, hatte ich so einen komischen Gedanken. Ich dachte, der Typ kann mit diesem Lachen bestimmt ganze Städte mit Strom versorgen."

Der Schlüssel rutscht plötzlich ins Schloss.

„Dann pass auf, dass wir nicht gleich an einem Stromschlag unter der Dusche sterben", sagt Sascha und öffnet die Tür.

Zaid ist sich sicher, dass es kurz davor war, als er den Kopf in Saschas Halsbeuge legt und seinem heftigen Atem durch das fließende Wasser lauscht. Aber nicht, weil Sascha lachen musste, sondern weil das *Zaid*, das ihm von den Lippen fiel, als er in seiner Hand kam, tatsächlich kleine Kurzschlüsse in seinem Bauch erzeugte.

„Wow, das war ... Sicher, dass du noch nie jemandem einen runtergeholt hast?", fragt Sascha benebelt.

„Ziemlich", antwortet Zaid und vergräbt sein blödsinniges Grinsen tief in Saschas Haut. Er ist ein bisschen stolz auf sich. Es war gar nicht so seltsam, wie er vermutete. Einfach nur ein anderer Penis im Spiel. Gut, am

Anfang schon ungewohnt, aber die Geräusche, die Sascha machte, und die Art, wie seine Augen hinter den geschlossenen Lidern flatterten, haben Zaid sehr schnell sehr ehrgeizig werden lassen. Er war neugierig, wollte wissen, wie sich Sascha in seiner Hand anfühlt, ob er dieselben Dinge mag wie er selbst. Er wollte ihn unbedingt kommen lassen, ihn sich so gut fühlen lassen, dass er alles vergisst, inklusive seines Namens. Und er wollte wissen, wie Sascha dabei aussieht. Das Bild wird er vermutlich nie vergessen. Selbst wenn er wollte. Wie seine Wimpern flatterten und Wassertröpfchen darin zitterten, wie er plötzlich ganz still wurde und jeder Muskel seines Gesichts weich. Wie er Zaid genau fühlen ließ, was in seiner Hand passierte, zwischen kleinen, überwältigten Seufzern und dem gehauchten Namen, an dem sie vielleicht beinah gestorben wären.

Saschas Magen knurrt laut und er hebt die Hand, um ihm über den Bauch zu streichen. „Wir müssen dringend was essen. Ich sterbe auch vor Hunger."

„Ich hab noch Lasagne im Kühlschrank", fällt Sascha ein und er dreht das Wasser ab.

„Ich esse allerdings kein Schweinefleisch", sagt Zaid und hebt seinen Kopf.

„Kein Problem, ist vegetarisch", flüstert Sascha und berührt mit seinem Daumen die kleine Narbe, die Zaids rechte Augenbraue seit ihrem Kampf teilt. „Entschuldigung übrigens hierfür."

Nur mit Handtüchern bekleidet sitzen sie in der Küche und essen die Lasagne. Die erste in Zaids Leben und er findet sie hervorragend. Dieser ganze Tag ist voller erster Male für ihn und das Gefühl, das sie in ihm hinterlassen, gibt ihm den nötigen Mut, Sascha zu erzählen, was in Farhats Club geschah und dass das durchaus früher mal seine Freunde waren und wie Jessy plötzlich ins Spiel kam.

„Du brauchst ein besseres Management", sagt Sascha, nachdem er lange zugehört hat und Zaid lacht leise in sich rein.

„Du ahnst nicht, wie oft ich diesen Gedanken schon hatte, aber in anderen Punkten ist Rajko wirklich gut. Meistens dann, wenn er keine *kreativen* Ideen hat. Aber er liebt das Drama. Und ich liebe ihn, leider."

Zaid erzählt ihm, wie er Rajko damals kennengelernt hat, kurz nachdem er in Mannis Stall kam. Rajko war Mitte zwanzig und an dem Punkt, an dem klar wurde, dass er als Boxer nicht gut genug ist, um eine Karriere zu machen. Da dieser Sport allerdings sein Leben ist, beschloss er stattdessen, Boxpromoter zu werden, und besuchte irgendwelche Kurse, von denen keiner wusste, wie vertrauenswürdig sie waren. Zaid mochte ihn auf Anhieb. Hinter Rajkos großer Klappe konnte er schnell das Einwandererkind entdecken, das geboren wurde, kurz bevor die Jugoslawienkriege begannen, und dessen Eltern ebenfalls mit ihm nach Berlin flohen. Es ist erschreckend, wie parallel ihre Leben bis zu einem gewissen Punkt verliefen. Aber an der Stelle, an der Rajko seine Nase ein bisschen zu tief in die falschen Kreise gesteckt hat, zu viel trank und was auch immer tat, ist Zaid zum Athleten geworden. Manni hat ihm mit seiner Strenge eigentlich den Arsch gerettet. Wenn Zaid verkatert und übernächtigt in der Halle aufschlug, schickte er ihn trotzdem erbarmungslos über die gesamte Trainingsdistanz. Zaid wusste manchmal wirklich nicht, wie er anschließend die drei U-Bahn-Stationen nach Hause schaffen soll, aber er hat kaum ein Training versäumt. Rajko schon.

„Aber er kann sich einfach durch jede Tür quatschen“, sagt Zaid abschließend. „Selbst wenn er so lange dagegen donnert, bis ihm jemand völlig entnervt öffnet. Dann kann er allerdings erschreckend charmant sein. Ich glaube, ohne ihn hätte ich den ein oder anderen großen Gegner nicht bekommen.“

Sascha grinst. „Daniel, mein Manager, ist ganz schön genervt von ihm. Ich glaube, er hat Angst, dass irgendwelche Typen an seiner Tür klingeln, falls er wegen irgendwas Nein zu Rajko sagt.“

„Möglich“, sagt Zaid und zieht die gespaltene Augenbraue hoch. „Ich stand ja heute schließlich auch vor deiner Tür.“

Sascha lehnt sich in seinem Stuhl zurück. „Wenn du das mit deiner Augenbraue machst, verlier ich jedes Mal den Faden.“

„Muss ich mir merken für den Kampf“, antwortet Zaid im Scherz und schiebt sich die letzte Gabel Lasagne in den Mund.

Saschas Miene wird plötzlich nachdenklich. „Glaubst du, dass uns das hier“, er gestikuliert mit dem Finger zwischen ihnen hin und her, „irgendwie im Kampf beeinflusst?“

Zaid legt die Gabel hin. „Ganz ehrlich … ich weiß es nicht.“ Er lehnt sich vor und lässt seine Fingerspitzen über Saschas Hand tanzen, die ausgestreckt auf dem Tisch zwischen ihnen liegt. „Aber ich möchte meinen

Titel schon gern behalten und ich kann ziemlich hartnäckig sein, wenn mir jemand was wegnehmen will." Er streichelt über den Handrücken den Unterarm hinauf und lehnt sich über den Tisch. „Und jetzt, da ich weiß, dass du sogar tanzen lernst, um mich zu schlagen, fühle ich mich irgendwie noch mehr angestachelt." Er umfasst Saschas Kinn und zieht ihn ein Stückchen zu sich. „Und ich weiß ganz genau, wie sehr *du* diesen Gürtel willst und was für einen Schlag in die Fresse unserer Branche es bedeuten würde, wenn du der neue Meister wärst." Er leckt mit seiner Zungenspitze über die feinen Bartstoppeln an Saschas Kinn. „Und ich persönlich kann mir tatsächlich nichts Aufregenderes vorstellen, als dieses potthässliche Ding um deinen nackten Bauch. *Nur* dieses Ding. Aber ich werde es dir alles andere als leicht machen, das kann ich dir versprechen." Er knabbert an Saschas Kinn.

„Dito", seufzt der. „Schade, dass du den Gürtel nicht zufällig in deinem Rucksack hast. Sonst hätte ich ihn Probe tragen können." Seine Stimme klingt verboten heiser und Zaid beißt kurz in diese verdammte Unterlippe.

# NEUNZEHN

Zaid erwacht, weil seine Hand ins Nichts greift. Er hätte schwören können, dass da eben noch warme Haut war.

Er blinzelt kurz gegen das Sonnenlicht an, das auf das Bett fällt. Fuck. Warum? Er hat doch extra diese dicken Vorhänge ... Oh, okay. Die Decke auf ihm ist auch viel zu leicht. Er liegt nicht in seinem Bett. Es ist ein anderes. Saschas.

Zaid schlägt die Augen auf, als die Welle der Erinnerung über ihn schwappt. Von der Metallbank vor dem Boxstudio bis zu dem Moment, an dem er neben ihm eingeschlafen ist, völlig erschöpft und bis in die letzten Muskelfasern entspannt, nachdem ...

Oh, wow. Zaid schließt die Augen wieder ... nachdem Saschas Finger ihm gezeigt hat, was eine Prostata für irre Gefühle auslösen kann. Scham mischt sich in die Welle, als ihm einfällt, dass er den Mund währenddessen vor Überraschung gar nicht mehr zubekommen hat.

Er wollte es ja unbedingt wissen. Nachdem sie irgendwann träge und verschwitzt begonnen hatten, über Sex zu reden, weil Zaid plötzlich Angst hatte, dass es Sascha nicht *ausreichen* könnte, was sie mit ihren Mündern und Händen tun, hatte der sich lachend auf den Rücken geworfen und gesagt: „Glaub mir, du bist so schon mein Ruin. Aber wenn *du* noch kannst, könnte ich dir eine Kleinigkeit zeigen, die dir mit Sicherheit Spaß macht.“

Zaid hob sein Gesicht vom Kissen und sagte „Watch me.“

Ja, und genau das hatte Sascha dann gekonnt – ihm dabei zuschauen, wie er sich unter seinen Berührungen in ein vor Lust fluchendes Etwas verwandelte. Als Sascha diese eine Stelle berührte, ist er gebrochen wie Glas, aufgesprungen wie ein Buch mit sieben Siegeln. Warum kann er seine Klappe nicht halten? Zum Glück kann er Arabisch und Sascha nicht.

„Kaffee?“ Sascha steht wie auf Stichwort in der offenen Tür und balanciert zwei Tassen und eine Flasche Wasser in den Händen. Seine Haare sind noch nass und er trägt nur Boxershorts. „Wie geht’s dir?“, fragt er und da ist keine Spur Unsicherheit in seinem Gesicht.

„Fantastisch. Und dir?“, fragt Zaid dankbar und setzt sich auf.

„Ebenso. Aber ich bin heute Morgen mit dem Gedanken aufgewacht, dass ich unbedingt Arabisch lernen muss.“ Er streckt die Hand mit einer Tasse aus und grinst breit.

„Ich warne dich“, antwortet Zaid und wird augenblicklich rot. „Außerdem wirst du so was in keinem Wörterbuch finden“, grummelt er und nimmt den Kaffee entgegen.

„Oh, dafür klang es aber ausgesprochen schön“, sagt Sascha. „Irgendwie poetisch.“

Zaid prustet in die Tasse.

„Zugegeben“, sinniert Sascha weiter und schwenkt die Tasse in seiner Hand wie ein Literaturkritiker das

Glas Rotwein, „die vielen *Fucks!* dazwischen haben ein bisschen gestört."

Zaid ist hingerissen von der diebischen Freude, die Sascha gerade an seinem eigenen Spiel hat.

„Was muss ich tun, damit du damit aufhörst?", fragt er, blickt zu ihm hoch und streicht sich das Haar mit einer Geste aus dem Gesicht, die hoffentlich so verführerisch aussieht, wie sie gedacht ist und nicht wie bei einem Vierzehnjährigen.

„Mir endlich verraten, was auf deinem Oberschenkel steht."

„Leck mich", sagt Zaid und verdreht die Augen.

„Hey!", beschwert sich Sascha. „Womit hab ich das jetzt verdient? Du liegst gerade in *meinem* Bett und –"

„Das steht da", unterbricht ihn Zaid, obwohl er so hinreißend aussieht, wenn er sich aufregt.

„*Leck mich?*", fragt er entgeistert.

„Ja. Und wehe, du hakst jetzt nach." Zaid stellt den Kaffee weg und legt sich hin. „Komm lieber her zu mir." Grinsend schlägt er die Decke zurück.

Sascha trinkt seinen Kaffee aus und kriecht über das Bett auf Zaid zu, nicht ohne einen kleinen Biss in das Tattoo. Dann küsst er sich seinen Weg zu Zaid hoch, sehr langsam über die Hüfte, den Bauch, die Brust, die Schulter, den Hals. Zaid fühlt das Kribbeln bis in die Zehen. Gleich wird er schon wieder hart.

„Ich dachte, weil es schon mittags ist und die Sonne scheint, sollten wir rausgehen und was richtig Gutes essen." Er hebt den Kopf und streicht eine Haarsträhne hinter Zaids Ohr. Zaid schließt die Augen, weil sich die

Geste so wunderschön intim anfühlt, dass er sie unbedingt innerlich archivieren muss. „Ich zeig dir mein absolutes Lieblingsrestaurant. Du wirst begeistert sein."

„Neeiiin." Er zieht eine Schnute, presst sich dichter an Sascha. „Lass uns was bestellen. Ich will den ganzen Tag deine Lippen küssen."

Sascha lacht. „Das kannst du draußen genauso."

Fuck. Das Wort *draußen* crasht in Zaids Gedanken und er merkt, wie jede Faser seines Körpers erstarrt. Und Sascha scheint es ebenso zu bemerken. Er stützt sich auf seine Unterarme und schaut Zaid an.

„Das ist nicht dein Ernst, oder?"

Zaid dreht den Kopf zur Seite. Er hält diesen Ausdruck in Saschas Augen nicht aus. Er will etwas sagen, aber er weiß nicht, was. Stattdessen gräbt er seine Finger in Saschas Schulterblätter und versucht, ihn wiederzukriegen, aber Sascha befreit sich und setzt sich auf die Kante des Bettes. So blitzartig, dass Zaid das Gefühl hat, er flieht vor ihm.

„Warum willst du mich draußen nicht küssen, Zaid?"

„Wir sind immer noch Gegner um den Titel ...", antwortet er vorsichtig.

Sascha schüttelt ungläubig den Kopf. „Wo steht, dass das verboten ist? Nirgends. Und ich schleppe dich ja nicht auf die Zeil, sondern in mein Lieblingsrestaurant. Da schert sich keiner um uns."

Seine Stimme klingt hart, aber das Zittern darunter ist deutlich. Es fährt Zaid ins Herz. Er weiß, er muss etwas sagen, aber er wagt nicht, es auszusprechen. Irgendwas zerspringt hier gerade.

„Darum geht's hier nicht, was, Zaid? Schämst du dich? Für mich?"

Zaid schüttelt den Kopf und schließt die Augen. „Nein, ich ...“ Er findet keine Worte in seinem Kopf. Saschas Hände fehlen ihm jetzt schon. Wenn er ihn berühren kann, ist es vielleicht leichter zu reden, aber Sascha steht auf und starrt ihn an.

„Ich weiß nicht, ob ich das kann.“

Zaid hört den Satz und weiß für einen Moment nicht, wer von ihnen ihn gesagt hat. Sascha. Es war Sascha. Zaid setzt sich auf und legt sein Gesicht in die Hände. Er muss Worte finden, er muss ganz schnell die richtigen Worte finden. Die, die Sascha begreifen lassen, dass er ihn liebt (Hat er das wirklich gerade gedacht?), aber dass alles so viel ist und so schnell geht und er ist doch nicht schwul. Fuck.

„Nein, ich kann das nicht, Zaid“, sagt Sascha irgendwann kopfschüttelnd. „Ich will mich nicht mit dir zu Hause verstecken. Ich werde das nicht.“ Er läuft durch das Schlafzimmer, auf der Suche nach irgendwas, doch scheint selbst nicht zu wissen, was. Er läuft hin und her. „Hast du eigentlich irgendeine Ahnung, was mich dieses Outing für einen Mut gekostet hat und was es mich immer noch kostet?“ Er greift nach einer Hose, die über dem Stuhl hängt. „Ich werde beleidigt, ich muss mich ständig erklären. Meine Sponsoren wollen nur noch bis zum nächsten Kampf mit mir arbeiten und dann *trennen wir uns einvernehmlich*. Völlig egal, ob ich gewinne oder nicht. Ich weiß gar nicht, wie ich mich überhaupt auf den Kampf konzentrieren soll, so viel ist um mich und in meinem Kopf los.“ Er steigt in die Hose und schließt die Knöpfe. Seine Finger zittern. „Aber eine Sache weiß ich ganz genau, Zaid. Und zwar, warum ich das alles gemacht habe. Weil ich mich nicht mehr verstecken will! Als müsste ich mich dafür schämen, wen ich ... Ich will, dass du gehst."

Zaid schnappt nach Luft. „Sascha ..." Er streckt seine Arme nach ihm aus, aber er kann irgendwie nicht aufstehen. Sein Herz schlägt so schnell und trotzdem hat er das Gefühl, dass kein Tropfen Blut mehr in ihm ist. „Das ist alles gerade etwas viel für mich. So schnell. Ich brauch etwas Zeit", bringt er hervor.

„Shit", flucht Sascha, als seine zitternden Finger versuchen, den letzten Jeansknopf durch das Loch zu fädeln. Dann legt er den Kopf in den Nacken und atmet tief ein. „Ich weiß, dass du Zeit brauchst, Zaid. Aber was ist, wenn du dich nie traust? Ich kann jetzt nicht anfangen, mich dir zuliebe zu verstecken. Ich kann das nicht." Zaid kann die Bitterkeit in seiner Stimme hören, die Enttäuschung, noch bevor Sascha sagt: „Ich hätte es wissen sollen. Ich bin so bescheuert. Ich geh jetzt raus und wenn ich wiederkomme, möchte ich, dass du weg bist." Seine Augen sind feucht. Er greift blind ein T-Shirt vom Stuhl. Dann geht er. Ohne zurückzublicken. Zaid hört die Tür kurze Zeit später zuknallen.

***

„Genug! Hör auf, Junge!"
Zaid lässt die Fäuste sinken und spuckt seinen Mundschutz auf den Boden.
Sergej lehnt sich nach vorn, stützt die Hände auf den Knien ab und atmet schwer. „Alter, hast du Gewichte in den Handschuhen?" Er wirkt erleichtert, dass es vorbei ist, aber Zaid will nicht aufhören.

Er will weitermachen. Der Augenblick, in dem das Training endet, ist nach dem Aufwachen der zweitschlimmste seines Tages. Er hat das Gefühl, nur noch im Kampf wirklich atmen zu können. Wenn er sich so auf sein Gegenüber konzentrieren muss, dass er nur noch im Moment sein kann, kann er endlich atmen. Ansonsten lebt er in Bildern von Sascha, unendlichen inneren Monologen, in denen er sich verstrickt, und einer permanenten Unruhe, die ihm die Luft nimmt.

„Wenn du so boxt, Junge, hat Sascha keine Chance." Manni strahlt ihn an, während er ihm den Trainingskopfschutz löst und die Handschuhe auszieht.

Zaid zwingt sich zu einem Lächeln und versucht dann schnell, die Handbandage mit den Zähnen zu lösen, bevor es ihm wieder zerfallen kann. Lächeln ist so anstrengend geworden, aber er will Manni keine Sorgen bereiten. Er beobachtet ihn ohnehin die ganze Zeit mit gerunzelter Stirn. Die Bandage ist schweißgetränkt und schmeckt widerlich. Er gibt den Versuch auf und streckt Manni die Hände entgegen.

„Geh duschen und dann zur Physio", sagt Manni und wickelt sie routiniert ab.

Dritt- und viertschlimmster Moment seines Tages: Duschen mit den unvermeidlichen Bildern von Saschas flatternden Wimpern vor Augen, kleine Wassertropfen hängen darin. Und danach die falschen Hände auf seinem Körper, die die strapazierten Muskeln massieren. Jede Berührung seines Körpers tut weh, und zwar nicht physisch. Zaid muss in das Handtuch unter seinem Gesicht beißen, damit nicht ständig Tränen kommen.

Er ist am Arsch.

Er weiß nicht, wie er die quälenden Stunden zwischen den Trainingseinheiten füllen soll, und zu allem Übel muss er noch mehr essen als gewöhnlich. Er hat an Gewicht verloren und wenn das so weitergeht, droht er unter die Mittelgewichtsgrenze von siebzig Kilo zu rutschen. Vielleicht wäre das das Beste. Dann würde sein mangelndes Gewicht die Sache entscheiden und der Kampf würde verschoben werden. Er muss so sehr kämpfen, um genug Essen runterzukriegen, dass ihn mittlerweile alles anwidert. Tom dreht abends manchmal ein kleines Tütchen, wenn er Zaid über seinem Teller beobachtet, damit ihm der kleine Fressflash nach dem Kiffen ein bisschen hilft. Seit sie vor zwei Wochen aus Frankfurt zurückgekommen sind, hat Zaid kaum eine Nacht zu Hause verbracht. Er schläft auf Toms Couch und manchmal, wenn er gar nicht ruhig wird, in seinem Bett. Dann versucht er, seinen Atem mit Toms leichtem Schnarchen zu synchronisieren, bis ihm irgendwann die Augen zufallen.

Aber heute muss er nach Hause. Er braucht neue Klamotten, er muss nach der Post schauen und Tom ist ohnehin unterwegs. Er hat zwei Konzerte, in Frankfurt und irgendeiner anderen Stadt. Ausgerechnet Frankfurt. Das Leben ist so gehässig.

Sascha hat seitdem nicht ein einziges Mal mit ihm gesprochen. Er reagierte nicht auf Zaids wiederholte Anrufe und er hörte irgendwann auf, es zu versuchen. Stattdessen schrieb er Nachrichten. Nichts als Entschuldigungen, aber warum sollte Sascha ihm verzeihen? Nachdem Zaid vor seiner Halle stand, weil er die Vorstellung nicht aushalten konnte, dass jemand kommen und ihn wegnehmen könnte. Und dann hatte er nicht den Arsch in der Hose, mit ihm auf ein Date zu gehen, nachdem sie die ganze Nacht Sex hatten.

Das hatte ihm Tom noch auf der Rückfahrt klargemacht:

„Er wollte mit dir in sein *Lieblingsrestaurant*, Mann, nach eurer *ersten* Nacht. Und du hast gezögert, weil du Angst vor den Blicken hast. Ich weiß nicht, was schlimmer ist: Wenn er dich doch für homophob hält oder wenn er denkt, du wolltest nur mal vögeln. Sorry, Zaid. Das sollte nicht so hart klingen, aber, Mann, du machst mich langsam wütend", sagte er und schlug auf das Lenkrad.

„Ich mich auch", hatte Zaid tonlos geflüstert und Tom war schweigend nach Berlin weitergefahren.

Sascha hatte ihm in den nächsten Tagen exakt einmal geantwortet.

*Es tut mir leid, Zaid. Aber ich kann nicht hinter verschlossenen Türen ein bisschen Spaß mit dir haben. Ich weiß gerade sehr genau, was ich nicht mehr möchte. Und was ich möchte noch viel genauer.*

Rajko steht plötzlich in der Halle, als Zaid sich gerade dem drittschlimmsten Moment des Tages stellen will.

„Gute Nachrichten!", ruft er, als er mit ausgebreiteten Armen auf ihn zukommt und ihn in die Arme nimmt. Seine rundlich gewordene Schwergewichtsstatur fühlt sich irgendwie tröstlich um Zaids Schultern an. Als könnte er ihn ersticken. „Ab morgen", sagt er, als er sich von Zaid löst und die Hände auf seine Schultern legt, „bist du wieder ein freier Mann." Im ersten Moment hat Zaid keine Ahnung, worüber er spricht. „Jessy wird morgen eure Trennung in einem berührenden Reel kommunizieren. Alles ganz friedlich. Conscious Uncoupling scheint im Trend zu –“

„Rajko“, unterbricht Zaid. „Ich will es nicht so genau wissen. Du machst das schon.“

„Aber neulich hast du mich noch angeschrien, weil ich nicht jedes Detail mit dir bespreche“, entgegnet Rajko irritiert.

„Ja, entschuldige“, antwortet Zaid. Klar, wie soll Rajko da noch durchblicken? „Dieses Mal ist es okay.“ Er zieht sein verschwitztes Trikot aus und wirft es achtlos auf den Boden.

Rajko beobachtet ihn. „Du siehst aus, als wäre dir eine Laus über die Leber gelaufen. Ich dachte, dein Liebeskummer würde sich eher in Grenzen halten.“

Kommt drauf an, welchen du meinst, denkt Zaid.

„Aber wenn du ein Bier brauchst, sag Bescheid. *Trennungsgespräch* unter Freunden und so.“

„Weißt du was, Rajko?“ Zaid hat noch zwei Wochen bis zum Kampf und heute muss er alleine klarkommen, kann nicht mit Tom FIFA spielen, bis er so etwas Ähnliches wie müde wird. Er könnte Bier und einen Freund gut gebrauchen. „Tatsächlich ja. Ich glaube, ich lasse die Massage heute aus und geh nur schnell duschen. Wartest du so lange?“

***

Während des zweiten Biers in ihrer Stammkneipe – drei, hat Zaid sich ausgerechnet, sind okay – findet er endlich den Mut. Rajko kommt von der Toilette zurück und lässt sich auf den Stuhl ihm gegenüber fallen.

„Was ich dir jetzt gleich erzähle, muss unter uns bleiben, Kumpel", sagt Zaid. „Versprochen?"

Rajko nickt nur und stopft sich ein paar Erdnüsse in den Mund, wie um sein Schweigen bildlich zu versichern.

„Ich bin, also, ich ... Fuck. Ich habe Gefühle für Sascha Weiss." Zaid atmet aus und nimmt einen hastigen Schluck aus seinem Glas.

„Okay", sagt Rajko geistesabwesend. „Dann schulde ich Jessy jetzt fünfzig Euro."

„Was?" Zaid hat mit einigen Reaktionen gerechnet, aber damit nicht.

„Na ja ...", antwortet Rajko verdutzt. „Sie hat so was angedeutet, nachdem ihr bei deinen Eltern gewesen seid. Dass sie glaubt, deine Gefühle für ihn gehen etwas tiefer als –"

„Und ihr habt darauf gewettet, ob ich in ihn verliebt bin? Ich glaub es nicht."

„Verliebt hast du jetzt gesagt." Rajko hebt verteidigend die Hände. „Warte, warte, bist du wirklich verliebt? So richtig?"

„Verlierst du weitere fünfzig Euro wegen der konkreten Definition?", fragt Zaid.

Rajko schüttelt den Kopf, nimmt das Schüsselchen Erdnüsse in seine Hände und wartet ab. Wie mit Popcorn im Kino sitzt er da, denkt Zaid.

„Was?"

„Ja, jetzt rede schon."

Und Zaid erzählt, mit steifen, ungelenken Worten, ohne zu sehr ins Detail zu gehen: Von der ersten Begegnung, dem Kuss im Face-off, Sascha, der plötzlich vor seiner Tür stand.

„Warte, warte! Wolltest du deshalb herausfinden, wo er wohnt?", unterbricht ihn Rajko mit dem Mund voller Erdnüsse.

„Ja, ich –"

„Warst du etwa dort?" Geduld ist nicht Rajkos Stärke, obwohl er sie anderen ständig abverlangt.

„Ja. Ich musste was klären. Ich dachte, ich könnte was klären", murmelt Zaid in sein leeres Bier.

„Und?"

„Was und?"

„Ja, hast du was geklärt?"

„Ich hab die Nacht mit ihm verbracht."

Rajko spuckt ein paar Erdnüsse über den Tisch und schnappt nach Luft. Zaid klopft ihm auf den Rücken, bis er sich wieder gefangen hat. „Seid ihr jetzt etwa ein ... Paar?", japst Rajko atemlos hinter der Faust vor seinem Mund.

Zaid senkt den Kopf. „Nein. Ich hab es so richtig versaut." Wenn er ihn ausspricht, schmerzt der Satz noch mehr.

„Was, den Sex?" Rajkos Augen sind fast comicartig weit aufgerissen. Zaid will wirklich nicht wissen, was gerade in seinem Kopf vorgeht.

„Nein, du Idiot. Danach, ich ... Sascha hat mich quasi rausgeworfen und spricht nicht mehr mit mir." Er nimmt die leeren Biergläser und geht zur Bar. Als er mit zwei vollen zurückkommt, trommelt Rajko mit den Fingern auf die Tischplatte.

„Okay, Zaid. In folgender Reihenfolge: Als dein Freund tut es mir aufrichtig leid, also, was auch immer vorgefallen ist, und zweitens bin ich enttäuscht, dass du mir nichts erzählt hast. Hast du überhaupt mit jemandem geredet?"

„Tom", sagt Zaid kleinlaut.

„Gut. Nazdravlje", antwortet Rajko und hebt sein Glas. Zaid stößt seines dagegen und sie trinken einen Schluck. „Als dein Manager muss ich drittens sagen: Spinnst du eigentlich? Du kannst mir so was nicht verschweigen! Wenn das den Kampf beeinflusst ..." Rajko stockt kurz. „Warte, das wird den Kampf doch nicht beeinflussen?" Er fährt sich nervös durch seine dicken Locken. „Natürlich beeinflusst das den Kampf. Du hast mit deinem Gegner gevögelt, Zaid."

„Nicht so laut, Rajko. Reg dich ab", flüstert er und versucht, seinen Blick einzufangen. Rajko scheint eine dreispurige Autobahn im Kopf zu haben. „Es wird mich nicht beeinflussen, okay? Wir haben darüber gesprochen. Sascha will den Titel haben, ich will ihn behalten. Alles wie immer. Ich hab schon einmal gegen ihn geboxt, ich kann es wieder. Wir sind Profis", sagt Zaid und hofft, dass es wirklich stimmt.

„Ich hätte es merken können", murmelt Rajko kopfschüttelnd vor sich hin. „Spätestens, als du *Torn* gesummt hast, hätte ich es merken können." Dann schaut er Zaid unvermittelt an. „Willst du dich auch outen?"

„Nein."

„Das muss ich vorbereiten, Zaid." Rajko redet einfach weiter. „Es könnte gerade ein guter Zeitpunkt sein, aber, Mann, das wird –"

„Rajko, hör mir zu. Ich will mich nicht outen."

„Aber du hast mit 'nem Typen rumgemacht, Zaid", protestiert Rajko.

„Das heißt aber nicht automatisch, dass ich von heute auf morgen homosexuell bin. Tom glaubt, ich bin bisexuell und das stimmt wahrscheinlich, aber“, Zaid atmet schwer ein und krallt die Finger um sein Glas, „andere Männer interessieren mich nicht, zumindest bin ich mir da im Moment ziemlich sicher. Es ist Sascha. Es geht um *Sascha*. Ich bin in diesen Menschen verliebt.“ Er senkt den Blick auf seine Hände, auf die kleinen Narben, die seine Fingerknöchel überziehen, und denkt daran, wie Sascha jede einzelne davon geküsst hat. Und Zaid später seine.

„Oh, shit. Dich hat es wirklich erwischt“, sagt Rajko irgendwann und legt seine Hand auf Zaids Schulter. „Wie willst du mit einem gebrochenen Herzen gegen ihn kämpfen, Mann?“

„Saschas Stimmung ist sicher auch nicht die beste“, antwortet Zaid schulterzuckend, als würde das irgendwas besser machen. Aber im Grunde stimmt es, einen Vorteil hat sicher keiner von ihnen.

„Irgendein berühmter Schriftsteller hat mal gesagt …“ Rajko schließt die Augen und scheint in seinen Erinnerungen zu kramen. „Das Erste, was da sein muss, damit ein richtiger Boxer zustande kommt, ist das Herz.“ Er leert sein Bier und stellt das Glas ab. „Du wirst deins unter Kontrolle kriegen, Zaid? Oder?“ Rajko legt die Hand auf seine und drückt sie tröstlich. „Oder?“

Zaid nickt. Ja, ja, ja, klar, wird er. Aber hauptsächlich will er nur Rajko abwimmeln.

„Gut, Alter, ich bin für dich da, okay?“

Zaid leert sein Bier und versucht, eine Art Lächeln hinzukriegen, als er aufsteht und seine Jacke vom Stuhl

nimmt. Rajko zieht ihn zu sich runter und legt seine Bä-
renarme um Zaid.

„Und du zahlst übrigens“, flüstert er an Zaids Schulter. „Deinetwegen hab ich 'nen Fuffi verloren.“

# ZWANZIG

Ein paar Tage später – Zaid hat den Überblick über die Zeit verloren. Sie dehnt sich ins Endlose um die Trainingseinheiten und das immer dumpfere Gefühl in ihm – klingelt es an der Tür. Er verlässt die Couch widerwillig, drückt den Summer und öffnet sie. Es ist wahrscheinlich Tom mit etwas zum Essen oder seine Mutter, die sich Sorgen macht, weil er sich nicht meldet, oder Rajko mit irgendeiner fadenscheinigen Ausrede.

Er läuft zurück zur Couch, lässt sich darauf fallen und nimmt den Controller in die Hand und spielt weiter.

Als die Wohnungstür ins Schloss fällt, hebt er den Blick und da steht er.

Sascha.

Zaid fühlt sich in die Polster gedrückt von der Druckwelle, die Saschas plötzliche Präsenz durch seine Wohnung schickt.

„Hi. Ich dachte, ich muss mich nicht vorher ankündigen. Ist ja auch nicht so deine Art", sagt er und massiert seinen Nacken.

Zaid schaut ihn einfach nur an. Wie er dasteht in Jeans, Hoodie und Basecap. Wie eine Erscheinung. „Hi", sagt er zögerlich.

„Was spielst du gerade?", fragt Sascha und wirft einen Seitenblick auf den Flachbildschirm an der Wand.

„FIFA", krächzt Zaid. Was ist mit seiner Stimme los?

Sascha nickt und schaut ihn aufmerksam an, als würde er ihn scannen. Dann kommt er auf ihn zu und sagt: „Rutsch rüber und gib mir den anderen Controller."

Zaids Körper gehorcht und spult einen Automatismus ab, rutscht zur Seite, um Platz zu machen, greift den zweiten Controller vom Boden und legt ihn neben sich auf das Polster. Dann startet er ein neues Spiel und guckt Sascha an. Er fühlt sich, als hätte ihm jemand die Festplatte gelöscht und auf Werkseinstellungen zurückgesetzt.

„Wen spiel ich?" Sascha setzt sich mit einem schmallippigen Lächeln neben ihn.

Zaid müsste nur die Hand ausstrecken und könnte ihn berühren. Er schluckt. „Wen willst du spielen?", fragt er, immer noch krächzend.

„Egal." Sascha lächelt ihm aufmunternd zu.

„Dann Borussia Dortmund", stammelt Zaid. „Dann muss ich keine neue Mannschaft raussuchen. Die nimmt Tom immer." Was redet er da?

„Okay." Sascha zuckt mit den Schultern und greift den Controller. „Los geht's?"

Zaids Mund steht offen, als er nickt.

Sie fangen an zu spielen, aber eigentlich lässt Zaid seine Mannschaft nur über den digitalen Platz rennen. Er unternimmt nicht mal den Versuch, Saschas Spielern den Ball abzunehmen. Sascha kickt ihn in Zaids völlig ungeschütztes Tor.

„Ich hab ihn getroffen."

„Herzlichen Glückwunsch", antwortet Zaid tonlos und lässt seinen Torwart den Ball wieder einwerfen.

„Ich meine Tom. Deinen Freund. Er hat mir auf Instagram geschrieben und mich zum Konzert eingeladen, als er neulich in Frankfurt war." Sascha hat den Ball wieder und Zaid bringt seinen Torhüter in Position. Was fällt Tom eigentlich ein? „Wir haben im Anschluss ein bisschen geredet. Über dich. Über das, was passiert ist", sagt Sascha und schießt. Diesmal kann Zaid den Ball halten. „Es war gut", redet Sascha weiter. „Ich hab ein bisschen besser verstanden, wie es dir geht und ich dachte ... unsere letzte Begegnung war kein gutes Ende, Zaid. Ich hätte nicht einfach so abhauen sollen. Ich schulde dir eine Erklärung."

Ein gequältes kleines Lachen schüttelt Zaid. „Du schuldest mir überhaupt nichts", flüstert er und lässt seinen Torwart den Ball weit übers Feld kicken.

„Ich will dir aber gern erklären, warum ich so reagiert habe, wie ich reagiert habe. Damit du mich verstehst und wir Ruhe finden können."

Ich kann keine Ruhe ohne dich finden, denkt Zaid, aber er wagt nicht, das zu sagen. Er will nicht wieder was kaputt machen. Irgendetwas sagen, was er nicht halten kann.

„Als ich noch Fußball gespielt habe mit dreizehn, vierzehn hab ich mich in einen Jungen aus meinem Team verknallt. Aber ich hab natürlich meinen Mund nicht aufgekriegt und ihn stattdessen gemieden, weil ich jung und durcheinander war ... und Angst hatte. Ich hab dann schließlich aufgehört zu spielen und bin ganz zum Boxen gewechselt. Damals aus Feigheit, aber wie sich im Nachhinein herausgestellt hat, war es eine gute Entscheidung."

Zaid entfährt ein kleines Lachen. Das Leben nimmt komische Wege.

„Drei Jahre später hab ich Konstantin, so hieß er, zufällig wiedergetroffen und es ihm gebeichtet. Warum ich damals alle Brücken hinter mir abgebrochen habe und so weiter. Und, na ja, es stellte sich raus, dass er tatsächlich auf mich stand. Er hatte mittlerweile andere Freundeskreise, offenere, und war geoutet."

Zaid lässt Sascha sein drittes Tor verwandeln.

„Gib dir wenigstens ein bisschen Mühe", sagt der und nickt Richtung Bildschirm, aber Zaid legt den Controller auf dem Knie ab, um seine Aufmerksamkeit vollends Sascha zu schenken. Sascha lässt seine Figuren auf das ungeschützte Tor schießen, während er weiterredet. „Wir sind dann zusammengekommen, allerdings im Geheimen. Ich war nicht geoutet. Er wünschte sich das aber relativ bald. Er wollte Händchen mit mir halten und mich küssen, wenn ich Kämpfe gewonnen hatte. Einfach nur ganz normal mein Freund sein eben. Ich konnte das nicht. Einmal hab ich ihn sogar daran gehindert, mir in die Arme zu fallen, nachdem ich die Juniorenmeisterschaft gewonnen hatte. Ich hatte Angst davor, was die anderen Boxer sagen, mein Trainer sagt, meine Eltern, alle, die ganze Welt. Ich hab ihn gebeten, mir noch Zeit zu lassen, und er hat eingewilligt. Aber ich habe nichts unternommen, es einfach so weiterlaufen lassen und er ist immer unglücklicher geworden. Mehr als ein Jahr lang hat er gewartet und ich ... hab ihn warten lassen, bis sein Herz irgendwann einfach still gebrochen ist. Er hat mich verlassen, um noch irgendwie heil aus der Sache rauszukommen, und ich ... ich war ..." Sascha legt den Controller neben sich.

„Scheiße, ich war irgendwie erleichtert, dass ich mich nicht mehr entscheiden musste. Mich nicht trauen musste." Er legt den Kopf auf die Sofalehne und schließt die Augen. „Du hast keine Ahnung, wie sehr ich mich immer noch dafür schäme, dass ich ihn versteckt habe und hoffen ließ. Ich will mir gar nicht vorstellen, wie er sich dabei gefühlt haben muss. Aber ich glaub, ich hab langsam eine Ahnung davon. Ich weiß, Zaid, du brauchst Zeit, um herauszufinden, was das für dich ist mit mir, wenn es überhaupt irgendwas ist. Aber ich kann *nicht* derjenige sein, der Geduld hat. Ich kann das nicht. Ich will diese ganzen normalen Dinge tun: Mich sorglos verlieben, draußen Händchen halten, sogar bescheuerte Knutschselfies posten. Ich kann das nicht mehr verstecken, ich kann *mich* nicht mehr verstecken. Ich würde den Respekt vor mir verlieren und vor dir auch."

Zaid nickt und der Controller rutscht von seinem Knie auf den Boden. „Verstehe", sagt er leise, denn er versteht wirklich. „Danke, dass du hergekommen bist und mir das ... erzählt hast."

„Ich denke, ich war es dir schuldig."

„Du bist mir überhaupt nichts schuldig, Sascha", antwortet Zaid durch den Kloß in seinem Hals.

„Aber du, Zaid El Sabah", Sascha setzt sich auf der Couch auf, „du schuldest mir ein richtiges Spiel." Er fischt den Controller vom Boden und reicht ihn rüber, ohne ihn anzuschauen. „Na los, streng dich gefälligst ein bisschen an."

***

Sascha zieht ihn richtig ab. Zaid liegt 1:3 zurück und schimpft wie ein Rohrspatz. Wenn es ums Verlieren geht, hat er überhaupt kein Problem damit, seine Gefühle zu äußern, und deswegen reißt er Sascha jetzt den Controller aus der Hand, bevor er das 1:4 verwandeln kann.

Der lacht ihn aus und schubst ihn so, dass er seitlich auf die Couch fällt und liegenbleibt. „Ich muss jetzt wieder gehen", sagt Sascha nach ein paar Sekunden Stille und will sich aufrappeln, aber Zaid stößt ihn im Scherz wieder zurück: einmal, zweimal, dreimal, bis es kein Spaß mehr ist. Er will nicht, dass er geht. Nicht, nachdem sie ausgelassen wie Teenager gezockt und sich dabei ausführlich beleidigt haben. Kleine Beleidigungen waren schon immer Zaids Love Language. Er will so sehr, dass Sascha bleibt. Er fühlt sich so leicht in seiner Gegenwart.

„Zaid. Ich muss den letzten Zug nehmen und morgen früh weitertrainieren", protestiert Sascha halb genervt, halb amüsiert. „Es hat schon wieder niemand gesehen, dass ich dich gerade besiegt habe. Das werde ich dringend ändern müssen."

„Du bist echt ein Streber, Mann." Zaid rollt mit den Augen und grinst ihn schief an. „Perfekter Mistkerl."

„Hey, ich weiß nur genau, was ich will und das hole ich mir auch", verteidigt sich Sascha eine Spur schärfer.

Zaid will ihn zurück auf die Couch schubsen, aber er schnappt blitzschnell Zaids Handgelenk in der Luft und schließt seine Finger fest darum. Zaid ist überrascht. Sein Blick fällt erst auf sein Handgelenk und dann auf Saschas Lippen. Er leckt sich aus Impuls über die eigenen und Sascha sieht wie hypnotisiert zu. Sie fixieren sich mit den Augen und dann treffen sie sich auf halbem Weg. Münder und Zungen und klackende Zähne und kein einziger Gedanke außer mehr, dichter, tiefer.

Zaid klettert über ihn und streckt Sascha auf den Polstern aus. Er küsst sich den Weg über seinen Kiefer, seinen Hals und schiebt Saschas T-Shirt höher, um mehr Haut zu finden, über die er seine Lippen wandern lassen kann. Als er bei seinem Sixpack ankommt, überprüft er sorgfältig mit der Zunge, ob die Rillen zwischen den Muskelsträngen überall gleich tief sind. Sascha räkelt sich auf der Couch unter ihm und stößt diese wunderschönen Seufzer aus, die in Zaids Ohren träufeln wie ... Noten. Fuck, er muss dringend aufhören, dieses Zeug zu denken, sonst rutscht es ihm noch raus. Er küsst die Linie der Haare unter dem Bauchnabel entlang, um noch mehr von diesen Seufzern aus ihm rauszulocken. Viel mehr.

„Zaid, *Zaid*." Saschas Ton klingt plötzlich verändert.

„Was hast du?", raunt er und schaut von den Knöpfen der Jeans auf, die er gerade versucht, mit den Zähnen zu öffnen. Die Falte zwischen Saschas Augenbrauen ist tief und der Blick darunter ... Zaid richtet sich auf ihm auf und gräbt die Finger in den Bund der Jeans. Nein! Nicht gehen!

Aber Sascha schüttelt den Kopf und pflückt seine Hände wieder heraus. „Ich hatte kurz vergessen, weswegen ich hier bin." Er windet sich unter Zaids Beinen hervor und steht von der Couch auf. „Ich habe gesagt, was ich sagen wollte und ... ich muss jetzt wirklich gehen." Er schüttelt leicht den Kopf.

„Bleib noch", bittet Zaid, auf der Couch kniend, aber Sascha zieht seine Hose zurecht und schiebt sein T-Shirt runter.

„Ich bin froh, dass wir geredet haben." Er schaut in Zaids Augen. „Und dass du mich verstehen kannst."

„Aber –"

„Ich würde dich nur zu Dingen drängen, die du weder willst noch kannst."

Zaid überlegt, was er meint. Sex? Oder ...

„Du weißt, was ich damit meine", sagt Sascha.

Ja, er weiß es und nickt.

„Lass es dir gut gehen, Zaid." Er dreht sich um und geht.

***

Zaids Herz rast in dem Wissen, dass er gerade sein Leben ruiniert hat. Dass er ... fuck ... Vielleicht kommt er ins Gefängnis und seine Eltern werden ihn nie besuchen. Er will schreien, kriegt aber keinen Ton raus und reißt die Augen auf.

„Inshallah", flüstert er, als er den dunklen Raum um sich wahrnimmt. Er liegt in seinem Bett. Zu Hause.

Es war nur ein Traum. Ein quälend realistischer Albtraum.

Er ist schweißgebadet und wirft die tonnenschwere Decke zur Seite, versucht, langsam und tief ins Zwerchfell zu atmen, damit die Panik in ihm abebben kann. Er hält die Augen weit geöffnet, damit die Bilder aus dem Traum verschwinden, die Bilder, die sein Unterbewusstsein hochgespült und in sein wehrloses Bewusstsein gedrückt hat.

Farhats Club, der irgendwie anders aussah, die Wände waren plötzlich alle rot gestrichen, so knallig, dass Zaids Augen brannten. Und diese Typen, die über ihn lachten, ihn herumstießen und ohrfeigten. Zaid war nackt. Er hatte das Gefühl, Sascha war auch irgendwo dort, aber er konnte ihn nirgends entdecken. Er hatte keine Ahnung, warum er eigentlich nackt war, und versuchte trotzdem, seine Hände in die nicht vorhandenen Hosentaschen zu graben. Aber es tauchten immer mehr von den Typen auf. Zaid fragte sich absurderweise, wo die alle herkommen konnten.

Und dann kickte die Wut rein. Er schlug zurück, um sich zu wehren, aber die Knochen der Typen knackten wie Streichhölzer unter seinen geballten Knöcheln. Viel zu schnell, viel zu leicht. Wie kann das sein?, fragte er sich, während er um sich schlug, unter sich schlug, über sich schlug. Aber er konnte nicht aufhören. Er konnte einfach nicht mehr aufhören.

„Notwehrexzess. Das war ein Notwehrexzess“, flüstert Zaid zur Beruhigung in die Stille des Raumes. Immer wieder, bis er schließlich aufstehen kann und einen Liter Wasser trinkt, auf dem Küchenfußboden kauernd.

# EINUNDZWANZIG

„Saschas Manager will … Gott, der Typ geht mir so auf die Ketten mit seinem schnieken Managementgequatsche. Er sagt immer so Dinge wie: ‚Der Informationsflow zwischen uns muss smoother werden‘ oder ‚Ich betrachte das nicht als Konflikt, sondern als Herausforderung an unsere Kommunikation‘. Und er siezt mich. Wie ich ihn hasse, Zaid. Der kriegt bald ’nen echten Konflikt mit mir, wenn er nicht –“

„Rajko!“, ruft Zaid ins Telefon. „Was will Saschas Manager?“

„Ach so, ja, sorry“, meint er und scheint seinen Faden zu suchen. „Kein öffentliches Wiegen und Face-off diesmal. Ihr werdet einfach vorher in der Halle gewogen. Jeder für sich.“

„Okay“, sagt Zaid und fühlt sich ebenso erleichtert wie verletzt. Er hätte Sascha gern vor dem Kampf gesehen, einen Eindruck von ihm bekommen. Er sehnt sich so. Die Stille zwischen ihnen ist unerträglich. Ständig fragt er sich, was er gerade macht, wie es ihm geht, was er denkt. Und gleichzeitig wäre es vermutlich die Hölle gewesen, ihm wieder so dicht gegenüberzustehen und unweigerlich an den ersten Kuss denken zu müssen. Und alle anderen danach.

„Aber er hat recht", gibt Rajko widerwillig zu. „Ist auch nicht notwendig. Der Kampf hat ohnehin genügend Aufmerksamkeit. Wir brauchen die gar nicht mehr anzuheizen."

„Klar", murmelt Zaid abwesend. Es war mit Sicherheit Saschas Wunsch, nicht der seines Managers. Er wird ihm alles erzählt haben. Sie sind sich ähnlich nah wie Rajko und er. Sascha will ihm offensichtlich aus dem Weg gehen, diesen Moment auf keinen Fall wiederholen. Zaid wäre durch diese Hölle gegangen, einfach nur, um vor dem Kampf einen Blick auf ihn werfen zu können.

„Zaid? Hörst du zu? Wie es dir geht, hab ich gefragt?", hört er Rajko in der Leitung.

„Ähm, gut, ja, ich bin in guter Form."

„Und dein Herz?"

„Sag ich doch, ich bin in guter Form. Kein Grund zur Sorge."

„Manni sagt, du sprichst kaum."

„Als wär ich jemals 'ne Quatschtüte gewesen, Rajko."

„Ja, gut, aber noch weniger als sonst, sagt er."

„Noch was?"

„Nee, das war's, was ich fragen wollte."

„Und ich hab geantwortet."

„Na ja."

„Tschüss, Rajko."

„Bis später, Zaid."

***

Zaid wartet, bis das Telefon aufhört zu klingeln und dann noch eine weitere Minute, bis die Sprachnachricht seiner Mutter auf dem Display erscheint. Dann spielt er sie ab.

„Roohy, danke für die Zugtickets und das Hotel in Frankfurt, aber du hättest dich nicht darum kümmern müssen, wir können das schon alleine. Also, *ich* kann das alleine, dein Vater würde das nicht hinkriegen.“ Sie lacht und dann wird ihre Stimme plötzlich ernst. „Du bist so still, Roohy. Hast du Liebeskummer?“

Zaid zuckt zusammen. Wie kann sie das wissen?

„Jessy ist wirklich ein nettes Mädchen, aber irgendwie passt ihr nicht zueinander.“

Ach ja, er hat auch die Trennung wieder vergessen.

„Du hast sie nicht angeschaut, als hätte sie den Mond persönlich für dich aufgehängt ...“

Zaid atmet gegen die Tränen an, die in ihm aufsteigen. Meine Güte, wie viel kann man denn heulen?, denkt er. Er hat erst vorhin während der Massage wieder ins Handtuch geweint.

„Aber dass wir es wieder von deiner Schwester erfahren mussten, war nicht so schön für uns ... Sie hat es auf Instagram gesehen.“ Sie macht eine kurze Pause. „Dein Vater lässt übrigens fragen, ob du noch einmal bei uns vorbeikommst, bevor du nach Frankfurt fährst. Wir würden dich gern sehen. Und er möchte wirklich mit dir reden. Er ist unglücklich wegen eures Streits. Gib ihm eine Chance. Er hat dich lieb und ich dich auch, Roohy. Bestimmt trainierst du gerade. Meldest du dich?“

Er überlegt einen Moment, bevor er tippt:

*Danke für die Nachricht, Mama. Ich versuch es, aber vielleicht schaffe ich es erst nach dem Kampf. Tut mir leid, viel um die Ohren. Aber kein Liebeskummer wegen Jessy. Du hattest wie immer recht. Bin ziemlich auf den Kampf konzentriert. Ich freue mich, dass ihr kommt. Bin im selben Hotel. Kuss.*

Dann schaltet er den Ton des Fernsehers wieder laut.

***

„Einmal Eintritt", sagt Zaid und reicht dem gepiercten Typen am Einlass einen Zwanziger.

„Der gehört zu mir!", hört er Tom rufen, der gerade aus den Tiefen des Clubs kommt und auf Zaid zusteuert. „Steht auf der Gästeliste: El Sabah." Er nimmt ihn in die Arme. „Du zahlst auf keinen Fall, wenn ich spiele", sagt er und drückt ihn fest an sich. „Ich komm ja auch umsonst in deine scheißteuren Kämpfe rein."

Zaid schiebt ihm den Zwanni heimlich in die Jackentasche. Tom muss mal lernen, Geld zu verdienen, sonst muss er ihn noch im Altersheim aushalten.

„Schön, dass du mal aus deinem Bat Cave rausgekommen bist, Batman. Wir gehen noch kurz in den Backstage, okay? Da gibt's was zu essen und Bier umsonst." Er hakt sich bei Zaid unter und zieht ihn mit.

„Geht nur noch Wasser bis zum Kampf. Wenn ich jetzt ein Bier trinke, fang ich an, mich zu besaufen." Er ist eigentlich nur hier, weil er Tom nichts abschlagen kann. Schon gar nicht, wenn er mit seiner eigenen Band spielt und nicht für irgendwelche Pop Acts trommelt. Das wird zwar heute höllisch laut werden, aber die Aussicht auf ohrenbetäubenden Stoner Rock gefällt Zaid ein bisschen. Es wird ihm hoffentlich nicht nur den Kopf, sondern auch das Herz wegblasen. „Ich bin nur hier, damit du mit mir nach Frankfurt kommst“, sagt er, als er sich auf die Couch im Backstage fallen lässt.

„Das wäre ich sowieso, Zaid.“

Tom reicht ihm ein Wasser und einen Teller mit Sandwiches. „Ich lass dich da auf keinen Fall alleine hin.“

„Okay, dann kann ich ja jetzt wieder gehen.“

„Überspann den Bogen nicht, Alter.“ Tom grinst ihn an. „Du bleibst schön hier, trinkst dein Wasser und nachher erwarte ich ein umfassendes Feedback zu den neuen Songs. Ich bin ein Künstler, ich muss ernst genommen werden.“

„Sonst was?“, fragt Zaid.

„Sonst geh ich ein wie eine Primel.“

„Du weißt nicht einmal, wie eine Primel aussieht.“

„Eine Primel weiß auch nicht, wie sie aussieht“, sinniert Tom und Zaid nickt zustimmend.

Er muss grinsen. Das erste Mal seit x Tagen. „Ein guter Satz für ein Tattoo“, sagt er. „Wir bräuchten mal wieder ein neues Freundschaftstattoo, denkst du nicht?“

„Nee, danke“, sagt Tom und beißt in ein Sandwich. „Das *Leck mich* auf meinem Hintern reicht mir völlig aus“, nuschelt er kauend.

„Wir müssen die dringend überstechen lassen“, antwortet Zaid und ist gedanklich wieder in Frankfurt, in dem Ring und dem Bett, in dem er das letzte Mal glücklich war. „Ich hoffe, es wird laut heute.“

„Darauf kannst du wetten.“

***

Und laut wird es, denn über den Lärm der Musik brüllt jetzt auch noch Jessy in Zaids Ohr. Rajko hat sie mitgebracht, aber es stellte sich sehr schnell heraus, dass Toms Band nicht exakt ihren Geschmack trifft. Sie hörte nur ein paar Takte lang zu, blickte skeptisch in Richtung der Hölle, die auf der Bühne losbrach, und schnappte sich dann Zaid als Gesprächspartner. Niemand will ernsthaft ein Gespräch führen während eines Metalkonzerts, aber er hatte offenbar nichts in der Sache zu melden.

„Meine Mutter bedauert unsere Trennung!", brüllt Zaid zurück. Er hat bisher kein Wort aus Jessys Mund verstanden, aber irgendwann muss er ja auch mal was sagen.

„Lügner!" Sie lacht und lässt ihren Weißwein gegen sein Wasserglas klacken. In so einem Laden Weißwein zu trinken ist mutig, denkt Zaid. Die Flasche steht hier wahrscheinlich schon seit Jahren.

Jessy scheint das auch in diesem Moment zu bemerken, denn sie spuckt ihren ersten Schluck direkt wieder ins Glas und verzieht angewidert das Gesicht. „Bäh, das schmeckt ja wie ... wie ..."

„Frostschutzmittel?", hilft Zaid aus.

Sie schaut ihn verständnislos an. „Was hat deine Mutter wirklich über mich gesagt?", schreit sie, während sie sich über den Tresen beugt und doch ein Bier bestellt.

„Dass du ein sehr nettes Mädchen bist, aber ich dich nicht angeschaut habe, als hättest du ... na ja, so wie Rajko dich gerade anschaut."

Zaid sieht ihn ein paar Meter weiter stehen, die Augen abwechselnd auf die Bühne und Jessy gerichtet. Er liebt diesen Ausdruck auf Rajkos Gesicht. Das dämliche Grinsen steht ihm ausgezeichnet. Jessy wird rot und nimmt ihr Bier strahlend entgegen, aber sie sieht aus, als hätte sie es sich lieber verkniffen.

„Ist okay, du darfst ruhig glücklich sein in meiner Gegenwart!", brüllt Zaid in ihr Ohr. „Ich nehme an, Rajko hat dir alles erzählt?"

Die Musik wird plötzlich leiser und die einzige Ballade, die Tom jemals aus freien Stücken geschrieben hat, beginnt.

Jessy nickt. „Hat er, ja. Diesmal versuchen wir, volle Transparenz in der Beziehung zu praktizieren", sagt sie und nippt an ihrem Bier.

„Ich glaube, ihr verwechselt da was", grummelt Zaid. „Transparenz bedeutet, dass ihr euch nichts verschweigt, was euch angeht. Nicht, was andere betrifft. Das ist Tratschen."

„*Du* solltest beruhigt sein, Zaid. Das ist vermutlich das einzige Geheimnis, das ich jemals über dich erfahren werde. Du redest ja nicht über –"

„Ich verzeihe euch übrigens nie, dass ihr auf mein Liebesleben gewettet habt", platzt Zaid dazwischen und zieht eine Schnute.

„Du kennst doch Rajko. Er wettet gern. Und ich habe nur mitgemacht, weil ich wusste, dass ich gewinne." Jessy schaut Zaid abwartend an und er wird aufmerksam. „Deine Mutter ist eine ziemlich kluge Frau. Weißt du, was sie zu mir gesagt hat, als wir in der Küche waren, bevor ... Na du erinnerst dich."

Zaid zuckt mit den Schultern. Es tut ihm immer noch leid, dass Jessy seinen Streit mit Nadim mitbekommen musste.

„Sie sagte so etwas Ähnliches wie: Zaid trägt sein Herz nicht auf der Zunge, aber er ist trotzdem leicht zu lesen. Du erkennst seine Gefühle immer an der Art und Weise, wie er für dich sorgt und sich um dich sorgt. Wenn er dich das erste Mal vor jemandem richtig in Schutz nimmt, dann weißt du genau, wie sehr er dich liebt. Und tja, Zaid, wie soll ich es sagen? Dann sind wir wieder ins Wohnzimmer gegangen. Ich denke, das war der Punkt, an dem auch deine Mutter was geahnt hat.“

Zaid schluckt. Er ist wirklich leicht zu lesen.

„Du bist unsterblich in Sascha verliebt“, sagt sie und zuckt mit den Schultern. „Ganz einfach. Daran ist gar nichts kompliziert. Das ist ein Geschenk. Jetzt musst du nur noch lernen, es anzunehmen. Und dass es scheiß-egal ist, was irgendwer anderes denkt. Steh darüber.“

„So einfach ist das nicht, Jessy.“ Zaid holt Luft, er fühlt sich in die Ecke gedrängt. „Jemanden in Schutz zu nehmen bedeutet manchmal auch, ihn vor dir selbst zu schützen ... vor deinen Gefühlen. Ich bin nicht stark genug für das Ganze ... Und das hat Sascha nicht verdient.“

Jessy stellt ihr Bierglas ab und seufzt. „Warte, Zaid. Nur damit ich das verstehe. Was genau hat er nicht verdient? Jemanden, der so heiß aussieht wie du und noch heißer wird, wenn er den Mund aufmacht? Oder das unverschämte Glück? Die stundenlangen Gespräche übers Boxen, die ihr sicher führen könnt? Ist es dein ganzes Verständnis oder vielleicht der bewusstseinserweiternde Sex? Stell ich mir jedenfalls vor, wenn ich an euch beide im Bett denke."

„Du stellst dir die beiden im Bett vor?", fragt Rajko empört. Er ist anscheinend irgendwann in ihrem Gespräch aufgetaucht, ohne dass Zaid es merkte.

„Du etwa nicht?", kontert Jessy mit einer Selbstverständlichkeit in der Stimme, die Zaid irritiert.

Rajko hebt die Hände wie zur Verteidigung. „Einmal, okay. Ein einziges Mal. Als dieses Love-Is-a-Battlefield-Video rausgekommen ist. Aber zeig mir denjenigen, der da nicht dran gedacht hat."

Zaid wird schlecht. „Gut zu wissen, dass ihr es mit der Transparenz so genau nehmt", zischt er, „aber ich bin anwesend, Leute".

„Wie auch immer", sagt Jessy und blickt ihm in die Augen. „Mir fällt wirklich ums Verrecken nichts ein, was er an dir nicht verdient haben könnte. Abgesehen von den Fehlern und Ängsten, die jeder mitbringt und die man zusammen überwinden kann. Na ja, und der Tatsache, dass du manchmal ein schlecht gelauntes, grummeliges Biest bist, aber das hat er sicher schon mitbekommen."

Zaid öffnet empört den Mund, um etwas zu sagen, aber er entscheidet sich im letzten Augenblick dagegen. Sie hat mitten in das Wespennest gestochen, das aus seinem Magen geworden ist. Er würde jetzt nur nach ihr schnappen und das ist nicht fair. „Kommst du eigentlich mit zum Kampf?", fragt er stattdessen und leert sein Wasser.

Jessy ist wirklich überrascht. „Wenn ... wenn ... das okay für dich ist, würde ich gerne."

„Ja, ich denke, ich möchte dich dabeihaben“, erwidert
Zaid nickend. Sie mustert ihn immer noch ungläubig.
„Ich meine, schließlich sind wir Ex-Partner. Und eine
Viertelstunde Gespräch mit dir direkt vor dem Kampf
bringt mich wahrscheinlich exakt auf das gesunde Ag-
gressionslevel, das ich brauche.“

Jessy lacht. „Jederzeit, Zaid.“

Er legt die Hand auf ihre Schulter. „Im Ernst, Jessy.
Ich würde mich freuen. Es kann nie schaden, gleich
*zwei* verdammt kluge Frauen dabeizuhaben. Meine
Mutter kommt auch.“

„Bin ich jetzt in deinem Team?“, fragt sie grinsend und
versucht, Zaid zu umarmen, aber er weicht ihr blitzschnell und beiläufig aus. Seine bis zur Präzision trai-
nierten Reflexe sind manchmal ein Fluch.

# ZWEIUNDZWANZIG

Zaid wartet auf das Auto. Sie müssen jeden Moment kommen, um ihn abzuholen. Er hat es nicht mehr in seiner Wohnung ausgehalten und sitzt stattdessen mit seinem Rucksack auf der Haustürschwelle bereit. Der Rest müsste im Wagen sein. Er hat nur ein paar Wechselsachen dabei, sonst nichts. Leichtes Gepäck. Alles andere an ihm fühlt sich schwer an. Am schwersten ist sein Herz.

Er erinnert sich plötzlich an einen Klassenausflug, keine Ahnung, wie alt er war. Zwölf? Sie waren im ägyptischen Museum und es war sterbenslangweilig. Alle schleppten sich genervt durch die Gänge und dann kamen sie zur Statue einer Göttin. Oder war es ein Gott? Zaid hat den Namen vergessen. Die Figur war schwarz und schmal, sehr androgyn, fast wie ein Mann, nur mit diesen kleinen, runden Brüsten daran, die Zaid irgendwie *wach* werden ließen. Klar, zeig einem pubertierenden Menschen Brüste und er erwacht. Sie oder er saß jedenfalls sehr aufrecht auf einem Thron, war bis auf eine Art Röckchen nackt, hielt eine Waage in der Hand und hatte den Kopf einer Katze oder eines Schakals. Irgend so etwas. Spielt keine Rolle, sie oder er war jedenfalls ein großes Tier im ägyptischen Totengericht. Ab dem Moment, an dem er die Statue sah, hatte Zaids

Kopf begonnen, jedes Wort des Museumsführers zu registrieren. Alle Sterbenden mussten vor sie oder ihn, also diese Katze in Menschengestalt, treten, um das Herz wiegen zu lassen. Es kam in die eine Schale der Waage und in die andere legte sie oder er eine Feder. Leichter als diese Feder musste das Herz sein, damit man an ihr vorbei ins Jenseits gehen und dort weiterleben konnte. War es schwerer, wurde man von einem Krokodil gefressen.

Zaid ist sich sicher, dass er gerade eine richtig gute Krokodilsmahlzeit abgeben würde. Vielleicht sollten sie ihn ja morgen nach diesen Kriterien wiegen, dann kommt er auf jeden Fall über die Mittelgewichtsgrenze.

„Was machst du auf der Stufe, Herzchen?", fragt Frau Fuchs, als sie aus der Haustür tritt und ihn dort vorfindet.

Zaid springt hoch und hält sie für sie auf. „Ach, ich warte hier nur auf mein Team. Muss heute nach Frankfurt. Morgen ist der Wiederholungskampf."

„Ach ja." Sie tritt hinaus auf den Gehweg und Zaid lässt die Tür ins Schloss fallen. „Warum hier draußen?"

„Ich hab es oben in der Wohnung nicht mehr ausgehalten", gibt er zu.

„Angst?", fragt sie mitfühlend.

„Boxer haben keine Angst, Frau Fuchs. Zumindest würden wir es niemals zugeben. Wir nennen das –"

„Menschen aber schon", unterbricht sie ihn trocken und Zaid ist überrascht von dem Lachen, das ihm entweicht.

„Richtig." Er streicht sich das Haar aus der Stirn. „Und ja … ich hab Angst. Aber nicht vor dem Boxer mir gegenüber, sondern vor dem Menschen dahinter."

„Warum?"

„Weil ich … Fuck … Mist, Verzeihung, Frau Fuchs. Weil ich ihn nicht aus meinem Herzen bekomme. Und weil ich … sein Herz will." Zaid denkt an Joe Frazier, den alten Spinner.

Sie nickt und scheint eine Weile zu überlegen. „Ja, so was kann einem Angst machen. Ist es, weil er auch ein Junge ist?"

Zaid grinst über ihre Wortwahl. *Ein Junge.*

„Ja, deswegen auch. Aber es klingt irgendwie süß, wenn Sie das so sagen. Überhaupt nicht dramatisch."

„Zu meinen Zeiten war es das noch."

„In meiner Welt ist es das immer noch", antwortet Zaid bitter.

„Ach, Junge." Sie hebt den Arm und legt ihre zitternde Hand an seine Wange. „Weiß er denn, wie du fühlst?"

Zaid schließt die Augen und lehnt sich ein Stückchen in die Berührung. „Nicht so genau", flüstert er. „Ich bin außerhalb des Rings ein ziemlicher Feigling, müssen Sie wissen."

„Das glaub ich nicht, Zaid. Aber weißt du, wenn man so alt ist wie ich –"

„Sie sind doch nicht alt, Frau Fuchs", flüstert er und sie kichert.

„Danke, Junge, aber darauf wollte ich nicht hinaus. Wenn man wie ich mit einem Fuß im Grab steht …" Zaid macht einen missbilligenden Laut, aber sie duldet keinen Widerspruch. „… dann denkt man immer öfter über all die Chancen nach, die aus Angst verpasst werden. Wie viel Liebe zum Beispiel aus Angst verschwendet wird. Menschen wollen sich schützen und hauen ab, weil sie fürchten, dass ihr Herz brechen könnte oder davor, sich das Leben schwerer zu machen für etwas, das sie sich eigentlich wirklich wünschen. Willst du so jemand sein?"

„Frau Fuchs", stöhnt Zaid auf. „Sie können doch nicht mitten auf der Straße solche Weisheiten auspacken."

„Und wie ich das kann, Herzchen. Irgendeinen Spaß muss man im Alter doch haben", sagt sie und hinter ihnen hupt es.

Zaid dreht sich um. Klar, denkt er. Rajko hat natürlich den protzigsten aller verfügbaren Vans beim Autoverleih ausgesucht.

***

Die Stimmung im Auto ist fast ausgelassen. Tom und Jessy mischen seine übliche Reisegruppe ordentlich auf. Zaid hätte gerne auch noch Frau Fuchs mitgenommen, aber sie hatte Dinge einzuwenden und entführen wollte er sie dann doch nicht.

Rajko fährt, Manni sitzt auf dem Beifahrersitz. Zaid ist zwischen Tom und Jessy eingequetscht und Sergej schläft auf der hintersten Bank. Manni macht gerade irgendeinen Witz über Saschas berüchtigten Aufwärtshaken, als Tom durch den Van ruft: „Hat Zaid erzählt, dass er heimlich Tanzstunden nimmt, um seine Fußtechnik zu verbessern?"

„Was?", fragen gleichzeitig alle außer ihm.

Mann, Tom, flucht Zaid innerlich und der murmelt ein *Shit*.

Manni dreht sich auf dem Beifahrersitz um und mustert Zaid. „Warum erfahre ich das erst jetzt?"

Fuck.

„Ist nicht so wichtig, Manni. Ich bin trotzdem schneller." Zaid hofft, dass das Thema damit erledigt ist. Der ganze Van schweigt. Aber für Manni ist es offenbar alles andere als erledigt.

„Woher weißt du das überhaupt?" Der Blick, den er Zaid sendet, macht deutlich, wie übergangen er sich fühlt.

„Instagram?", nuschelt Zaid, weil er weiß, dass Manni noch nie auf Instagram war. Er schämt sich für die Notlüge.

„Instagram", wiederholt Manni skeptisch und mustert ihn. „Ich bin nicht blöd, Junge. Ich weiß zwar nicht genau, was das ist, aber ich weiß, dass es das Gegenteil von *heimlich* ist. Niemand plaudert seine Taktik da aus. Schon gar nicht Tanzunterricht."

Tom starrt angestrengt aus dem Fenster, Rajko mustert Zaid durch den Rückspiegel, Jessy räuspert sich und Sergej schnarcht auf der Rückbank. Zum Glück.

„Okay, Manni, sei mir nicht böse. Ich hab dich angelogen. Ich war in Frankfurt und hab es zufällig gesehen." Zaid schaut ihn flehentlich an. Er braucht Manni wie sein Rückgrat. Er darf jetzt nicht sauer auf ihn werden.

„Spionierst du ihm etwa nach?"

„Nein, ich wollte nur mit ihm reden und hab es zufällig gesehen."

„Warum wolltest du mit ihm reden, Zaid? Was verschweigst du mir?" Manni sieht enttäuscht aus. Zaid kann ihm kaum in die Augen schauen, weil er ahnt, was ihm gerade durch den Kopf geht. „Sag mir, dass es nichts Illegales ist."

Er denkt, dass Zaid geheime Absprachen getroffen hat, dass der Kampf manipuliert ist und einer von beiden vielleicht gezielt verlieren wird, gegen eine großzügige Beteiligung an den Wettausschüttungen. Eine Pest, die sich noch immer durch den Boxsport zieht.

„Es hatte nichts mit dem Kampf zu tun, wirklich. Es war rein privat", erwidert Zaid und betet, dass er ihm glaubt. Aber Mannis Knopfaugen verengen sich zu Schlitzen.

„Jetzt sag es schon, du machst es nur schlimmer", flüstert Jessy neben ihm und in Zaid brennt eine Sicherung durch.

„Danke, das weiß ich!", schreit er. „Ich mache anscheinend alles immer nur schlimmer." Er wirft die Hände in die Luft und dann gibt er auf, lässt sie in den Schoß sinken und atmet tief durch. „Ich hab mich in ihn verknallt, Manni, ziemlich heftig."

„In wen?", kommt es verschlafen von der Rückbank, aber niemand antwortet Sergej.

„Es stimmt also", murmelt Manni, den verdutzten Blick auf Zaid gerichtet. Dann schlägt er die Hand gegen seine Stirn. „Na klar, es passt wie Arsch auf Eimer. Du warst noch stiller als sonst und deine Launen waren noch undurchsichtiger. Und Karl-Heinz sagt, du hast während der Physio geweint. Dabei boxt du momentan so gut wie noch nie. Es ist Liebeskummer."

Zaid streicht sich mit den Händen übers Gesicht. Offenbar wussten es irgendwie alle. Mit Ausnahme von Sergej.

„Vielleicht halten wir mal kurz an 'ner Raststätte an und trinken 'nen Kaffee", sagt der von der Rückbank.

„Dachte ich auch gerade!“, ruft Rajko hinter dem Steuer.

Zwanzig Minuten später trinken sie einen McDonald's-Kaffee an der Autobahnraststätte. Zaid hätte sich einen anderen Rahmen gewünscht, um Manni alles zu beichten. Also das Nötigste jedenfalls, keine Details.

„Hm“, sagt er nachdenklich, als Zaid fertig ist. „Weißt du, Zaid, ich trainiere seit fünfunddreißig Jahren Boxer. Die waren alle zwischen fünfzehn und, wenn es hochkommt, Ende dreißig. Irgendeiner davon hatte immer Liebeskummer und war nicht in Form. Und Liebeskummer ist ein hartes Geschäft. Er nimmt dir entweder den Mut oder macht dich aggressiv. Beides sind keine guten Berater beim Boxen. Und weißt du, was ich oft zu den Jungs gesagt habe?“ Manni schaut ihn abwartend an und Zaid schüttelt den Kopf. „Ich hab immer gesagt: Gut, dass es hier bei uns keine Mädchen gibt und dass die ganze Liebe hier bei uns im Ring nix zu suchen hat. Und deswegen hab ich keine Ahnung, was ich jetzt zu dir sagen soll. Denn es *ist* im Ring und es gibt keinen Weg dran vorbei. Es war immer so leicht ...“ Manni blickt gedankenverloren vor sich hin. „Aber jetzt, wo ich darüber nachdenke, bin ich mir nicht mehr so sicher, ob das stimmt. Ich glaube, ein paar von den Jungs waren vielleicht auch ineinander verschossen, aber das hätte keiner zugegeben. Andere Zeiten.“ Manni schwenkt die Kaffeetasse in der Hand.

Der ganze Schaum darin ist ihm zu viel, denkt Zaid, während er ihn beobachtet. Es ist kein ordentlicher schwarzer Filterkaffee.

„Okay, Zaid …", sagt er nach einer Weile. „Vielleicht werde ich langsam alt und milde, aber ich sag dir eins: Du bist immer noch mein absoluter Lieblingsboxer und …" Manni atmet tief durch. „Wir können den Kampf noch absagen. Darauf kommt es jetzt nicht an. Du bist vielleicht nicht in der Lage –"

„Doch." Sergej stellt seine Tasse krachend auf dem Tisch ab. Zaid zuckt zusammen, weil er vergessen hatte, dass er überhaupt anwesend ist. „Ich bin seit Jahren sein Sparringspartner", sagt er und gähnt. „Ich habe so einiges mit ihm erlebt und ich garantiere dir, dass er das kann, Manni." Sergejs Blick wandert zu Zaid. „Er hat das Herz eines Boxers …"

Zaid ist überrascht und irgendwie gerührt. Das klang erstaunlich poetisch.

„Völlig egal, ob er jetzt ein warmer Bruder ist und Sascha an die Wäsche will. Er wird ihn trotzdem ordentlich vermöbeln. Das ist eine Frage des Respekts." Und schon hat Sergej wieder alles mit dem Hintern eingerissen.

***

Zaid wiegt 70,452 Kilogramm und ist damit über der Mittelgewichtsgrenze, als er von der Waage steigt. Die drei Milchshakes bei McDonald's gestern haben gewirkt.

„Bin in zehn Minuten bereit zum Bandagieren", wirft er Manni zu und schließt sich im Badezimmer seiner Umkleide ein. Er lehnt sich gegen die Tür. Er braucht diese Zeit jetzt wirklich, denn irgendwo hier, in diesem

Gebäude, vielleicht am Ende des Flures, ist Sascha und bereitet sich ebenfalls vor.

Es ist sein erster öffentlicher Auftritt nach dem Outing. Wie mag er sich fühlen?, denkt Zaid. Ob er Angst davor hat, die Arena nicht mehr auf seiner Seite zu haben?

Zaid betrachtet sich im Spiegel über dem Waschbecken und sein Blick fällt auf den Umriss des Knutschflecks auf seiner Brust. Er hat ihn noch am selben Abend nachstechen lassen, als er mit Tom aus Frankfurt zurückkam. Er war sich selbst nicht sicher, warum das unbedingt sein musste. Vielleicht als Abschiedsritual? Sicher war nur, dass er mit dem Schmerz der Nadel irgendetwas archivieren musste. Es ist nur eine hauchdünne Linie, kaum sichtbar, zwischen dem Piratenschiff und dem Zitat von Ali.

*You don't lose if you get knocked down. You lose if you stay down.*

In Alis Sinne hat Sascha schon längst gewonnen. Und Sergejs Worte sind wahr. Zaid muss lachen, weil ihm seine Sätze immer wieder durch den Kopf schießen. Wie beschissen kann man seine Worte eigentlich wählen und doch recht haben? Wie ein Stück Gold, das in einen widerlichen Lappen eingewickelt ist. Aber am Ende des Tages hat er den Nagel auf den Kopf getroffen: Sie sind Boxer und das ist mehr eine Berufung als ein Beruf. Niemand lässt sich jahrelang freiwillig die Fresse polieren, wenn sich das Geld auch leichter verdienen lässt. Denn reich sind davon die wenigsten geworden. Es ist etwas anderes.

Arthur Abraham wurde im Kampf um den Weltmeistertitel in der vierten Runde der Kiefer gebrochen. Und er hat sich bis in die zwölfte durchgeboxt, *acht* weitere lang. Sein Gesicht war bis zur Unkenntlichkeit geschwollen und das Blut spritzte nur so aus seinem Mund. Edison Miranda, sein Gegner, wollte schon gar nicht mehr. Völlig verständlich. Wer will schon auf ein Gesicht einschlagen, das nur noch schlackert? Wirklich niemand außer Psychopathen. Aber er *musste* weitermachen, denn wenn er selbst abgebrochen hätte, hätte er die Chance auf den Titel aufgegeben, und Abraham überredete seinen Trainer in den Pausen immer wieder dazu, das Handtuch nicht zu schmeißen. Und am Ende stand er immer noch aufrecht. Miranda verlor nach Punkten und Abraham blieb Weltmeister.

Tragisch. Boxen ist wie das Leben selbst. Es tut weh und man muss ständig unfassbar viel Mut aufbringen, um weiterzumachen. Am Ende steht man ganz allein im Ring und nichts ist jemals sicher. Schon der nächste Schlag kann das Blatt komplett wenden, egal, wie gut man vorher war, wie viele Punkte man vorher gemacht hat. Ein einziger Treffer kann einen ausknocken. Und dann bleibt man entweder liegen oder kämpft sich unter Mühen wieder hoch. Was auch immer das für den Gegner bedeutet. Na ja, und klüger wird davon leider auch niemand.

Diese ganzen Schriftsteller haben recht, denkt Zaid. Boxen ist wirklich eine Metapher fürs Leben und Boxer sind die Spinner, die es immer wieder drauf ankommen lassen wollen.

Und deswegen hat Sascha heute einen richtig guten Kampf verdient. Einen Kampf auf Augenhöhe oder darüber hinaus. Einen Kampf, bei dem alle den Atem anhalten. Es ist eine Frage des Respekts, dass Zaid heute alles gibt. *Das* bedeutet, das Herz eines Boxers zu haben.

„Zaid?" Es klopft an der Tür. „Ich wollte dir viel Glück wünschen, mein Sohn." Er schließt die Augen, als er Nadims Stimme erkennt. Dann dreht er sich um. „Du weißt, dass ich stolz auf dich bin." Sein Vater redet einfach weiter und Zaid bleibt stehen, die Klinke in der Hand. „Egal, was passiert, ich bin immer stolz auf dich, ich war immer stolz auf dich. Selbst wenn ich manchmal nicht deiner Meinung bin. Ich bin so stolz, wie ein Vater nur sein kann ... weil du ... gute Entscheidungen triffst. Ana bahebak, Roohy."

Zaid schließt die Tür auf und umarmt seinen verdutzten Vater.

***

„... und der Herausforderer!", brüllt die Stimme ins Mikro. „Saschaaa ... Weeeiss."

Zaid steht oben in seiner Ringecke und sieht ihn noch vor dem Publikum. Der Vorhang wird geöffnet und Sascha tritt in den Gang. In einem regenbogenfarbenen Boxermantel. Aus der Anlage schallt *Born This Way* von Lady Gaga und ihm bleibt einen Moment lang die Luft weg, bevor sich ein Lächeln auf seinem Gesicht breitmacht. Perfekter Scheißkerl!

Er versucht, sich das Lächeln zu verkneifen, aber dann sieht er, wie Tom und Jessy von den Stühlen aufspringen und tanzen, bis Tom Sekunden später einzufallen scheint, dass er ja Zaids Fan ist, und sie schnell wieder mit sich runterzieht. Da muss Zaid dann doch lachen.

Sascha scheint einen neuen Fanclub zu haben, denn auf den billigen Plätzen geht eine ziemliche Party ab und vorn, auf den teuren Plätzen, sieht er eine Dragqueen tanzen, die er aus dem Fernsehen kennt.

Sascha steigt in die gegenüberliegende Ecke und nickt ihm zu, bevor er seinen Mantel fallen lässt. Für einen Moment ist Zaid enttäuscht, als er die übliche weiße Boxerhose sieht. Klar, da stehen die Sponsoren drauf.

Sascha springt in seiner Ecke auf und ab und macht einen kleinen Ausfallschritt nach vorn.

Salsa, denkt Zaid. Er muss schon wieder grinsen. Seine Tanzstunden scheinen funktioniert zu haben, denn Sascha wirkt viel agiler. „Darf ich bitten?", flüstert er für sich und hat plötzlich richtig Lust auf diesen Kampf.

***

Es ist tatsächlich fast wie ein Tanz. Wenn da nicht die harten Schläge wären, die sie austeilen. Obwohl, selbst die kommen ihm fast wie eine Choreografie vor. Ein etwas härteres Aushandeln um die Führung in diesem Tanz. Es ist der schnellste und überraschendste Kampf, den Zaid je erlebt hat. Nicht einmal bei René Chival stand er so unter Strom, dass ihm die Minute Pause zwischen den Runden viel zu lang vorkam. Er kann kaum still sitzen und Mannis Analysen zuhören. Er hat keine Ahnung, wie das hier ausgehen wird, weil sie die Runden abwechselnd für sich entscheiden. Rajko wirkt in der Ecke jedes Mal euphorisch, aber immer, wenn Zaid denkt, dass er Sascha jetzt im Griff hat, landet der irgendeinen richtig guten Treffer. Sie schenken sich wirklich überhaupt nichts.

„Mach keine Mätzchen, Junge!", brüllt ihm Manni gerade in der Pause vor der neunten Runde ins Ohr, weil Zaid eben grinsend „Ist das alles, was du hast?", gerufen hat, nachdem Sascha ihm eine besonders harte Gerade verpasste und er kurz Sterne sah. Sascha funkelte ihn an und als die Glocke im selben Moment ertönte, grinste er auch.

„Haste gehört? Keine Mätzchen, Junge!", trichtert ihm Manni nochmals ein und Zaid nickt. Aber er kann das im Moment wirklich nicht versprechen. Er fühlt sich irgendwie high.

# DREIUND-ZWANZIG

Vorletzte Runde. Saschas berüchtigter Aufwärtshaken trifft Zaid mit voller Wucht schräg am Kinn und sein Kopf fliegt zur Seite. Das Licht der Scheinwerfer malt Schlieren in die Luft vor seinen Augen und er kann Schweißtröpfchen darin erkennen. Sie schweben und leuchten. Das Licht bricht sich bunt darin, unfassbar schön – und das ist der Moment, in dem Zaid weiß, dass es das wahrscheinlich war. Poetische Bilder in Zeitlupe sind immer der Anfang vom Ende. Er taumelt und seine Fäuste sacken nach unten, während er den Kopf unter Mühen zurückdreht, gegen die Schwerkraft und den Schmerz im Kiefer. Saschas nächster Schlag müsste längst da sein. Wo ist er? Wo bleibt die Faust? Stattdessen sieht er whiskeyfarbene Augen in seinem Blickfeld. Sie sind weit aufgerissen. Sascha wirkt, als zögere er.

„Mach schon!", presst Zaid durch den Mundschutz und dann kommt sie, die Gerade. Das Licht geht aus.

„D ... r ... e ... i."

Die Buchstaben brechen einzeln durch die angenehme Stille um Zaid. Nein, er will nicht auftauchen. Er will tiefer sinken, schwerelos sein.

„Vier."

Er öffnet die Augen und blinzelt durch das aufdringliche Licht. Schwarz-weiße Streifen flimmern vor ihm. Okay, das ist das Hemd des Ringrichters. Er beugt sich zu ihm hinunter und schräg hinter ihm taucht ein nackter Bauch in Zaids Blickfeld auf. Dieses Scheißsixpack, denkt er und muss grinsen. Fuck. Grinsen tut weh. Er lässt seinen Blick weiter nach oben wandern und sieht Saschas Gesicht, seine Augen, fest auf ihn gerichtet und voller Sorge. Der Ringrichter hat einen Arm hinter sich ausgestreckt und hält ihn zurück, mit der anderen Hand zeigt er die Zahlen vor Zaids Gesicht an.

„Fünf."

Zaid findet das Gefühl in seinem rechten Arm wieder und stützt sich auf. Da ist der linke und hält das Gleichgewicht. Gut. Da ist sein rechtes Knie. Er hievt sich darauf.

„Sechs."

Sein linkes Bein wacht auf und Zaid kniet jetzt vollständig, richtet seinen Oberkörper auf. Er sieht, wie Saschas Schultern runtersacken und er sich mit dem Unterarm über das Gesicht streicht. Als der Arm wieder verschwindet, erscheint ein kleines, erleichtertes Lächeln auf seinem Gesicht.

„Sieben."

Zaid könnte jetzt aufstehen und vor zehn wieder auf den Beinen sein, wenn er sich beeilt. Aber er will nicht. *You lose if you stay down!*, schießt ihm durch den Kopf, aber gerade scheint das nicht mehr zu stimmen. Er will lieber hier knien bleiben und sich das kleine Lächeln weiter anschauen. Scheiß drauf, denkt er, werd ich eben Europameister, und murmelt das Wort *Handtuch*. Er wirft jetzt das Handtuch.

„Aus!", ruft der Ringrichter und die Glocke ertönt.

Vor Zaids Augen fließen die Bilder zäh wie Honig. Sascha steht reglos da, schaut ungläubig auf ihn hinunter, bis sein Trainer plötzlich hinter ihm auftaucht und auf seinen Rücken springt, das Gesicht zu einer jubelnden Grimasse verzerrt. Sascha hält ihn kurz, überrascht von dem Moment, und lässt ihn dann von seinem Rücken abrutschen. Zaid kann zusehen, wie sich die Erkenntnis, dass er gewonnen hat, langsam in seinen Augen aufbaut, das Endorphin seinen Körper übernimmt und ein Lächeln auf seinem Gesicht explodiert. Er wundert sich, dass nicht alle Scheinwerfer in der Halle gleichzeitig durchknallen, als Sascha die Hände schließlich hochreißt und in die Luft springt. Von links und rechts fallen Leute in seine Arme und der Ring wird plötzlich gestürmt. Sein Trainer und jemand anderes gehen neben ihm in die Knie und heben ihn auf ihre Schultern. Dann stehen sie auf. Die Scheinwerfer brennen in Zaids Augen, als er aufblickt und das Bild einsaugt. Sascha sieht aus wie ein verdammter griechischer Gott. Das Licht hinter ihm legt sich wie ein Heiligenschein um seine Schultern und den Kopf. Sein Gesicht ist im Schatten und es ist unglaublich laut überall, aber Zaid kann die Wellen seines Lachens fühlen wie kleine Stromschläge.

Eventuell hab ich eine leichte Gehirnerschütterung, denkt er, und dann geht alles ganz schnell. Hände greifen von hinten unter seine Achseln und heben ihn auf die Füße. Manni zieht ihn auf den Hocker in seiner Ecke und stellt sich vor ihn. Er fährt mit dem Finger vor Zaids Augen entlang, um seine Reaktionen zu checken, während Rajko ihm die Schiene aus dem Mund fummelt.

„Ich bin okay", weiß Zaid in diesem Moment und trinkt an dem Strohhalm, den Rajko ihm hinhält.

„Datt war ein Kampf, Junge. Wahnsinn!", schreit Manni, nimmt das Handtuch von der Schulter und wischt ihm den Schweiß aus dem Gesicht.

„Du warst krass gut!", stimmt Rajko ein und macht sich an den Schnüren seines rechten Handschuhs zu schaffen. „Bis zu diesem Haken war alles offen, Alter. Das wird Anfragen aus Europa hageln. Scheiß auf Deutscher Meister."

Sergej fummelt grinsend an seinem linken Handschuh herum und Zaid blickt über ihre Köpfe hinweg, sieht Saschas Profil darüber schweben und nickt. Er hat gerade verloren und ist scheißglücklich. Ob sich so Liebe anfühlt?

Sascha dreht den Kopf und findet seinen Blick für den Bruchteil einer Sekunde, bevor er von den beiden unter ihm abgesetzt wird. Die Fältchen kringeln sich um seine Augen. Fuck, das ist Liebe. Zaid lehnt seinen Kopf in das Eckpolster. Er ist im Arsch.

***

Zaid steht neben dem Ringrichter und schaut in die Menge vor sich. Der Gürtel wird von einem Verantwortlichen in schwarzem Hemd und Fliege in den Ring getragen und irgendwo rechts neben ihm an der anderen Seite des Ringrichters steht Sascha. Zu weit weg. Er hört das laute Knacken des Mikros aus den Boxen.

„Der neue Deutsche Meister im Mittelgewicht, Saschaaa …“ Die Menge jubelt und irgendwo hinten in den Reihen wird eine Regenbogenfahne geschwenkt. „Weeeiiiss!“

Der Ringrichter reißt Saschas linken Arm in die Höhe und Zaid dreht sich zu ihm für die übliche Gratulation. Er wartet, bis der Gürtel um Saschas Bauch gelegt ist und strafft seine Schultern.

Sascha dreht sich zu ihm und lächelt dieses ganz bestimmte Lächeln, von dem Zaid weiß, dass es nur für ihn reserviert ist. Er streckt seine bandagierte Hand aus und sein Herz dreht frei in seiner Brust. Es wird sich jeden Moment durch die Rippen boxen, wie durch eine Mauer. Es will raus und lässt sich nicht mehr aufhalten.

Zaid geht zwei Schritte vorwärts, nimmt Saschas Hand unterwegs in seine und drückt sie kurz wie ein Signal. Er sieht die überraschten Augen und das winzige Zucken in den Mundwinkeln vor sich, aber Sascha weicht nicht zurück. Zaid wartet eine weitere Sekunde und schließt dann die Lücke zwischen ihren Lippen.

Sascha erstarrt, aber einen Wimpernschlag später hebt er die Hand an Zaids Wange und öffnet seine Lippen für ihn. Es wird totenstill in der Halle, während er zärtlich an der Unterlippe, dieser verdammten Unterlippe, saugt und Saschas Grinsen dabei spüren kann. Zaid legt den Arm um ihn und streicht mit den Fingerkuppen über sein Rückgrat. Saschas Zunge findet seine und dann hört er ein lautes „Ja, Mann!“ durch die absolute Stille dröhnen. Es ist Tom. Er johlt und pfeift und irgendjemand beginnt, zu klatschen. Jemand Zweites fällt ein.

Als sie keine Luft mehr kriegen und sich voneinander lösen, ist da Jubel in der Halle. Zaid kommt zu sich und sein Blick fällt suchend in die ersten Reihen. Er sieht Tom, noch immer pfeifend, Manni und Sergej, die sich überfordert umschauen, Jessy knutschend in Rajkos Armen, und seine Mutter, die sich eine Träne aus dem Augenwinkel wischt. Da ist er ... Nadim. Er steht sehr aufrecht und seine Miene ist reglos. Aber als sich ihre Augen treffen, weicht er nicht aus.

Zaid wacht jetzt wirklich auf und will aus dem Ring steigen, um Sascha den Jubel zu überlassen, der ihm gebührt. Aber er hält ihn am Handgelenk fest.

*„Du* kommst gleich mit mir", zischt er durch die Zähne, während er die andere Faust hebt und in die Menge lächelt. „Ich hab ein Hühnchen mit dir zu rupfen, Zaid El Sabah."

***

„Dieses Mal hast du mich wirklich überfallen", sagt Sascha atemlos, als er die Tür seiner Umkleidekabine zuwirft und Zaid dagegen drückt. Er lehnt seine Stirn gegen Zaids und schaut ihn an. Seine Pupillen sind weit und schwarz vom Adrenalinrausch. Er greift nach Zaids Händen und sie versuchen, sich gegenseitig die Bandagen von den Fingern zu fummeln. Ein Wust aus nervösen, gierigen Griffen, die blind den Anfang der langen Bänder suchen, um sie endlich loswerden zu können.

„Sorry", flüstert Zaid, die Lippen nur eine Handbreit von Saschas entfernt. „Aber ich denke, ich liebe dich."

Sascha hält mitten in der Bewegung inne. „Was hast du gesagt?“

„Ich liebe dich. Von Anfang an.“

Und dann spürt Zaid endlich seine Lippen, weich und fest zugleich. Sascha saugt und knabbert und leckt daran, während seine Finger wieder beginnen, die verdammten Bandagen von Zaids Händen zu wickeln, ohne den Kuss zu unterbrechen. Die Dinger sind meterlang. Zaid fummelt an seinen rum, neigt den Kopf zur Seite und öffnet seinen Mund, um die Zunge zwischen Saschas Lippen gleiten zu lassen. Es fühlt sich wie nach Hause kommen an, als er an seinem Gaumen entlang leckt und Saschas Zähne spürt, die seine Zunge einfangen. Eben im Ring schlug sein Herz so schnell, als hätten sich Ali, Frazier, Holyfield und Tyson gleichzeitig in seiner Brust zum Sparring verabredet. Zaid bekam kaum etwas mit, aber jetzt, in diesem Moment, fühlt er jeden Quadratmillimeter Berührung und will nie wieder Luft holen müssen.

Als Sascha die letzten Zentimeter Stoff abgewickelt hat und zwischen ihre Füße fallen lässt, löst er plötzlich seine Lippen und nimmt Zaids Kopf zwischen die Hände. Seine Daumen malen Kreise neben seine Mundwinkel und er atmet schwer. „Ich werde es dich bereuen lassen, dass du das so lange vor mir verschwiegen hast.“

„Wie genau?“

Sascha küsst ihn erneut so langsam und tief, dass er nicht mitbekommt, wie die Finger plötzlich von seinen Wangen verschwunden sind und sich um seine Handgelenke schließen. Sascha hebt seine Hände über den Kopf und drückt sie gegen die Tür.

„Ich habe so gelitten, Zaid, und mich so verflucht, weil ich immer wieder schwach geworden bin. Ich war so, so, so wütend auf dich. Auf mich."

Zaid schließt die Augen und eine Welle der Traurigkeit erfasst ihn, als Sascha still wird und einen halben Schritt zurücktritt. Bitte, bitte, geh jetzt nicht weg, bettelt die Stimme in seinem Kopf und er versucht, die Handgelenke freizukämpfen, um ihn fest an sich zu drücken. Aber Sascha schüttelt den Kopf.

„Die Hände bleiben oben", sagt er und legt Zaids Handgelenke übereinander, hält beide mit einer Hand gegen die Tür gepresst. Mit der anderen streicht er langsam über seine Wange und Zaid will weinen, weil es ihm wie eine Geste des Abschieds vorkommt. Er lehnt seinen Kopf gegen die Wand und beißt sich auf die Zunge.

Dann spürt er, wie die Hand weiterwandert, über sein Kinn, seine Kehle, das rechte Schlüsselbein, die linke Brust und ein Schauer durchläuft seinen Körper. Er öffnet die Augen und blickt direkt in Saschas, die jede Regung seines Gesichts beobachten. Zaid atmet schneller unter dem Blick und Saschas Hand wandert weiter. Sein Daumen streift über die rechte Brustwarze und Zaid stöhnt auf. Er drückt seinen Rücken durch, versucht, Sascha irgendwie zu berühren, sein Becken mit seinem zu erreichen.

Aber Sascha lässt ihn nicht, tritt ein Stückchen zurück und lässt seine Brustwarze leicht zwischen den Fingerspitzen rollen. Zaid seufzt laut auf und Sascha stemmt den Arm gegen seine Handgelenke an der Tür, neigt seinen Kopf und leckt mit der Zunge über den anderen Nippel. Zaid ist sich sicher, dass er gleich vor Lust durchdreht. Er will ihn berühren, so gerne berühren.

„Soll ich aufhören?", fragt Sascha.

Zaid schüttelt hastig den Kopf.

„Worte, Zaid."

„Fuck."

Sascha sieht aus, als müsste er sich ein Lachen verkneifen.

„Nein, nicht aufhören", schiebt Zaid schnell hinterher und Sascha hebt die Hand wieder, streicht mit seinen Fingerknöcheln Zaids Bauch hinunter, am Bund seiner Ringshorts entlang. Zaids Körper kann nach diesem Kampf überhaupt keine richtige Erektion mehr zustande bringen, aber das bisschen Härte, das die Erregung zwischen seinen Beinen auslöst, drückt sich gegen das enge Polster des Tiefschutzes, den er noch trägt.

„Wenn du stillhältst ..." Sascha lehnt sich vor und flüstert in sein Ohr. Die Lippen streifen sein Ohrläppchen und der kleine Schauer, den die winzige Berührung auslöst, läuft direkt in Zaids Schwanz. „... lass ich deine Hände los und mache weiter. Nicht bewegen."

„Okay", sagt Zaid, obwohl er nicht glaubt, dass er das schaffen kann. Er schluckt und Sascha lässt seine Handgelenke los, legt seine Finger an Zaids Hüfte und zieht sie an sich. Zaid kann fühlen, wie sich ihre Tiefschutze gegeneinanderpressen, und stößt einen Laut aus, der fast an ein Wimmern grenzt. Er muss die Zähne zusammenbeißen, um die Hände oben zu lassen, und drückt sich fester gegen Saschas Becken. Gleich wird er ohnmächtig werden, aber vorher muss er noch dringend etwas sagen.

„Wenn du mich willst, Sascha", flüstert er und seine Stimme ist rau. „Wenn du mich nach dem ganzen Scheiß *noch* willst, kannst du alles von mir haben. Meine Liebe, meine Aufrichtigkeit, meine ungeteilte Loyalität. Ich stell dich meinen Eltern vor, gleich, da draußen. Wenn du willst ..."

Saschas Knie geben nach und er lehnt sich schwer gegen Zaids Brust, legt den Kopf in seine Halsbeuge und Zaid kann spüren, wie er weich wird, wie die Anspannung ruckartig aus ihm weicht.

„Darf ich dich jetzt anfassen?", fragt Zaid zögerlich und spürt das kleine Nicken an seinem Hals. „Worte, Sascha."

„Idiot", hört er ihn murmeln und spürt das Grinsen an seiner Haut.

Er lässt die Hände auf Saschas Schulterblätter fallen, gräbt die Finger hinein und zieht ihn so fest an sich, wie er kann. „Dein Idiot ... wenn du willst."

Sascha lächelt und lehnt die Stirn gegen seine. „Nichts lieber als das."

Zaid ist so glücklich, dass ihn die Welle der Erleichterung langsam die Tür hinunterrutschen lässt. Er hält Sascha fest im Arm, bis sie auf dem Boden aufkommen und er ihn behutsam vor sich ausbreitet, seine Arme links und rechts neben dem Körper ablegt. Dann kriecht er über ihn und sie stöhnen beide vor Schmerz, als ihre Rippen plötzlich mit vollem Gewicht aufeinanderliegen. Der harte Metallgürtel um Saschas Bauch macht es nicht leichter.

„Fuck", zischt Zaid durch die Zähne und lässt sich vorsichtig neben ihn gleiten. „Ich wollte das hier so sehr, Sascha ... Du, ich und das potthässliche Ding um deinen

Bauch. Aber ich bin viel zu fertig. Du hast mich heute echt hart rangenommen.“

„Selber. Ich glaube, du hast mir ’ne Rippe angebrochen. Aber ich schwöre dir: Morgen, wenn wir ein bisschen ausgeruhter sind, lass ich dich wirklich erst betteln, bevor du kommen darfst.“ Er grinst verlegen und Zaid verdreht die Augen.

„Zwanzig Minuten den Gürtel um und schon zum Macho mutiert“, murmelt er und dreht seinen Kopf, um Sascha zu küssen. Zaid ist so was von am Arsch.

# DANKE AN

Nina Dias da Silva, die die ersten Meter dieser Geschichte mit mir gegangen ist, mitten im schwedischen Sturm.
Kerstin Undeutsch und Christian Handel für das erste Lesen.
Memo und dem Café Quer in Altona für das perfekte Büro. Meiner Agentur dots & plots.
Ina Lütjen und dem Team vom dp Verlag für die unglaublich angenehme Zusammenarbeit sowie Liam Erpenbach für das sorgfältige Lektorat.
Brito für seine whiskeyfarbenen Augen.
And last but not least, Lisa Bitzer, meiner Agentin und guten Freundin für alles.
Und dafür, dass du mir Dolceacqua gezeigt hast.